Philippe Smolarski

FAYVEL DER CHINESE

Aufzeichnungen eines wahnwitzigen Ganoven

Philippe Smolarski

FAYVEL DER CHINESE

Aufzeichnungen eines wahnwitzigen Ganoven

LiM!

Die Karte im Umschlag ist weder maßstabsgerecht noch erhebt sie Anspruch auf eine detaillierte Darstellung der Grenzverläufe zur damaligen Zeit. Sie dient lediglich der bildlichen Veranschaulichung der Flucht unserer Helden durch das zum Großteil von den Deutschen besetzte Europa.

Bibliografische Informationen der Deutschen Nationalbibliothek:
Die Deutsche Nationalbibliothek verzeichnet diese Publikation in der Deutschen Nationalbibliografie; detaillierte bibliografische Daten sind im Internet unter www.dnb.de abrufbar.

2. Auflage 2016
www.liesmich-verlag.de

Umschlaggestaltung und Karte: Manja Schönerstedt (www.ahoibuero.de)
Autorenfoto Umschlag: Thomas Dannemark
Erstübersetzung: Gisela von Brunn
Übersetzungsbearbeitung: Dr. phil. Karsten Brandt
Lektorat: Laura Hofmann
Korrektorat: Franziska Herbst // Julia Vaje
Teasertexte und fremdsprachige Erläuterungen: Franziska Herbst

ISBN: 978-3-945491-02-7

Anmerkung des Autors: Ursprung der Aufzeichnungen von Fayvel dem Chinesen

Im Juni 2001 war ich gerade dabei, eine wichtige Ausstellung im Brüsseler Musée du Cinquantenaire zu den Schätzen des Museums in Tianjin vorzubereiten; damals war ich der Leiter der Richard Liu Stiftung, auch als Europäisches Institut für Chinesische Studien in Brüssel bekannt. Am Vortag der Eröffnung bekam ich einen Anruf von einer Dame, die sich unbedingt mit mir treffen wollte. Ich bot ihr einen Termin in der nächsten Woche an, ohne sie nach dem Grund ihrer Bitte zu fragen. Dann legte ich auf.

Diverse Vorbereitungen für die Eröffnung zwangen mich am Abend des gleichen Tages länger als üblich zu arbeiten. Als ich endlich das Büro verließ und zum Parkplatz ging, kam eine alte Frau mit forschen Schritten auf mich zu. »Herr Smolarski?«

Ich erkannte die Stimme der Dame, die mich angerufen hatte. Sie wisse, sagte sie gleich zu Beginn, dass ich Jude sei, weil sie mich in der Synagoge bei der Jom-Kippur-Feier gesehen hatte. Ich fragte sie, was sie von mir wolle. Überaus freundlich entschuldigte sie sich, dass sie mich so unangemeldet störte, aber da sie am darauffolgenden Tag nach Israel fliegen müsse, sei es ihr nicht möglich, den Termin wahrzunehmen, den ich ihr für die kommende Woche angeboten hatte. Und dann hielt sie mir einen alten Schuhkarton hin.

»Nehmen Sie, das ist für Sie. Er gehörte meinem …« Sie schwieg einen Moment, ein wenig zögernd. »… meinem ersten Mann … Dies ist sein Leben … Es berichtet vom einstigen Europa, von China, von der jüdischen Welt. Sie sind Historiker – ich denke, das könnte Sie interessieren. Vielleicht finden Sie Informationen oder noch unbekannte Zeitdokumente.«

Kurz überrascht von dieser Wendung der Ereignisse, in Gedanken jedoch noch ganz bei meiner Ausstellung, reagierte ich überhaupt nicht.

Ohne sich etwas daraus zu machen, kritzelte die alte Dame ihre Adresse in Israel auf einen Einkaufszettel und schob ihn in den Schuhkarton, bevor sie hinzufügte: »Hier, das gehört jetzt Ihnen. Aber bitte geben Sie nicht seinen oder meinen Familiennamen an. Was für eine Schande wäre das, wenn es herauskäme! Sein Sohn würde das nicht ertragen. Schwören Sie mir das?«

Nun sah ich mir diese Dame mit dem durchdringenden Blick, die sehr vornehm gekleidet war, ein wenig genauer an. Sie musste einmal eine sehr schöne Frau gewesen sein, aber ich fragte mich, ob sie noch ganz richtig im Kopf war. Ein kaum merklicher deutscher Akzent färbte ihre Sätze.

»Rufen Sie mich von Israel aus in ein paar Tagen an und erzählen Sie mir mehr von diesem Karton. Ich werde einen Blick darauf werfen und Ihnen sagen, was ich darüber denke. Einverstanden? Und besten Dank für Ihre Dokumente.«

Sie grüßte höflich und dann ging sie. Zu Hause angekommen, verstaute ich die Schachtel in einer Ecke meiner Bibliothek, ohne einen Blick auf ihren Inhalt zu werfen. Ich war erschöpft und hatte das dringende Bedürfnis, vor dem Schlafengehen noch zu duschen.

Diese geheimnisvolle Frau hat nie wieder Kontakt mit mir aufgenommen. Kein Anruf, keine Nachricht. Was mich betrifft, so hatte ich sie und ihr rätselhaftes Paket bereits am nächsten Tag vergessen. Ich öffnete es erst zehn Jahre später, als es mir zufällig im Verlauf eines Umzugs in die Hände fiel. Ich entdeckte in der Tat sieben Hefte, die mit einer dichten und sehr lebendigen Schrift vollgeschrieben waren: die Geschichte eines Mannes, Pavel S., hauptsächlich auf Jiddisch, Polnisch und Russisch verfasst. Natürlich habe ich versucht, die Frau von damals zu erreichen. Vergeblich. Ihre Nummer war nicht mehr vergeben. Ich machte mich daran, die Bücher zu übersetzen. Und das wirklich außergewöhnliche Schicksal ihres Mannes ließ mich nicht mehr los.

Je mehr ich mich in diese Schriften vertiefte, desto mehr faszinierte es mich und ich beschloss im April 2010, nach Tel Aviv zu fliegen, um mit der Frau zu sprechen. Sie musste mich aufklären. Gab es noch andere Dokumente, Briefe, Fotos? Ich leistete wahre Detektivarbeit, um ihr auf die Spur zu kommen. Dank eines israelischen Freundes, der Beziehungen zur Polizei hatte, erfuhr ich endlich, dass sie gestorben war und auf einem Friedhof, nicht weit von Bnei Brak, begraben lag.

Nach zwei Wochen weiteren Suchens fand ich endlich eine Spur, den Namen und die Adresse eines Mannes, der sie gekannt haben sollte. Er lebte in Bnei Brak. Am Telefon schlug er mir ein Treffen in einer Jeschiwa, einer religiösen jüdischen Hochschule, vor.

Er war ein Mann von fast siebzig Jahren, mit einem schönen weißen Bart. Er hatte ein Buch von Maimonides in der Hand und schien auf den Grund meines Besuchs neugierig zu sein. Ich erzählte ihm die ganze Geschichte.

Nach einer Pause, in der er mich aufmerksam betrachtete, erzählte er mir Folgendes: »Die Dame, die Sie getroffen haben, war meine Mutter. Sie starb vier Tage nach ihrer Ankunft in Israel. Das Manuskript … das hat mein leiblicher Vater geschrieben. Ein Mörder, ein Mann, der viel Böses in seinem Leben getan hat. Gott sei gelobt, dass er mich nicht erzogen hat! Meine Mutter heiratete nach dem Krieg zum Glück einen aufrichtigen und frommen Mann, den ich wirklich als meinen Vater betrachte. Ich trage übrigens seinen Namen und ich bin stolz darauf. Was die Aufzeichnungen betrifft, die ich vor langer Zeit einmal gelesen habe, daran will ich mich nicht mehr erinnern. Und ich will auch nicht mehr an das sündige Leben erinnert werden, das sie offenbaren. Möge Gott ihm verzeihen!«

Ich erklärte ihm, dass ich plante, die Schriften seines Vaters zu übersetzen und zu veröffentlichen, da sie gleichwohl einen hohen historischen Wert besäßen. Es brachte ihn in Rage, aber er sagte mir dann, er könne mich nicht daran hindern, weil seine Mutter sie mir gegeben habe. Das müsse er respektieren. Dennoch ließ er mich ein Dokument unterzeichnen, welches bezeugt, dass ich niemals weder seinen Familiennamen noch den Namen seiner Mutter angeben dürfe. Im Gegenzug erkannte er mir das volle Besitzrecht des Manuskripts zu. Ich wies ihn beiläufig darauf hin, dass es schließlich seinem leiblichen Vater zu verdanken sei, dass er überhaupt lebe, und dass jener seine Mutter damals vor einem bereits beschlossenen Tod gerettet habe. Hierauf antwortete er nichts und verabschiedete sich mit einer Entschuldigung. Der Abendgottesdienst werde gleich beginnen. Ich blickte ihm nach, wie er sich entfernte, den Kopf über ein Buch gebeugt, in dem er während des Gehens blätterte: »Führer der Unschlüssigen«.

So fand ich mich also wieder als Verantwortlicher für das Vermächtnis von Pavel S.: einem Karton mit sieben dicken Heften, die mit Bleistift oder mit schwarzer Tinte beschrieben waren, meist auf Jiddisch, seltener auf Polnisch oder Russisch und gelegentlich auf Deutsch. Fayvel, denn um ihn handelt es sich, jonglierte gerne mit diesen Sprachen, die er neben dem Französischen und Englischen alle perfekt beherrschte. Der Vorname Fayvel, Verkleinerungsform von Faybush, ist die jiddische Variante des alten griechischen Vornamens Phoebus. Wegen der Ähnlichkeit mit Pawel/Pavel/Paul, Namen, die gängiger sind, nahm er natürlicherweise diese Varianten außerhalb der jüdischen Welt an.

Der Karton enthielt außerdem ein dickes Album, bei dem aber alle Fotos fehlten, außer einem Porträt, das vielleicht den Autor darstellte, sechs Briefe von Frauen, einige Postkarten sowie zwei verschlüsselte Nachrichten. Dies war alles, was von Pavels Leben noch übrig geblieben war, dem Leben eines mit allen Wassern gewaschenen Gangsters und eines Helden, den keiner kannte.

Pavel ist 78 Jahre alt, als er im Mai 1968 beginnt, seine Memoiren zu schreiben. Doch es scheint klar, dass er sich zum Schreiben auf Notizen stützt, die er in der Vergangenheit gemacht hat.

Zu der Zeit lebt er in Paris und die Krankheit, ein drei Jahre zuvor diagnostizierter Krebs, verzehrt ihn langsam. Er weiß, dass er nicht mehr viel Zeit hat, zumal er eine Chemotherapie verweigert und nur mit Infusionen behandelt wird. Um den immer heftiger werdenden Schmerz zu bekämpfen, spritzt er sich selbst Morphium.

Seine Vergangenheit? Pavel kommt 1890 in einem kleinen Weiler zwischen Kraśnik und Zaklików in der Gegend von Lublin zur Welt. Seine Familie ist die einzige jüdische in dem kleinen Dorf. Der Vater ist Müller und die Mutter stammt aus einer wohlhabenden jüdischen Familie aus Iouzovka in der Ukraine. Er hat drei Brüder. Jakob, der Lieblingssohn der Familie, geht früh aus dem Haus, um den Lehren des Bobover Rebbe in Bobova zu folgen, dem historischen Zentrum des Chassidismus. Dann gibt es noch Moshe, der mit seinem Vater zusammenarbeitet, und Shraga, seinen jüngeren Bruder, der drei Monate nach Fayvels hastiger Abreise an einer bösartigen Grippe stirbt.

Als Junge geht Fayvel nicht besonders gerne in den Cheder, den religiösen Elementarunterricht für jüdische Kinder, der im Haus des Lehrers stattfand. Er ist von großer Statur, hat braune Haare und blaue Augen; er spricht außer Jiddisch schon fließend Polnisch, Russisch und Deutsch. Den größten Teil der Zeit spielt er mit den polnischen Kindern in der Nachbarschaft. Er interessiert sich für alles, liest Autoren, die zu Hause verboten sind, wie Darwin und Spinoza, aber auch Balzac, Jules Verne, Dante und viele andere.

Dann, mit fünfzehn Jahren, ändert sich alles. Er rettet eine junge sechzehnjährige Polin, die Tochter des Nachbarn, vor einer drohenden Vergewaltigung durch drei Burschen des Dorfes. Da er heimlich in sie verliebt ist, verpasst er ihren Peinigern eine tüchtige Tracht Prügel, wonach seine Familie nur knapp einem Pogrom der Zarenpolizei entgeht. Fayvel verlässt Hals über Kopf das Haus und beginnt, auf der Suche nach Arbeit, von Dorf zu Dorf zu wandern. Einen Monat später hört er in einer Taverne in Lublin, wie ein Offizier antisemitische Äußerungen macht. Er schnappt sich die Pistole eines Unteroffiziers und erschießt damit dessen Vorgesetzten. Von da an von der Polizei gesucht, flieht er und gelangt nach Warschau. Mit seiner Größe und Statur findet er einen Job als Rausschmeißer in einem Bordell. Danach geht er nach Hamburg, wo er für das Syndikat, die dort ansässige Mafia, arbeitet. Schließlich landet er in Marseille, wo er eine kleine Bande von Drogenhändlern gründet. Verständlicherweise gefällt den anderen mafiösen Vereinigungen das Aufkommen dieser neuen Organisation nicht besonders. Ein Bandenkrieg beginnt. Man versucht dreimal, ihn umzubringen. Er muss sich verstecken.

Am 3. August 1914 erklärt Deutschland Frankreich den Krieg. Pavel meldet sich in Bayonne unter falschem Namen bei der Fremdenlegion und wird ins 2. Regiment zu Fuß aufgenommen. Dort kämpft er vier Jahre lang. Am Ende des Krieges kehrt er nach Polen zurück, gründet wieder eine Bande und wird bald der größte Drogenhändler des Landes. Er exportiert seine Ware in die Tschechoslowakei, nach Ungarn, in die Baltenstaaten und sogar bis in die Sowjetunion. Sein Syndikat ist damals eines der mächtigsten in Polen.

Und dann beginnt er zu reisen. Seine Aufenthalte in China werden immer länger. Er richtet ein Büro in Shanghai ein, umwirbt die Kriegsherren und trifft Abkommen mit den Chefs der Triaden*. Er importiert Waffen und exportiert Drogen, reist nach Kolumbien, Brasilien und Amerika, knüpft Verbindungen mit den Mafiaorganisationen vor Ort. Immer wieder kehrt er nach Warschau und nach Shanghai zurück, seinen beiden Hauptniederlassungen. Bei einem Aufenthalt in Chungking, im September 1939, erfährt er von der Besetzung seines Geburtslandes durch die Nazis und später dann von der Errichtung des jüdischen Ghettos in Warschau. Beunruhigt wegen seiner Familie, entschließt er sich, nach Polen zurückzukehren.

Der Bericht über seine Rückkehr nach Europa, seinen Aufenthalt im Warschauer Ghetto und seine Flucht quer durch den alten Kontinent nimmt ein ganzes Heft ein. Nach diesen traumatischen Ereignissen begibt er sich nach Kalifornien und von da aus nach

China. Später kehrt er Asien endgültig den Rücken und richtet sich mit dem Vermögen, das er gemacht hat, aus sentimentalen Gründen in Paris ein. Dennoch reist er weiterhin, vom Amazonasgebiet nach Borneo und von Australien nach Chile, wobei er alle Breitengrade und alle Meere auskundschaftet, wie jemand, der auf der Suche nach etwas Verlorengegangenem ist. 1965 schließlich, müde und krank, hört er auf, die Erde zu umwandern.

Nach reiflicher Überlegung habe ich beschlossen, die Veröffentlichung seines Berichts mit dem fünften Heft zu beginnen. Einmal, weil der Bericht über seinen Aufenthalt im Warschauer Ghetto ein seltenes Zeugnis der Geschichte darstellt. Endlich einmal kommen die Türsteher, die Gangster, die Drogenschmuggler, die von den Geschichtsschreibern des Ghettos so oft verunglimpft oder ignoriert wurden, zu Wort. Lediglich Ringelblum*, der von der Unterwelt im Ghetto fasziniert schien, wollte von ihnen reden, dabei schmälerte er jedoch ihren Einfluss und ihre Rolle.

Der zweite Grund ist ein praktischer: In diesem Heft ist die Schrift wesentlich besser lesbar als in den anderen. Ist das ein Zeichen, dass Fayvel diesem Lebensabschnitt eine besondere Bedeutung beigemessen hat?

Die Übersetzung seiner Aufzeichnungen stellte keine großen Probleme dar. Um dem Leser den Einstieg in die Welt des polnischen Judentums und Ganovendaseins zu erleichtern, habe ich mich bemüht, die notwendigen Erklärungen in Form von Randnotizen zu geben. Erläuterungen zu historischen Begriffen und Persönlichkeiten (beim ersten Vorkommen mit Sternchen* markiert) sowie Kurzbiografien zu den für das Verstehen des Textes wichtigen Personen befinden sich im Sach- und Personenverzeichnis im Anhang.

Aber nun wird es Zeit, Fayvel den Chinesen, Pavel, Paul den Polen, Polo zu Wort kommen zu lassen.

Philippe Smolarski

Ich mag den Jardin du Luxembourg sehr gerne. Seit fast drei Jahren gehe ich täglich hin und verbringe dort ein oder zwei Stunden, außer wenn es regnet. Dann hänge ich ein wenig in den Cafés herum. Im Flore oder im Fouquet's. Heute habe ich beschlossen, meine Erinnerungen aufzuschreiben. Was für eine Idee! Ich bin kein Schriftsteller, aber da ich ja wohl mein einziger Leser bin, werde ich nachsichtig mit mir sein …

Wie komme ich nur dazu, dieses gottverdammte Leben, das ich hatte, zu erzählen? Warum bin ich nicht Arzt oder Bankier oder einfach Metzger geworden? Warum habe ich so gelebt, wie ich gelebt habe? Ich glaube nicht, dass ich je Antworten auf diese Fragen finden werde, aber wer weiß? Wie dem auch sei, ich lächle darüber. Nichts ist mehr wichtig. Bald werde ich meinen Hut nehmen und gehen. Zweifellos ist es ein wenig zu spät, um die folgende Frage zu stellen: Ergibt irgendetwas auf dieser Welt wirklich Sinn? Das weiß ich immer noch nicht.

Gerade stürmt eine Gruppe von jungen Leuten in den Park. Es sind so etwa zwanzig, Jungs mit langen Haaren, die Jeans tragen. Auch ein paar Mädchen. Und sie sprechen von Revolution, sie singen … Einer von ihnen ruft laut: »Unter dem Pflaster, ja, da liegt der Strand!«

Mitten in der Gruppe knutschen und befummeln sich zwei junge Leute recht unanständig vor den Vorübergehenden, die so tun, als ob sie nichts sehen und ihre Schritte beschleunigen … Ich lächle. Diese Jugendlichen wissen nicht, was für ein Glück sie haben. Einer von ihnen hat mich bemerkt. Mein etwas spöttischer Blick gefällt einigen von ihnen nicht. Zweifellos wollen mich diese Halbstarken beeindrucken. Ein paar lösen sich aus der Gruppe und kommen auf mich zu.

»Na, Opa? Hau lieber ab, sonst gibt's Ärger!«

»Habt euren Spaß, Kinder, das gehört zu eurem Alter. Aber unter dem Pflaster, da gibt es nur Dreck …«

»Aha, der Herr war also im Krieg! Sicherlich verehrt er den General! Der ist sicher sein Held! Bestimmt hat er ein Foto von ihm auf seiner Kommode. Aber was hast du getan, herzallerliebster Opa, um die Gesellschaft zu verändern? Ich wette, dass du in unserer guten alten katholischen Religion erzogen worden bist.«

»Ihr habt recht, ich habe nichts getan, gar nichts … Nur ein wenig die Sehenswürdigkeiten auf der Erde bewundert. Aber was ihr macht, ist gut. Geht auf Demonstrationen, macht Revolution, liebt euch, aber vor allem, hört nicht auf, das Meer unter dem Pflaster zu suchen … Vielleicht findet ihr es ja. Ich habe nichts gefunden, nur Dreck und Blut.«

Die jungen Leute sehen einander an, es ist ihnen ein wenig unbehaglich, und ein Mädchen zupft den langhaarigen Typen am Ärmel, der gerade mit mir geredet hat.

»Komm … lass uns gehen … Der Alte hat sie doch nicht mehr alle.«

Sie gehen und allmählich kehrt wieder Ruhe ein im Jardin du Luxembourg. Und ich – ich versinke in meiner Vergangenheit …

Die Abreise

Januar 1941. Wieder haben die Japaner Chungking bombardiert. Vom Garten meines Hauses aus, oberhalb der Stadt, habe ich die Flugzeuge gesehen, die wie große Drohnen langsam über unseren Köpfen dahinziehen und Tod in den Arbeitervierteln säen. Dann kommen die Geräusche der Explosionen, die Flammen, die Schreie, genau in dieser Reihenfolge. Während der japanischen Besetzung von Shanghai habe ich in Chungking Zuflucht gefunden. Dies ist eine kleine chinesische Stadt in der Provinz, die nichts mit Shanghai zu tun hat – Shanghai und seinem glitzernden Nachtleben, seinen Casinos … Ich liebe diese Stadt, ebenso wie Warschau. Beide sind für mich Heimat, und beide sind vom Feind bombardiert und besetzt worden.

Aber jetzt ist die Entscheidung getroffen, ich kehre nach Polen zurück. Die Meldungen sind nicht gut. Die deutschen Besatzer haben die Juden in einem Viertel in Warschau zusammengepfercht, das sie mit Stacheldraht und Holzpalisaden eingezäunt haben. Sie haben sogar begonnen, eine Mauer zu bauen, um die Juden noch besser von der polnischen Bevölkerung isolieren zu können. So als wäre das »Jude sein« eine ansteckende Krankheit. Es handelt sich um ein richtiges Ghetto, wie es sie im Mittelalter gab – eine ganze Bevölkerung in Quarantäne. Nur dass diese Quarantäne länger als 40 Tage dauern wird. Mein Vater, meine Mutter und einer meiner Brüder sind seit Beginn des Krieges in Warschau und in den zwei Monaten, die das Ghetto besteht, kann ich ihnen kein Geld mehr schicken, weil ich ihre neue Adresse nicht habe. Ich muss erreichen, dass sie Polen verlassen. Mithilfe meines Netzwerks sollte mir das gelingen …

Alle meine Leutnants sind gegen meine Idee, nach Hause zurückzukehren, aber Moyshe der Narr kann mich sehr gut ersetzen während meiner Abwesenheit. Ich habe meine beiden engsten Mitarbeiter, Walter den Boxer und Meiling, gebeten mich zu begleiten und sie sind einverstanden. Walter und ich haben argentinische Pässe und für Meiling haben wir einen Diplomatenpass. All dies geliefert von Dai Li*, der sie mir wie immer in seiner großen Güte gratis zur Verfügung gestellt hat. Ich nehme auch hunderttausend amerikanische Dollar in bar mit. Ma Kun*, alias »Zwei-Pistolen« Cohen, warnt mich, dass ich mich auf eine sehr riskante Tour begebe und versteht nicht, warum ich nicht einfach meine Kontakte vor Ort spielen lasse, um meine Familie aus dem Land rauszuholen. Eigentlich hat er ja recht, aber ich kann auch nicht mit verschränkten Armen hier sitzen und nichts tun. Eine unsichtbare Kraft drängt mich zu dieser Reise, dazu, diesen Weg zu gehen, von dem ich weiß, dass er sehr steinig sein wird.

Wie immer ist Walter zu allem bereit und würde mir in die Hölle folgen, wenn ich ihn darum bitten würde. Polen oder Mandschukuo, das ist ihm einerlei. Er ist mein deutscher Bruder. Er ist seit fast zwanzig Jahren in meinen Diensten und hat schließlich sogar Polnisch gelernt, aber er weigert sich hartnäckig, Jiddisch zu sprechen – für seine Ohren eine barbarische und schreckliche Sprache. Meiling wiederum hat es eilig aufzubrechen ... Der Traum von Europa: Paris, London, Berlin, Warschau ... Selbst im Krieg. Für sie hat das keine Bedeutung. Wie der Boxer ist sie bereit, in die Hölle zu gehen. Sie war es, die sich auf meinen Wunsch hin einem Vertreter des Dritten Reichs genähert hat. Sie hat ihn ohne jede Schwierigkeit überredet, mit ihr zu schlafen, und wurde so seine Geliebte. Dank dieser Beziehung, die uns oft genützt hat, haben wir eine Geschäftsverbindung mit einem deutschen Unternehmen aufgebaut, das eine Tochtergesellschaft in Warschau besitzt. Die Frau des Deutschen kennt den Direktor des erwähnten Unternehmens sehr gut und hat, ohne es zu wissen, zu unseren Gunsten mitgewirkt.

Die deutsche Gesandtschaft ist mit einem riesigen Hakenkreuz bedeckt, um zu verhindern, dass ihre japanischen Verbündeten die Mission bombardieren. Nun, da unsere Visa bereitliegen, müssen wir nur noch packen. Es ist schon fast drei Jahre her, dass ich in Polen war. Meiling hat Tu Große Ohren* von unserer Abreise in Kenntnis gesetzt.

»Ich würde das Gleiche tun, wenn ich keine Waise wäre.« Das ist seine Art und Weise, uns sein Einverständnis zu signalisieren. Er bringt uns mit seinem Auto zum Flughafen, gefolgt von zwei anderen Fahrzeugen. Im ersten sitzen Moyshe und meine Männer, im zweiten die Sekretärinnen von Tu Große Ohren.

Als wir ins Flugzeug steigen, spuckt Moyshe der Narr dreimal auf den Boden und sagt: »Das ist gegen das Beyz Oyg. Und ich werde in einem Tempel Räucherstäbchen für dich anzünden. Na ja, das stimmt eigentlich nicht, ich

jidd. für »böser Blick«

sage es nur, um euch glücklich zu machen, aber in Wirklichkeit werde ich dich vergessen haben, wenn die Tür des Flugzeugs einmal geschlossen ist und dann friedlich zu Bett gehen. Bestellt Satan und seinen Jüngern einen Gruß, denn ihr seid auf direktem Weg in Richtung Hölle unterwegs. Wer ist nun eigentlich verrückt, Fayvel, du oder ich?«

»Die Menschheit ist verrückt. Pass auf dich auf und auf unsere Geschäfte. Und schlaf nicht allzu viel. Und noch was: Hör auf, mit den Prostituierten über Kant, Marx und Moses zu reden. Begnüge dich damit, sie zu vögeln – du wirst keine Philosophinnen aus ihnen machen …«

Moyshe der Narr war ein kleiner, sehr magerer Kerl mit hervorquellenden Augen. Er war früher einmal Schüler in einer Jeschiwa gewesen und galt als Genie in Theologie und Philosophie. Aber er hatte das Wohlwollen seiner Lehrer – und unter ihnen waren einige der prominentesten Rabbiner in Polen – verspielt, als er die Existenz Gottes infrage stellte. Daraufhin wurde er aus der Schule ausgeschlossen und suchte Zuflucht in einem Bordell in Warschau, wo er einen Job als Kellner fand. Die Mädchen schlossen ihn bald ins Herz und so wurde er zu ihrem Glücksbringer. Ich war in diesem Haus Stammgast. Bald trat Moyshe der Narr meiner Organisation bei und wurde schließlich meine rechte Hand.

Am 15. Februar 1941, während Zehntausende von Juden verzweifelt versuchen, dem deutschen Stiefel im besetzten Europa zu entfliehen, schlagen also ein jüdischer Pole und sein Leibwächter, ein deutscher Jude, begleitet von einer Chinesin den umgekehrten Weg ein. Was zum Teufel hat mich dazu veranlasst? Meine Familie? Ja, zweifellos, aber eigentlich bin ich bis heute nicht imstande, eine genaue Antwort auf diese Frage zu finden.

Heimland

Nach einer langen Reise und ein paar Stationen in Indien, der Türkei und in Bulgarien kommen wir Mitte März 1941 in Berlin an. Von dort aus – wir haben keine Tickets nach Warschau bekommen – beschließen wir, ein Flugzeug nach Danzig zu nehmen. Trotz ihrer beeindruckenden Größe sitzen in der Maschine, einer Junker Ju 90, nur wenige Passagiere. Die Polizei überprüft unsere Pässe, unsere Missionsaufträge und die Einladungen von der deutschen Firma Astra-Werke in Chemnitz, die einen Teil ihrer Werkstätten im Warschauer Ghetto hat. Nichts zu bemängeln. Wir kommen mit typisch deutscher Pünktlichkeit um genau 10.20 Uhr in Danzig an.

Bei unserer Ankunft wartet auf dem Rollfeld ein Auto auf uns, um uns nach Warschau zu bringen. Was für ein Schock ist es, mein Land in diesem Zustand zu sehen! Deutsche Straßensperren, die Polizei allgegenwärtig, die Narben der Besetzung von 1939, die Gebäude in Schutt und Asche, die Häuser ausgeplündert … Und in Warschau ist es noch schlimmer. Ich sehe, wie meiner Stadt Gewalt angetan wurde. Der Todesengel hat das ganze Land mit einem grauen Mantel bedeckt und herrscht nun über dieses.

hier jidd. für »Trottel«

Der Boxer bleibt wie immer ungerührt – ein wahrer Golem, wie Moyshe der Narr sagen würde. Und Meiling schmollt, weil selbst Sofia, die Hauptstadt des kleinen Bulgariens, ein Paradies zu sein scheint im Vergleich zu diesem ausgeweideten Warschau. Wir kommen im Hotel Bristol in der Krakowskie Przedmieście an – Verzeihung, in der Krakauer Straße, wie auf den neuen Straßenschildern in gotischen Buchstaben zu lesen ist, die die Ecken jeder Straße schmücken. Das Hotel ist fast ausschließlich mit Offizieren, Beamten und Volksdeutschen* gefüllt.

Meiling und ich beziehen eine Suite. Der Boxer wohnt in dem angrenzenden Zimmer. Meiling nimmt ein ausgedehntes Bad und setzt sich dann ans Fenster, um eine Zigarette zu rauchen. Ich sehe sie an, sie trägt eine Kombination aus transparenten Stoffen. Diesmal denke ich nicht an ihren Körper und daran, was sie mit ihm alles anstellen kann. In diesem Augenblick denke ich an meine Eltern und an meine Brüder. So als ob sie mir dadurch näher wären. Ich erinnere mich, dass ich nie mehr so intensiv an sie gedacht habe seit dem Tag, an dem ich Polen verlassen habe – vor so langer Zeit …

Das laute, kehlige Lachen eines Offiziers im Flur bringt mich zurück in die Gegenwart. Heute werden wir mit den Deutschen zu Abend essen. Morgen werden wir so tun, als würden wir über Geschäftsbeziehungen sprechen. Nur keinen Verdacht erwecken. Einen kühlen Kopf bewahren und sich bedeckt halten.

Das Ghetto ist nur ein paar Hundert Meter vom Hotel entfernt, aber es kommt nicht infrage, übereilt dorthin zu gehen. Und doch kribbelt es mir in den Fingern. Meiling sitzt immer noch am Fenster, mit dem Rücken zu mir.

Sie kann mich nicht sehen, aber sie hat immer schon die Gabe gehabt, meine Gefühle wahrzunehmen. Daher sagt sie mit ihrer sanften Stimme: »Wenn du möchtest, geh heute Abend dorthin und such deine Eltern. Ich werde den Deutschen sagen, dass du krank bist und ein wenig mit ihnen spielen. Ich will, dass du sie bald findest. Diese Stadt, deine Stadt, ist weniger wert als Chungking … Ich möchte nach Rom reisen und nach Paris und nicht meine Zeit hier verschwenden.«

»Wir werden bald dorthin reisen.«

Sie bläst eine Rauchwolke aus, lang wie ein Seufzer. Sie weiß zweifellos, dass ich gerade eine fromme Lüge von mir gegeben habe. Ich würde gerne die Wahrheit sagen. Auch ich möchte am liebsten das Ghetto verlassen, das ich noch nicht einmal betreten habe. Aber die Aufgabe, die auf uns wartet, ist gewaltig. Meine Eltern, meine Brüder wiederfinden … Ich weiß nicht einmal, wo sie sich befinden. Oder wo sie wohnen. Noch weniger kann ich mir den täglichen Horror des Ghettos vorstellen. Nichts, oder fast nichts, dringt nach außen, außer dieser erdrückenden Atmosphäre. Die verschlossenen Münder, die entsetzten Augen derer, die von dort kommen. Bevor ich irgendetwas unternehme, muss ich meine Kontakte auffrischen. Zum Teil recht verjährte Kontakte. Sind sie erst einmal neu belebt, werden sie ihre Wirkung zeigen.

Zehn Minuten, bevor ich mit Meiling nach unten gehe zu unserer Verabredung mit den Direktoren der deutschen Firma, klopft Walter an unsere Tür. »Ich habe Kaplinsky in der Bar gesehen mit einer Nutte und zwei Volksdeutschen. Er hat mich nicht erkannt. Was soll ich tun? Ihn erledigen? Ich glaube, ich kann das sehr diskret tun in den Kellerräumen des Hotels.«

»Nein, warte noch, vielleicht kann er uns helfen.«

Kaplinsky ist ein kleiner polnischer Ganove ohne großes Format. Er befasst sich ein bisschen mit allem, was Geld einbringt. Vor dem Krieg hatte er ein paar Mädchen, die für ihn arbeiteten, und außerdem war er Informant für die Bullen. 1934 oder 35 habe ich ihm auf die Fresse gehauen, weil er versucht hat, mich in einer Geschichte zu erpressen. Für mich ist Kaplinsky ein kleiner Fisch. Eine Kakerlake ohne großen Ehrgeiz. Meine Sorge ist nur, dass er mich erkennt. Und damit auch meine wahre Identität. Es ist nie gut, wenn ein Informant so etwas weiß. Er kann mich in große Schwierigkeiten bringen. Darüber hinaus ist die Zeit nicht auf unserer Seite und unsere offiziellen Kontakte können jede Minute hier sein. Wir müssen das Problem schnell lösen. Die Vor- und Nachteile abwägen. Ich denke nur ein paar Sekunden nach, dann sage ich zu Walter: »Überrede sie, in dein Zimmer heraufzukommen und lass sie am Leben, bis ich zurückkomme.«

Walter verschwindet sofort. Zehn Minuten später, gerade als Meiling und ich im Begriff sind, das Zimmer zu verlassen, bringt der Zimmerservice mir einen versiegelten Umschlag mit einer Mitteilung: *K. und seine Kurwa sind bei mir. Alles o. k. Die beiden Volksdeutschen sind eine Minute, bevor ich eingegriffen habe, gegangen. Schönen Abend!*

poln. für »Prostituierte«

Die Delegation, die ankommt, ist beeindruckend: die beiden Geschäftsführer des Unternehmens, zwei Offiziere der Wehrmacht und ein Vertreter des Gouverneurs Frank, der eigens aus Krakau gekommen ist. Der Abend verläuft ohne Zwischenfälle. Meiling ist natürlich eine Sensation in ihrem chinesischen Abendkleid, eng anliegend und tiefschwarz. Der offizielle Zweck unseres Besuchs ist, Rechenmaschinen und Helme für die chinesische Armee zu kaufen, aber auch, diverse Produkte an Deutschland zu verkaufen. Wir stoßen an auf das Dritte Reich, auf China und auf Adolf Hitler. Wir planen für den nächsten Morgen ein Treffen, um zu verhandeln.

Plötzlich schneidet Meiling ein ganz anderes Thema an: diese eigenartige Einrichtung, in der man die jüdische Minderheit vom Rest der Bevölkerung separiert hat. Und sie erzählt den Deutschen, dass sie gerne, rein aus Neugier, sich als Touristin ein wenig dort umsehen wolle.

Die Deutschen lachen über ihre Naivität und warnen uns vor dem Risiko einer Infektion. Dann erklären sie sich einverstanden, uns ihre Werkstätten im Ghetto nach den Verhandlungen am nächsten Tag zu zeigen. Natürlich zieht sich der Abend ewig lange hin, denn es bleiben wie immer diejenigen, die sich nicht von der Bar trennen können. Wir befinden uns eindeutig nicht in einer Machtposition und bleiben höflich sitzen, bis die letzten Mitglieder der Delegation aufstehen. Endlich gehen wir nach oben. Es wird Zeit, nach Walter und seinen Gästen zu sehen. Als wir sein Zimmer betreten, entdecken wir Walter, der auf seinem Bett liegt und liest, wie es seine Gewohnheit ist. Neben ihm eine Pistole mit Schalldämpfer. Kaplinsky und sein Mädchen sind jeder an einen Stuhl gefesselt.

Als er mich sieht, beginnt Kaplinsky zu reden, das Entsetzen ist ihm ins Gesicht geschrieben. »Paul der Pole! Du bist auch hier! Ich dachte, du wärst in China. Du musst wissen, das mit Ginzburg, das war nicht ich. Versteh doch, sie haben mich gezwungen. Du kennst mich. Die Gestapo hat mich gewaltsam …! Außerdem wusste ich ja nicht, dass er mit dir gearbeitet hat. Zu dumm!«

»Halt die Fresse, Kaplinsky, ich bin nicht für diesen Typen hier, sondern aus einem anderen Grund. Und möchte wissen, wie ich mich mit Chaim in Verbindung setzen kann. Ich muss ihn sehen. Es ist wichtig. Versteckt er sich in dem arischen Stadtteil? Ist er im Ghetto?«

»Man merkt, dass du gerade erst angekommen bist«, sagt Kaplinsky mit einem leichten Grinsen. »Ich bin schon ein paar Monate nicht mehr in diesem Geschäft. Ich habe einen ordentlichen Beruf. Ich bin Geschäftsführer eines Unternehmens, alles schön korrekt. Ich exportiere Holz nach Deutschland. Du siehst also, ich bin über nichts mehr auf dem Laufenden. Du hast den Falschen erwischt, Pavel. Ich kann dir nicht helfen.«

Als Reaktion auf den Unsinn, den er mit Mitleid heischender Stimme von sich gibt, schlage ich ihn ohne Vorwarnung ins Gesicht. Seine Freundin fängt an, voller Angst zu quieken wie ein Schwein auf dem Weg zum Schlachthof. Meiling knebelt sie sofort. Dann bittet mich Kaplinsky, dessen Nase blutet, aufzuhören. Er fängt an zu reden wie in einem Schnellsprechwettbewerb.

»Pavel, hör auf! Nun … Chaim, der ist im Ghetto, aber manchmal kommt er mit seinen Männern raus und handelt. Er kauft Lebensmittel, die er im Ghetto wieder verkauft. Das ist sein neues Geschäft. Und es läuft gut. Wenn du ihn sehen willst, sprich mit dem Bettler mit der Flöte, der immer in der Nähe des Ghettotors in der Leszno-Straße steht. Er ist vermutlich Teil seiner Bande. Lässt du mich jetzt gehen?«

»Nein, du gehst nicht … Wegen Ginzburg. Der Boxer wird sich um dich kümmern.«

Kaplinsky hat nicht einmal Zeit, eine ängstliche Miene aufzusetzen. Walter schießt ihm eine Kugel in den Kopf. Eine Sekunde später ist er wieder in sein Buch vertieft. Der Frau, die neben der noch warmen Leiche von Kaplinsky sitzt, fallen fast die Augen aus dem Kopf. Die Blutspritzer auf ihrem Gesicht heben sich von der blassen Haut ab. Ihr Hemd und ihr Rock sind ebenfalls mit roten Spritzern besprenkelt. Ich sage zu Walter: »Wenn du dein Buch ausgelesen hast, wäre es nett, wenn du hier aufwischst.«

»Kein Problem! Aber Chef … In unserer Organisation in Warschau gab es doch gar keinen Ginzburg, oder?«

»Nein, dieser Ginzburg hat wohl für Spiegelglass junior gearbeitet. Aber das ist nicht wichtig. Jetzt ist er gerächt.«

Meiling hilft mir, das gefesselte Mädchen in unser Zimmer zu tragen. Wir bringen sie direkt ins Badezimmer.

»Hör zu«, sage ich zu ihr, »Ich nehme dir den Knebel ab, aber wenn du schreist, bringe ich dich um …« Ich nehme ihn ihr ab. Sie sagt kein Wort, aber zittert stark. Ihre Hände sind immer noch auf dem Rücken gefesselt.

»Wie heißt du? Arbeitest du für Kaplinsky?«

»Mira … Bitte, mein Herr, töten Sie mich nicht. Ich werde nichts sagen, ich werde alles tun, was Sie wollen, aber töten Sie mich nicht, bitte. Ich arbeite … ich habe nicht für diesen Herrn gearbeitet. Ich bin aus Toruń. Ich habe ihn gestern getroffen. Er sagte, er wäre sehr reich und könnte mir eine Arbeit in seinem Betrieb geben, wenn ich nett zu ihm wäre. Wir haben uns heute in der Hotelbar verabredet. Das ist alles.«

»Mira, wenn du auf mich hörst und tust, was ich sage, dann wird alles gut gehen. Dann kannst du sogar Geld verdienen. Aber erst mal wirst du diese Kleider ausziehen. Wir werden etwas für dich zum Anziehen finden und du gehorchst mir in allem, was ich dir sage. Ebenso allem, was die Dame hier neben mir sagt. Los! Zieh dich aus und geh dich waschen!«

Mira ist mittelgroß. Sie gehört zu jener Art Mädchen, die weder besonders schön noch besonders hässlich sind, denen man begegnet, ohne sie zu bemerken. Sie hat kastanienbraune Haare, graue, traurige Augen, die in der Vergangenheit schon Dutzende von Kaplinskys getroffen haben. Ich lasse sie unter der Obhut einer amüsierten Meiling, die glücklich ist über dieses neue Spielzeug, und kehre zurück zum Boxer. Walter wischt gerade die Blutspuren weg, die der Informant hinterlassen hat. Die Leiche Kaplinskys ist schon in einem Kofferraum verschwunden und wird heute Abend auf dem Boden der Weichsel liegen oder anderswo. Ich vertraue darauf, dass Walter sich ihrer unauffällig entledigen wird, das ist sogar seine Spezialität. Er hält mir lächelnd Kaplinskys Brieftasche hin. Darin – keineswegs überraschend – finde ich einen Brief, der beweist, dass er für die Gestapo gearbeitet hat. Wenn wir ihn am Leben gelassen hätten, hätten wir damit unser Todesurteil unterschrieben. Nachdem das Zimmer wieder sauber ist, gehe ich mit dem Boxer nach unten, um noch ein letztes Glas zu trinken. Natürlich sprechen wir Deutsch, was zwei Volksdeutsche zu uns zieht, die geschäftlich aus Schlesien nach Warschau gekommen sind. Wir trinken und spielen zusammen Karten. Als ich nach oben gehe und Walter den Rest der Säuberungsaktion »Kaplinsky« überlasse, finde ich Meiling, wie sie mit triumphierendem Blick auf dem Sofa sitzt, die Beine weit auseinander und das Kleid hochgezogen, und sich von Mira lecken lässt, die nackt auf allen Vieren hockt. Meiling hat in einer Hand ein Messer und in der anderen eine Handvoll Haare des Mädchens. Miras Becken bewegt sich rhythmisch und gewinnt sofort meine Aufmerksamkeit. Ich lächle Meiling an und nähere mich der Polin. Ich nehme sie von hinten und umarme dabei meine Chinesin, die sich weiterhin von Miras Zunge verwöhnen lässt. Es war ein langer Tag …

Nach unserem kleinen Ausflug ins Land der flotten Dreier gibt Meiling Mira ein Kleid. Ich händige ihr eine kleine Summe Geld aus und wünsche ihr Glück. Die Polin rennt hinaus.

Meiling fragt mich: »Warum hast du sie nicht getötet? Sie kann dich anzeigen. Du nimmst ein Risiko auf dich.«

Meiling hat recht, aber etwas sagt mir, dass dieses Risiko begrenzt ist. Die späteren Ereignisse bestätigen mein Bauchgefühl. Nach einer kurzen – und ich muss sagen aufregenden – Nacht stürzen wir uns in langwierige Verhandlungen, die mit der Unterzeichnung der Verträge enden. Nach dem Mittagessen begeben wir uns ins Brühlsche Palais, um einen Höflichkeitsbesuch bei Fischer* zu machen, dem Gouverneur von Warschau und dem Verantwortlichen für die Schaffung des Ghettos. Dann kommen wir zum Kern der Sache: Wir begeben uns ins Ghetto.

Der Schock ist unmittelbar. Brutal. Gnadenlos. Wo ist die Stadt, die ich gekannt habe? Wo ist *mein* Warschau? Die Luft ist schwer. Das Misstrauen hängt über jedem Quadratzentimeter. Die Leute verstecken sich. Fliehen. Bleiben im Schatten. Eigentlich gibt es hier nichts als Schatten. Ich gebe vor, ein wenig allein sein zu wollen und begebe mich in die Leszno-Straße. Erst zu Fuß, dann in einer Rikscha. Der Bevölkerung scheint es elend zu gehen, überall gibt es Bettler. Ich frage mich, ob Kaplinsky mich nicht angelogen und auf eine falsche Fährte gelockt hat. Gibt es diesen Bettler mit der Flöte wirklich? Und wenn ja – arbeitet er nicht vielleicht eher für die Gestapo als für Chaim?

Ich hänge eine Weile auf der Straße herum und fühle, wie ich immer mehr ersticke. Natürlich denken die Menschen, denen ich begegne, ich sei Deutscher. Dann gehen sie mir aus dem Weg, nehmen den Hut ab, verlassen den Bürgersteig … Erstaunlich zu beobachten, wie man dieses Erstickungsgefühl bekommt, wenn die Leute vor einem ausweichen. Schließlich bemerke ich einen Mann, der im Eingang zur Vorhalle eines Hauses sitzt. Er spielt Flöte. Ich beobachte ihn einige Augenblicke. Ist er ein Informant oder nicht? Ich schaue um mich und beschließe, mich ihm zu nähern. Ich rede ihn auf Deutsch an, in einer Straße, in der es nur so wimmelt von Passanten, Bettlern, Kindern und mehreren Vertretern der jüdischen Polizei.

»He, du! Du, Bettler, Flötenspieler, komm her!« Der Mann steht auf und nähert sich mir.

»Drecksjude! Du spielst so schlecht! Komm, damit ich dir sagen kann, was ich von dir und deiner beschissenen Musik denke. Komm, lass dir eine Lektion geben!«

Der Mann zittert, die Schaulustigen versammeln sich, die Kinder fliehen. Brutal schnappe ich mir den Kerl und nähere mich seinem Gesicht mit einem verächtlichen Grinsen. Dann flüstere ich ihm unauffällig auf Jiddisch ins Ohr: »Sag Chaim, dass Fayvel aus China zurück ist und ihn sehen will. Ich will, dass er meine Familie findet. Morgen, zur gleichen Zeit, bin ich zurück. Hast du verstanden?«

Der Mann ist immer noch verängstigt. Er blickt mir ein paar Augenblicke direkt in die Augen, dann sagt er, er werde Bescheid sagen. Vorsichtig und ohne, dass die Menge, die sich um uns angesammelt hat, etwas merken kann, lasse ich einen 100-Dollar-Schein in seine Tasche gleiten und einen Zettel mit allem, was ich über den Verbleib meiner Familie weiß: Namen, frühere Adressen, Ankunftstag im Ghetto. Um meine Handbewegung besser zu vertuschen, versetze ich ihm eine gewaltige Ohrfeige. Seine Mütze fliegt weit weg auf den Gehweg und ich schreie ihm nach, dass die Drecksjuden kein Ohr für Musik haben und er sich entschuldigen müsse! Noch aufgewühlt durch meine eigenen Worte, verlasse ich unverzüglich die Leszno-Straße, um zwei Straßen weiter die Deutschen, Walter und Meiling wieder zu treffen.

Unter dem Vorwand, dass Juden mein Wohlbefinden aufs Höchste beeinträchtigen, bitte ich, dass wir das Ghetto verlassen. Wir gehen mit schnellem Schritt durch die Tore. Die Wachen der jüdischen Polizei auf der einen Seite des Tors und die deutschen Wachen auf der anderen Seite grüßen uns. Wir verabschieden uns rasch von unseren Gastgebern und kehren ins Hotel zurück.

Ich bin erschöpft. Nervös. Aufgewühlt. Zornig. Was wir hinter diesen Mauern gesehen haben, geht über jedes Fassungsvermögen hinaus. Barbarei! Walter fühlt, dass es besser ist, mich jetzt nicht anzusprechen. Er geht im Zimmer auf und ab, ohne etwas zu sagen. Meiling findet wieder einmal die Kraft, das Schweigen zu brechen.

»Dein Volk leidet. So wie wir Chinesen unter der japanischen Besatzung. Also, du rettest jetzt deine Familie und dann fahren wir nach Paris und nach Rom. Hast du den Deutschen gesagt, dass wir den Zug morgen früh nach Paris nehmen? Um wie viel Uhr fährt er ab? Wann findest du deine Eltern? Früh am Morgen, nehme ich an?«

»Ja, wir fahren morgen früh ab … Aber ich werde mit Walter an der ersten Station aussteigen. Ein Wagen wird uns ins Ghetto bringen. Du wirst alleine nach Paris reisen und dort auf uns warten. Ich bleibe hier. Ich muss meine Familie finden.«

»Nein! Ohne dich reise ich nicht ab. Du möchtest im Ghetto wohnen? In Dreck und Armut? Hast du die Leichen gesehen, die auf der Straße herumliegen? Die mit einer Zeitung statt mit einem Leichentuch bedeckt sind? Du, der den Luxus liebt, den Champagner, du möchtest dich in diesem Viertel niederlassen? Ich verstehe dich nicht.«

»Meiling, ich muss meine Familie wiederfinden.«

»Du bist verrückt, Fayvel, völlig verrückt. Aber ich bleibe bei dir. Ich möchte das Leben dieser europäischen Chinesen sehen.«

Und Meiling blieb.

Das Ghetto

Am nächsten Tag wartet ein Auto mit Fahrer bei der ersten Haltestation des Zuges, der uns nach Paris bringen soll, auf uns. Dieser ist niemand anderes als der Chauffeur des Hotelmanagers, den ich bestochen habe. Bald sind wir wieder in Warschau. Ich lasse Walter und Meiling in einer unauffälligen Hotelbar zurück und begebe mich mit meinem Fahrer ins Ghetto. Wir passieren das Tor ohne Probleme. Ich bitte den Fahrer, mich in zwei Stunden dort abzuholen, wo er mich absetzt. Die Wagentür schließt sich mit einem metallischen Klang, dessen Echo an den Mauern der Straße bis ins Unendliche widerhallt. Ich spüre, dass man mich beobachtet und gehe in fieberhafter Eile zu dem Treffpunkt, den ich dem Mann von Chaim angegeben habe, zwei Straßen weiter. Die Eingangshalle, wo der Flötist gesessen hatte, ist leer. Ein ungutes Gefühl ergreift mich und, um mich zu versichern, taste ich nach dem Griff des Colt 1911, der in meinem Gürtel steckt. Ich warte. Einige Passanten erscheinen und verschwinden sofort.

Ich bin im Begriff, die Gegend zu verlassen, als ein Typ in einem Hauseingang mir Zeichen macht, ihm zu folgen. Das tue ich. Nicht weiter überraschend werfen sich sofort vier Kerle auf mich. Chaims kleine Schläger. Stämmig, aber stark sind sie. Diese Art von Kerlen kenne ich auswendig. Es sind die gleichen, die vor dem Krieg das jüdische Viertel bei den antisemitischen Ausschreitungen, die die Studenten organisiert hatten, verteidigt haben. Sie versuchen mir Angst einzujagen, indem sie Springmesser auf mich richten.

Einer von ihnen, anscheinend der Chef, ein langer Dünner mit gebrochener Nase, ergreift das Wort: »He, du bist wohl ein Agent der Gestapo. Was willst du von Chaim? Er macht keine Geschäfte mit Leuten wie dir. Wenn du vorhast, noch länger als eine halbe Stunde am Leben zu bleiben, dann holst du erst einmal schön langsam alles heraus, was du in deinen Taschen hast, du Hurensohn.«

Trotz der Gefahr fühle ich mich seltsam wohl in ihrer Gesellschaft, fast so, als hätte ich meine Familie wiedergefunden. Nicht die Blutsverwandtschaft, sondern die der Bande. Meine Erinnerungen an Polen, meine Jugendjahre, der jiddische Slang der Unterwelt … Ohne, dass sie es wissen, machen mir diese vier Ganovim, die hier die großen Jungs spielen, außerordentliches Vergnügen. Es gibt sie also noch, die Juden dieses Kalibers. Ich habe fast Lust, ihnen zu sagen, dass ich sie liebe. Dass ich Lust habe, sie zu umarmen, zu diskutieren, zu lachen, zu weinen und jedem von ihnen zuzuprosten. Aber unter den gegebenen Umständen muss ich sie in ihre Schranken weisen, indem ich ihnen erkläre, auf welcher Seite ich stehe. Mit einer Hollywood-Geste ziehe ich meinen Colt und ziele auf die Stirn des Typen mit der gebrochenen Nase, während ich sie auf Jiddisch beleidige.

hebr. für »Dieb« Mehrzahl von Ganev

»Sag mir mal, du kleiner Schwanz, hast du noch nie von Fayvel dem Chinesen gehört, he? Während du in einem

Milieubegriff für »Zuhälter«

Bordell für irgend so einen Alphonse gearbeitet hast, habe ich die polnische Unterwelt im Zaum gehalten, deren Augen größer waren als der Mund, und die sich ein wenig zu viel für das jüdische Geschäft interessierte.«

Die vier kleinen Kerle sind daran gewöhnt zu gehorchen. Aber hier stehen sie vor einem Dilemma. Ich scheine einer der ihren zu sein. Ihre Augen kleben an meinem Colt. Die Waffe ist zugleich Gegenstand der Furcht und des Verlangens. Welcher kleine Schläger möchte nicht die Gelegenheit haben, den fantastischen Elfenbeingriff eines Colts 1911 zu streicheln? Der macht doch jedenfalls mehr Eindruck als so ein kleines Springmesser.

Eine Stimme erhebt sich aus dem Schatten. »Ist schon gut, Jungs, er ist einer von uns, ihr könnt eure Messer wegstecken. Komm, Fayvel, lass dich umarmen.«

Chaim ist von Anfang an dagewesen. Er kommt auf mich zu mit seinem vernarbten Gesicht und seinen stählernen Augen, die noch immer diesen gewissen Glanz besitzen.

jidd. für »verrückter Mensch«

jidd. für »ungeschickte, unbeholfene Person«

»Na, was ist mit China? Was machen die Geschäfte dort? Und die Frauen? Und was macht ein meshigener Mensch wie du in diesem Scheißghetto? Warum bist du nach Polen zurückgekommen? Bist du ein Shlemiel oder was? Los, komm, wir trinken einen zusammen und du erzählst mir alles. Hast du gehört, dass Wladek der Stotterer auch im Ghetto ist? Komm mit uns. Sag mal, *oy, oy, oy*! Deine Knarre ist sehr beeindruckend, wir brauchen solche Schießeisen, wie du sie da hast, und ...«

»Hast du Nachrichten von meiner Familie? Ich habe dem Flötenspieler einen Zettel gegeben mit den Informationen, die ich hatte. Wie geht es ihnen?«

»Hör zu, Fayvel, dein Vater ist 1940 gestorben und deine Mutter zwei Monate nach ihrer Ankunft im Ghetto. Der Typhus hat sie dahingerafft. Tut mir sehr leid. Weißt du, ich dachte, dies sei eine Provokation der Gestapo oder sogar der Dreizehn*, die mit ihnen arbeiten. Ich dachte daran, weil du schon so lange aus Polen weg bist. Und hier sind alle überzeugt, dass du in China oder Amerika bist, reich und von schönen Frauen umgeben, in einer tollen Villa, weit weg von diesem Scheißland mit diesen Schweinen von Polacken und diesen Bastarden, den Nazimördern. Sie sind alle marode. Der Judenrat*, die Centos*, die jüdische Polizei … Ja, und dein Bruder Moshe, der ist vor ungefähr einem Monat gestorben. Er ist in eine der schlimmsten Placówkas* geschickt worden, eine Zwangsarbeitsbrigade im Hauptquartier der Gestapo in der Szucha-Straße. Eines Tages, als er arbeiten sollte und seine Klappe halten, hat er einen SS-Mann beleidigt, der da vorbeiging. Moshe dachte, der versteht kein Polnisch. Aber dieser Blödmann sprach Polnisch und hat ihn auf der Stelle niedergemacht. So läuft das hier. Wir sind weniger wert als Hunde. Der Chef der Gruppe hat das dem Flötenspieler erzählt. Es tut mir sehr leid, Fayvel, es tut mir leid.«

Ich habe zugehört, ohne ein Wort zu sagen. Als Chaim seine Rede beendet, muss ich mich zurückhalten, um nicht loszuheulen. Ich tue so, als ob ich nichts empfinde, aber eine große Traurigkeit überkommt mich. Ich fühle mich, als müsste ich kotzen. Dann wird aus der Übelkeit eine unbeschreibliche Wut. Noch nie im Leben habe ich eine solche Wut verspürt. Ich möchte deutsches Blut fließen sehen. Zwei oder drei umbringen, auf der Stelle. Egal wen. Soldaten, Männer, Frauen, Volksdeutsche, egal … Aber zunächst einmal muss ich zurück zu Walter und Meiling. Der Wagen, der mich abholt, wird bald da sein.

»Gut, Chaim. Wir werden das heute Abend durchsprechen. Ich hole meine Sachen und meine Leute. Ich werde bald zurück sein. Besorg mir eine bequeme und unauffällige Bleibe mit Versteck und Notausstieg.«

»Kein Problem! Du wirst einen Palast bekommen, der des Kaisers von China würdig ist. Meine Männer werden dich zum Auto begleiten. Aber du musst mir trotzdem noch erklären, wie du es schaffst, dieses Hin und Zurück zur Welt der Lebenden, ohne Ärger zu bekommen. Wirklich klasse, dieser Fayvel! Das ist er! Der König ist wirklich zurück!«

Angekommen im Hotel erbreche ich mich, kaum dass ich aus dem Auto gestiegen bin. Beim Betreten der Bar begegne ich zwei jungen Luftwaffenoffizieren. Ich muss mich zurückhalten, ihnen nicht an die Kehle zu springen. Der bloße Anblick ihrer Uniformen ist mir unerträglich. Schließlich setze ich mich hinten in der Bar an den Tisch, wo Meiling und Walter schon warten.

»Hast du deine Eltern gesehen?«, fragt Meiling.

»Halt den Mund, der Wagen wartet auf uns. Wir werden eine Weile im Ghetto wohnen, dort werde ich euch alles erzählen.«

Ich bin so bleich, dass ich vermutlich wie eine Leiche aussehe. Mechanisch klopfe ich mit der Juno-Zigarette auf den Tisch, um sie besser zu stopfen, aber ich tue das so nervös, dass ich sie kaputt mache. Es ist das erste Mal, dass Meiling und Walter mich in einem solchen Zustand sehen. Und das gefällt mir nicht.

»Brauchst nichts zu erklären, Paul. Wir haben schon verstanden«, sagt Walter mit Bedacht.

Meiling blickt Walter an, dann wendet sie sich mir zu und versenkt ihren Blick in meine Augen. Selten sehe ich einen Blick so voller Mitleid, Schmerz und Zärtlichkeit bei ihr. Auf dem Rückweg werden wir beim Ghettotor von einer Patrouille kontrolliert. Zusätzlich zu den deutschen Posten und der polnischen Polizei sind da auch noch SS-Leute, die nach unseren Papieren fragen. Wir verlassen das Auto und

Walter beginnt sie anzuschnauzen, während er mit einem Brief des SD* vor ihrer Nase herumfuchtelt. Laut diesem Brief hat er offiziell den Rang eines Obersturmbannführers der SS. Dann erklärt der Boxer, dass wir eine Mission zu erfüllen haben. Die Untergebenen zögern. Aber beeindruckt von der Chutzpe Walters, der seinerseits ihre Papiere fordert, verbeugen sie sich und der Weg ist endlich frei.

jidd. für »Dreistigkeit, Anmaßung«

Wir begeben uns ins Ghetto. Vor Ort, sobald das Auto außer Sichtweite ist, erscheinen Chaims Männer wie von Zauberhand. Sie nehmen unser Gepäck und führen uns in den »Palast des Kaisers von China«. Er ist in der Leszno-Straße gelegen, dem Broadway des Ghettos, wie Chaim lachend zu sagen pflegt. Der Palast befindet sich auf dem Dachboden. Man erreicht ihn über einen Hintereingang durch einen Schornstein auf dem Dach. Wirklich genial. Chaim, wie er leibt und lebt. Die Dachluken sind zum Himmel gerichtet, wegen des Lichtes. Ein Wandfenster gibt es notgedrungen, um die Straße überwachen zu können. Und einen Notausgang, der ausreicht, um über die benachbarten Dächer und von dort aus zu einer Parallelstraße, der Nowolipie, zu gelangen.

Abgesehen von der alten Madame Kantor, die direkt unter dem Unterschlupf wohnt, und dem Portier, der Chaim völlig ergeben ist, weiß kein Einwohner des Gebäudes etwas von unserem Unterschlupf. Auf jeden Fall ist das ganze Gebäude unter Chaims Kontrolle, der die Bewohner mehr oder weniger als Gegenleistung für ihr Schweigen ernährt. Der Palast besteht aus einem riesigen und drei kleinen Zimmern. Chaims Männer haben drei Betten, Stühle und einen großen Tisch für uns gefunden. Saubere Bettwäsche auch. Ein riesiger Kamin, der mit dem Hauptschornstein des Gebäudes verbunden ist, gibt uns die Möglichkeit zu heizen. Wir haben sogar Strom. Was will man mehr?

»Ich hatte dieses Versteck für mich aufgehoben, falls meins entdeckt würde, aber jetzt gehört es dir.«

Ich habe keine Zeit, Chaim zu danken, der uns in einen der vielen Nachtclubs mitnimmt, die im Ghetto florieren. Ein großer Tisch ist dort für unsere Gruppe bereitgestellt worden, die aus mir, Chaim, Ben Shimon, den ich seit Ewigkeiten nicht mehr gesehen habe, und Wladek dem Stotterer besteht. Drei von Chaims Leuten sitzen an einem Tisch in unserer Nähe. Der Saal ist gerappelt voll. Trotz des Elends gibt es für die Reichen des Ghettos, diese winzige Minderheit, alle nur möglichen Unterhaltungen. Restaurants, Spielhöllen und Bordelle. Mehr als fünfzig solcher Etablissements haben im Nullkommanichts ihre Tore geöffnet. Industrielle und Bankiers, die zumindest vor dem Krieg bekannt waren, bilden diese neue Aristokratie des Ghettos. Meist fungieren sie auch als Schmuggler, die zum Unbehagen des Judenrats das Ghetto mit dem Nötigsten versorgen. Dazu kommen die Gestapo-Leute, die Chefs der jüdischen Polizei, diese grandiosen Erpresser des Ghettos, und die Bastarde der Dreizehn, die in direktem Wettbewerb mit dem Judenrat stehen. Kurz, hier drängt sich die ganze Fauna der Profiteure und Kollaborateure zusammen. Wodka, Hering und Essiggurken werden uns vorgesetzt, gefolgt von einer Vielzahl ausgewählter Gerichte. Ein Orchester samt Sänger im weißen Smoking spielt Vorkriegsmelodien. Foxtrott, Tango, polnischen Jazz. Songs wie »Sex-Appeal«, »Ani ty ani ja«, »Zagrajcie mi« klingen noch in meinem Kopf. So viel Leben in dieser Spielhölle, als wolle man dem Tod, der uns allen früher oder später droht, ein Schnippchen schlagen.

Draußen, weniger als fünfzig Meter vom Eingang entfernt, liegt eine Frau tot und steif auf der Straße, die Arme sind abgemagert, der Kopf wird von einer Zeitung bedeckt.

Eine Zeitung mit schlechten Nachrichten. Nach zwei Wodkas als Willkommenstrunk ergreift Chaim das Wort.

»Fayvel, hier kann man gute Geschäfte machen. Vielleicht nicht in deinen früheren Spezialitäten, aber nun, da du bei uns bist, können wir gutes Geld verdienen. Viel Mouès! Nur sind die Regeln nicht mehr die gleichen wie vor dem Krieg. Man muss lernen, sich mit Mächten zu arrangieren, die der unseren so sehr überlegen sind.«

Ich schneide Chaim das Wort ab und erwidere kühl: »Chaim, ich bin nicht hier, um Geld zu verdienen, davon habe ich schon genug. Ich bin gekommen, um meine Familie zu retten, aber jetzt, da ich weiß, dass meine Eltern und mein Bruder Moshe gestorben sind, habe ich hier nichts mehr verloren. Ich werde versuchen, meinen jüngsten Bruder Jakob, seine Frau und seine Kinder zu finden, die, glaube ich, in Lemberg sind. Weißt du, was dort los ist, bei den Sowjets?«

»Ich habe keine Ahnung, aber ich kann es herausfinden. Wenn sie leben, wirst du es wissen. Aber derzeit helfen wir unseren Brüdern, die in Not sind. Ohne uns wäre schon mehr als die Hälfte der Menschen im Ghetto an Hunger gestorben.«

»Hör auf, Quatsch zu reden, ja?«, sage ich und hebe mein Glas, um auf unser Wiedersehen zu trinken. »Dein jüdischer Patriotismus brüstet sich, diesem Fettsack da zu fressen zu geben, der sich am Nebentisch besäuft.« Ich zeige mit dem Finger auf einen Pelzhändler, der früher sehr berühmt war in Warschau und der offensichtlich immer noch eine prall gefüllte Geldkasse unter seiner Matratze versteckt hält.

Unser Tisch lacht laut, aber beruhigt sich gleich wieder. Männer in Uniform, Schirmmützen auf dem Kopf, platzen in den Raum. Statt der blauen Armbinde der jüdischen

Polizei haben sie grüne Armbinden. Sie tragen auch schön beschlagene Stiefel im deutschen Stil. Es sind die Männer Gancwajchs*, die direkt mit der Gestapo zusammenarbeiten.

Die vier Männer gehen geradewegs auf unseren Tisch zu. Ihr Anführer ist ein großer Kerl, der wie ein Ringkämpfer aussieht. Chaim erstarrt plötzlich. Die Dreizehn fordern von ihm die Hälfte all seiner Waren als Steuer ein. Jetzt benimmt er sich plötzlich wie ein ängstliches Reh im Scheinwerferlicht eines heranrasenden Wagens. Ich verstehe, dass er machtlos gegen diese Männer ist. Eine üble Vorahnung überkommt mich. Man rückt Stühle an unseren Tisch und der Ringkämpfer begrüßt mich.

»Das also ist der berühmte Fayvel, der Mann mit dem weißen Pulver, der mit seiner hübschen Shikse und seinem Leibwächter Urlaub im Ghetto macht. Wie wär's, wenn du uns vorstellst, Chaim?«

jidd. für »Nichtjüdin«

Chaim ist vollkommen weiß, blass wie ein Leichentuch. Jemanden wie mich an die Gestapo verkauft zu haben, wird normalerweise mit dem Tode bestraft – wenn ich mit dem Leben davonkomme natürlich. Chaim flüstert mir zu, schwört beim Kopf seines Sohnes Lolek, dass er es nicht war. Dann stellt er uns vor. Er schwitzt.

»Fayvel, ich stelle dir den Mann vor, der für das Wohlergehen des Ghettos und gegen die Korruption kämpft, die rechte Hand von Herrn Gancwajch, Dawid Szternfeld.«

»Sehr erfreut! Sind Sie gekommen, um mich zu verhaften? Oder erwarten Sie Verstärkung aus der Szucha-Straße?«, sage ich ruhig und zynisch und blicke ihm direkt in die Augen. »Denn, sehen Sie, ich wollte gerade Wodka trinken und eine Flasche Champagner entkorken ...«

Für einen nicht enden wollenden Augenblick ist der Tisch in Schweigen gehüllt. Anscheinend jagt dieser Mann mit seinen Uniformierten meinen Freunden wirklich Angst ein und sie sind schließlich auch nicht gerade Chorknaben. Szternfeld sieht mich für einen Moment an und bricht dann in ein grobes Lachen aus. Er nimmt seine Schirmmütze ab und hebt ein Glas auf meine Gesundheit. Die Leute um den Tisch entspannen sich.

»Nein, ich bin nicht hier, um dich zu verhaften. Ich bin hier zum Vergnügen und zum Essen, denn ich hatte einen harten Tag. Aber ich habe auch eine Einladung für dich, Fayvel.«

»Oh, da bin ich aber sehr geschmeichelt. Haben Sie Eintrittskarten für das Symphonieorchester des Ghettos? Es sei denn, wir möchten lieber Marysa Eisenstadt oder die schöne Diana Blumenfeld in einem Theaterstück auftreten sehen? Oder gehen wir ins Nowy Azazel*?«

Wiederum sagen weder Chaim noch Ben Shimon noch Wladek ein Sterbenswörtchen. Sie scheinen gelähmt und denken zweifellos, dass der Abend in einem Handgemenge enden wird, eine Situation, die ich zugestandenermaßen auch ins Auge fasse. Aber noch einmal bricht Dawid in ein bestialisches Lachen aus. Schließlich beruhigt er sich und sagt: »Ich habe etwas viel Besseres. Morgen Abend hast du die Gelegenheit, Gancwajch persönlich zu treffen. Er hat schon viel von dir gehört und will dich sehen. Ich hol dich ab und wir gehen zum Arizona. Wir trinken, wir reden, man lernt sich kennen … Und wo bist du abgestiegen? Auf der arischen Seite, nehme ich an?«

»Mach dir darüber keine Sorgen, ich komme auf eigene Faust ins Arizona. Ich habe es nicht gerne, dass man mich abholt. Und außerdem wechsele ich gerne das Hotel, ich bin immer unterwegs.«

Wieder lacht er sein kehlig klingendes Lachen. Ein paar Gläser Wodka später tanzt er mit Meiling. Ich bleibe sitzen und beobachte Ben Shimon und Wladek. Ich weiß, dass der Verrat nicht von Chaim kommt, weil er und seine Männer meine Adresse wissen. Doch was Ben Shimon und Wladek betrifft …

Ein wenig später verlasse ich den Club, um die frische Nachtluft des Ghettos zu atmen. Ich pinkle gegen eine Wand. Chaim folgt mir und pisst neben mir, ohne ein Wort zu sagen. Bevor wir wieder zurückkehren, sagt er mir, dass Ben Shimon erst weniger als eine Stunde vor unserer Ankunft erfahren hatte, dass ich es war, dieser Gast … So bleibt uns nur noch Wladek der Stotterer. Ich gehe zuerst hinein und Chaim kommt zehn Minuten später nach, eine Prostituierte untersten Niveaus, die fürchterliches Make-up trägt, im Schlepptau. Dies ist die Art von Frauen, die er mag. Während wir den Club verlassen, gebe ich dem Boxer ein Zeichen und deute mit meinem Blick in Richtung Wladek. Walter versteht und verabschiedet sich als Erster, wobei er vorgibt, müde zu sein. Wieder angekommen in unserem Palast, öffne ich die soundsovielte Flasche Whisky und schenke mir einen Drink ein.

Meiling sagt: »Kannst du mir mal erzählen, was hier abgelaufen ist? Hier, in deinem elenden Land, komme ich mir vor wie eine Idiotin, weil ich eure Sprache nicht verstehe. Und dein Offizier hat versucht, mir an den Arsch zu greifen, als wir zusammen getanzt haben.«

»Na, und?«, sage ich lächelnd. »Hast du dich streicheln lassen?«

»Nein … Ich habe die Jadenadel genommen, die mir die Haare zusammenhält, habe die Stahlklinge aus der Scheide gezogen und sie auf seinen Unterleib gerichtet, aber sehr vorsichtig. Siehst du, Pavel, nicht einmal du hast etwas davon gemerkt. Er hat sich sofort beruhigt und hat danach mit mir getanzt, ohne meinen Arsch weiter zu berühren. Aber was ist während des Abendessens passiert?«

»Ganz einfach, die Gestapo ist dahintergekommen, dass wir keine Wirtschaftsdelegation sind. Und sie will natürlich auch herausbekommen, was wir hier im Ghetto treiben. Wir müssen uns also andere Papiere zulegen. Außerdem sind meine Eltern tot und ich habe keine Möglichkeit herauszufinden, ob mein Bruder Jakob noch am Leben ist.«

Ich trinke mein Glas mechanisch, ohne Meiling anzusehen. Walter ist immer noch nicht zurück. Das beunruhigt mich. Meiling betrachtet die Flammen des Feuers, das im Kamin knistert und in das sie gelegentlich kleine Holzstücke nachlegt.

Sie sagt: »Erinnerst du dich an Mandschukuo? Die kleine Hütte, in der wir uns über eine Woche verstecken mussten? Die Kempetai* war hinter uns her. Die Hütte damals war so ähnlich wie dieses Zimmer.«

»Ja, Meiling, aber mir wäre Mandschukuo weitaus lieber.«

Ich lächle in Erinnerung an diese gefährliche Spionagemission für die Geheimdienste von Dai Li, mit der mich Ma Kun betraut hatte. Wir entkamen nur knapp den Japanern, die uns auf den Fersen waren.

Ein Knarren der Dielen erschreckt mich. Es ist Walter. Lächelnd wie immer setzt er sich an den Tisch, ohne ein Wort zu sagen. Ich schenke ihm ein.

»Es ist kalt draußen«, sagt er, bevor er sein Glas hinunterkippt.

»Und?«, fragt Meiling.

»Und was?«, erwidert Walter. »Aaah, ja! Nun … nichts … alles in Ordnung … nichts Besonderes, nur … Wladek fiel vom Dach eines Gebäudes. Schnapsidee, mitten in der Nacht betrunken auf ein Dach zu steigen! Wahrscheinlich zu viel Wodka! Na ja, ich gehe mal ins Bett und probiere aus, wie es sich in meinem neuen Zimmer so schläft.«

»Morgen«, sage ich, bevor er den Raum verlässt, »gehst du mit Meiling Möbel kaufen. Besorgt, was man so braucht, um diesen abscheulichen Dachboden bewohnbar zu machen.«

Am nächsten Tag ist es mein Plan, Boten zu finden, um durch Chaim und Ben Shimon herauszufinden, was mit meinem Bruder ist. Durch die Aussicht auf eine saftige Belohnung in US-Dollar bieten mir viele Menschen ihre Dienste an. Einige Ermittler gehen nach Lemberg in der Sowjetunion. Ich besolde auch einige Polizisten in Marineblau, um ihrerseits Nachforschungen anzustellen. Am Abend begebe ich mich ins Arizona, in den Nachtclub, wo ich Gancwajch treffen soll. Er befindet sich im Keller des Hauses, das vor dem Ghetto das Hotel Britannia war. Musik spielt, Mädchen sitzen an der Theke, hier versammeln sich die Unterwelt, die Schläger und die Bürger. Sie alle versuchen, die Hölle des Ghettos zu vergessen ... Eine Minute lang habe ich das Gefühl, mich in einer dieser Höhlen der Französischen Konzession in Shanghai zu befinden, die es vor der Besetzung durch japanische Truppen gab. Man weist mir gleich einen Tisch in einer abgelegenen Ecke zu. Szternfeld stellt mich kurz Gancwajch vor.

Er ist ein Mann mittlerer Größe, mit rundem Gesicht. Er hat die Haare nach vorne gekämmt, um eine beginnende Glatze zu verbergen. Er trägt einen gut geschnittenen Anzug. Dicke runde Brillengläser verschleiern seinen durchdringenden Blick. Es kommt mir vor, als ob seine Augen bis auf den Grund meiner Seele blicken könnten. Sein Lächeln – eine subtile Mischung aus Bosheit, Zynismus und Kälte – verrät hohe Intelligenz. Gancwajch erweist sich übrigens auch als hervorragender Redner. Nachdem er mich zwei seiner Leutnants namens Gurwicz und Lewin vorgestellt hat, beginnt er einen Vortrag über den Kampf gegen den Schmuggel, der so schädlich für das Ghetto ist, über den Judenrat, inkompetent und korrupt, und versucht aufzuzeigen, dass nur eine Politik der Zusammenarbeit mit dem Besatzer unser Volk retten kann. Er spricht gut, aber das hindert mich nicht daran, in mich hineinzulachen. Ich zeige ihm allen Respekt, den ich für ihn habe, aber schneide ihm das Wort ab, während ich aus meinem Mantel eine Flasche echten Grand Marnier hole. Ich nutze die Gelegenheit, um ihm einen Blick auf den Griff meines Colts 1911 zu erlauben. Gläser werden gebracht und ich schlage einen Toast auf das Leben und auf das jüdische Volk vor. Wir trinken die zweifellos einzige Flasche Grand Marnier, die es im Ghetto gibt. Dann gehen wir ganz selbstverständlich zum Wodka über. Gancwajch weist seine Leutnants an, in die Bar zu gehen, um zu sehen, wer dort ist.

Endlich sind wir beide allein. »Tukhes oyfn tish«, sage ich, »was willst du?«

jidd. für »Leg die Karten auf den Tisch!«

»Drei Dinge«, sagt er sehr ruhig. »Zunächst einmal habe ich vor dem Krieg eine Menge über dich gehört. Weißt du, du warst sehr bekannt in dem Milieu von Łódź, von Warschau, aber auch von Lublin, Lemberg, Wilna … Viele Bandenchefs haben dich als Helden angesehen, der vor nichts Angst hatte, weder vor der Polizei des Zaren noch vor den Polen … Aber die Zeiten haben sich geändert und die Deutschen fragen sich, warum du hier bist. Sie stellen Nachforschungen über dich an – über dich und deine Chinesin, ebenso wie deinen Yeke. Hier ist also der erste Punkt: Wladek war ein Typ, den ich gelegentlich benutzt habe. Leider ist er von einem Dach gefallen. Ich hoffe wirklich, dass es nicht mehr von solchen unglücklichen Zufällen geben wird – sie sind ärgerlich und nicht gut für die Moral meiner Organisation. Der zweite Punkt: Du bist ein wertvoller Mann, du hast jede Menge Chutzpe und viel Erfahrung.

abwertend für deutschspr. Juden

Es wäre großartig, wenn wir unsere Kräfte bündeln und zusammenarbeiten würden, aber ich habe das Gefühl, du wirst das nicht wollen, was schade wäre. Und schließlich gibt es noch eine Sache, um die ich dich persönlich bitten möchte. Wie du weißt, brauche ich die Zustimmung der Deutschen, um den Juden des Ghettos zu helfen, aber ich weiß, dass jede Form der Zusammenarbeit ein Ende hat und auf lange Sicht bin ich mir über gar nichts mehr sicher. Ich denke, mit deinen Kontakten könntest du mir helfen, mich, meine Familie und meine Freunde rechtzeitig hier herauszuholen, bevor es auch uns an den Kragen geht. Und wenn ich ›heraus‹ sage, meine ich natürlich nicht den arischen Bereich, sondern ein neutrales Land wie die Schweiz, Spanien oder Schweden. Während du all das vorbereitest, kannst du auf meine Hilfe und meine Diskretion gegenüber der Gestapo und allen deutschen Diensten, die dich suchen, zählen. Also, Fayvel, was hältst du davon? Ich denke, wir werden eine gemeinsame Basis finden, nicht?«

»Sag mal, Avrum, hast du Nachrichten aus Lemberg? Wie geht es den Juden dort?«

»Ah! Dein Bruder Jakob und seine Familie ... Ja, ich weiß Bescheid, die Nachrichten dringen schnell ins Ghetto. Es ist ein in sich geschlossener Kreislauf. Ich werde sehen, was ich für sie tun kann. Aber bis dahin wollen wir essen und trinken.«

Er wendet sich an seine Leutnants an der Bar und bittet sie, sich zu uns zu setzen. Ein wahres Festmahl wird auf unserem Tisch aufgefahren: eine riesige Gans, Krakauer Würstchen, Kartoffeln, Champagner und Wodka, klein gehackte Leber mit Eiern und Zwiebeln und Obstsalat mit Orangen zum Nachtisch. Auf dem Bürgersteig, mitten in der eisigen Nacht, versuchen Waisenkinder, eng aneinandergeschmiegt, mit leerem Magen zu überleben.

Am Ende der Mahlzeit, als wir uns trennen, umarme ich Gancwajch und sage zu ihm: »Avrum, Nummer eins, das ist okay, solange du uns in Ruhe lässt, mich und meine Leute. Die Antwort auf Nummer zwei lautet Nein und zu Nummer drei sage ich Ja, wenn du meinen Bruder und seine Familie lebend und gesund findest.«

Für ein paar Sekunden, die mir wie eine Ewigkeit scheinen, blickt er mir direkt in die Augen. Ich habe schon vor langer Zeit gelernt, das Gleiche zu tun, und er wendet den Blick als Erster ab. In diesem Moment kann ich mir nicht vorstellen, dass mich dieser durchdringende Blick mein Leben lang verfolgen wird. Bei der Rückkehr zum Versteck drehe ich mich von Zeit zu Zeit um, weil ich sehen will, ob ich verfolgt werde. Ich mache mehrere Umwege, gehe durch Hinterhöfe, steige versteckte Treppen hinauf und klettere auf ein Dach … Schließlich komme ich im Palast an.

Die Kaiserin erwartet mich in stolzer Haltung, denn sie hat ihre Mission erfüllt. Meiling hat unser Nest vollständig eingerichtet. Sie hat Perserteppiche und ein Grammophon aufgestöbert. Walter hat ihr geholfen, denn alle Möbel, die man den Juden weggenommen hat, sind in einem Theater auf der arischen Seite gelagert. Er musste einen hohen Preis zahlen, um die Wachen des Lagers, die Wachen am Tor des Ghettos und die Mitglieder der jüdischen Polizei zu bestechen. Wie man im Milieu sagt, unterm Tisch hat sich einiges abgespielt für Walter und Meiling.

Der Möbelwagen ist von Chaims Männern entladen worden. Voller Stolz zeigt mir Walter das tragbare Radio, das er entdeckt hat. Im Übrigen ist die Auswahl von Meilings Möbeln völlig zufällig. Ein russischer Tisch, massiv geschnitzt, findet sich neben einem flämischen Sekretär, den Louis-XIV-Stühlen, einem Schaukelstuhl, einer Kuckucksuhr aus dem Schwarzwald, Gemälden mit nackten rundlichen Frauen aus der Jahrhundertwende, einem chinesischen Wandschirm, einem Kronleuchter aus Kristall, zwei Bronzen, die afrikanische Diener in Lebensgröße darstellen, und einem riesigen Hirschkopf mit Geweih.

Meiling, die mir eine Freude machen wollte, hat außerdem auf Walters Rat hin die Bibliothek eines jüdischen Gelehrten gekauft: Talmud, Mischna, Gebetsbücher ... Die Bibliothek eines Rabbiners. Natürlich weiß Meiling nicht, was das alles ist, sie wollte mich nur glücklich machen. Ich sehe, wie sich Walter freut. Ich bin wirklich gerührt von dieser Geste Meilings und den Kinderstreichen Walters. Ich umarme meine Chinesin. Dann schalten wir das Radio ein. Die Nachrichten sind nicht gut. Die deutschen Truppen sind in Libyen gelandet. In China sind die Kämpfe zwischen den Truppen von Chiang Kai-shek und den Japanern ins Stocken geraten.

Wir gehen spät zu Bett. Meiling und ich lieben uns und ich sage ihr noch nicht, dass Walter und sie morgen Warschau verlassen müssen. In der Nacht werde ich dreimal von Schüssen geweckt. Vermutlich Schmuggler, die versuchten, Lebensmittel ins Ghetto zu schaffen und dabei dem Todesengel begegnet sind. Am Morgen, nach dem Frühstück, erkläre ich Walter und Meiling die Situation. Wir haben keine gültigen Reisepässe mehr. Walter hat immer noch seine falschen Papiere des SD. Als ehemaliger Boxer und Türsteher in Nachtclubs entspricht er eher dem arischen Typ, kann Bayerisch reden und kennt auch den sächsischen Dialekt gut. Das ist viel wert. Meiling ihrerseits spricht fließend Japanisch.

Ihre Eltern mussten sie im Stich lassen, da sie zu arm waren, sie zu ernähren, und so wurde Meiling an ein Bordell im japanischen Bezirk von Shanghai verkauft. Seitdem hasst sie die Japaner, nicht nur wegen des Krieges und der schrecklichen Ereignisse von Nanking, sondern vor allem wegen der Grausamkeit und Perversität einiger japanischer Offiziere gegenüber den Mädchen, die zu Sexsklavinnen gemacht worden waren. Sie hatte manche von ihnen unter schrecklichen Leiden sterben sehen. Einmal hatte man sie selbst für tot gehalten und einfach liegen gelassen.

»Walter und Meiling, ihr brecht heute nach Berlin auf. Wir haben ein Problem, was die Dokumente betrifft, und dies gilt vor allem für Meiling, die nicht wirklich arisch aussieht. Also, ich verlasse mich darauf, dass ihr einen japanischen Pass für sie besorgt.«

»Eher sterbe ich!«, ruft Meiling.

»Ich kann für uns wahrscheinlich ohne allzu große Schwierigkeiten authentische deutsche Reisepässe finden«, sagt Walter, »aber für Meiling ist das schwieriger.«

»Sieh zu, dass du für sie einen japanischen Pass findest und du wirst ein perfekter Arier. Mach dir keine Sorgen um mich. Wenn ich meinen Bruder Jakob nicht finde, treffe ich euch in Berlin.«

Ich gebe ihnen zwanzigtausend US-Dollar. Eine riesige Summe, die sie aber wahrscheinlich brauchen werden. Meiling fleht mich an, bei mir bleiben zu dürfen, aber mein Entschluss ist gefasst. Zum Glück habe ich ihr nicht gesagt, dass wir über den Ausschuss der Dreizehn in das Fadenkreuz der Gestapo geraten sind. Walter hingegen braucht meine Erklärungen nicht. Er hat alles kapiert. Zwei Stunden später trägt er eine Lederjacke, die mit einer Hakenkreuz-Armbinde geschmückt ist, und begleitet Meiling zum Ausgang. Sie passieren die Tore des Ghettos ohne Schwierigkeiten. Draußen grüßt ihn ein Wächter mit Heil Hitler. Walter grüßt zurück und entfernt sich mit Meiling, ohne sich umzudrehen. Nun bin ich also alleine im Ghetto.

Der bestialische Gestank schnürt mir die Kehle zu und ich muss mich übergeben.

In dieser Nacht finde ich keinen Schlaf und höre deswegen die Nachrichten im Radio. Die deutschen Kanäle verkünden strahlende Triumphe, das »Horst-Wessel-Lied«, das aus meinem Empfänger ertönt, scheint mit seinen Tönen mein Versteck und das ganze Ghetto bedecken zu wollen. Wenn ich einschlafe, spuken meine Brüder durch meine Träume. Und ich träume vom Wald und von dem Bach, der an das Haus meiner Kindheit grenzt, von Irena, der polnischen Nachbarin mit den langen goldenen Haaren, von dem Markt in Zaklików, wo der alte Milsztajn, der das Lebensmittelgeschäft am Marktplatz betrieb, mir Zuckerstangen schenkte, weil er meinen Vater gut kannte, der ihm Getreide und Mehl verkaufte.

Am Morgen werde ich nicht vom ersten Hahnenschrei geweckt, sondern von den Deutschen, die in unserem Viertel eine Razzia veranstalten. Mithilfe der jüdischen Polizei halten sie die Menschen auf der Straße an. Wer keine Arbeitserlaubnis hat, wird verhaftet. Zwei LKWs warten auf der Straße. Ich höre panische Schreie, sehe Menschen rennen, viele Schüsse fallen. Ein junger Mann bricht auf dem Pflaster zusammen. Eine junge Frau rennt auf ihn zu und fängt an zu schreien, als sie ihn, vermutlich ist er ihr Ehemann, sieht, wie er in einer Blutlache liegt. Der deutsche Soldat neben ihr lässt sie nicht lange schreien. Sobald die beiden LKWs voll sind, verlassen die Deutschen und die jüdische Polizei die Straße. Ein ganz normaler Morgen im Warschauer Ghetto. Mir wird wieder übel.

Gerade, als ich das Fenster schließen will, nehme ich eilige Schritte auf dem Dach wahr. Kurz darauf höre ich, wie die Tür zu meinem geheimen Versteck geöffnet wird. Ein Schauer überläuft mich. Ich nehme meinen Colt und verstecke mich in einer Ecke, zu allem bereit.

»Fayvel, steck' deine Knarre weg, ich bin's nur.«

Es ist Chaim mit einem seiner Männer. Er sieht mich nicht, aber er kennt mich gut, dieser Kerl. Ich stecke den Colt in meinen Gürtel zurück und trete aus dem Halbdunkel heraus.

»Shalom, Chaim, was gibt's Neues?«

»*Oy*! Welche Schönheit hier! Ich hatte dir ja schon gesagt, dass dies der Palast des Kaisers von China ist! Wie reizend ... Es erinnert mich an das kleine Bordell in Żoliborz, weißt du noch? Nicht viele Mädchen, aber sie waren klasse. Oh, du hast ja einen Plattenspieler, und sogar ein Radio! Tsss! Alleine dafür riskierst du schon die Todesstrafe. Aber wenn es weiter nichts ist ... Und? Bekomme ich was zu trinken?«

»Setz dich, Chaim. Lass uns ein wenig Wodka trinken.«

»Was ist nun mit Gancwajch? Was will dieser Mamzer?«

jidd. für »uneheliches Kind«

»Dass ich für ihn arbeite natürlich, aber ich habe Nein gesagt.«

»Na klar. Als nächstes wird er dich um Geld bitten, und wenn du ihm all dein Geld gegeben hast, wird er dich an die Gestapo verpfeifen und du bekommst eine Hinfahrkarte vom Pawiak in die Szucha-Straße. Und deine exotische Shikse und dein Golem? Wo sind sie? Himbeeren pflücken?« Er bricht in Gelächter aus.

»Chaim, du fragst zu viel. Also, was gibt es für Neuigkeiten von meinem Bruder und seiner Familie?«

»Ich weiß es noch nicht. Der Mann, den ich dorthin geschickt habe, ist noch nicht zurück. Hab ein bisschen Geduld, Fayvel; wenn sie noch am Leben sind, werden sie bald bei dir sein.

»Ich brauche einen polnischen Personalausweis, einen guten. Hier sind die Fotos.«

»Fayvel, das ist teuer! Für einen guten muss man mindestens 500 hinblättern.«

»Kein Problem, hier sind 500 Dollar. Aber ich brauche ihn bald.«

Wir plaudern ein wenig. Dann verschwinden Chaim und sein Begleiter. Chaim ist weder ein Intellektueller noch ein Ästhet. Er ist ein einfacher Mann mit einer einfachen Moral und einem Ehrenkodex, der auch sehr einfach ist. Aber er ist vor allem ein herzensguter Kerl und ich weiß, dass ich ihm vertrauen kann. Drei Tage später erhalte ich einen Ausweis auf den Namen Bogdan Zieba. Der vorherige Besitzer ist im September 1939 an der Front gefallen. Ich erfinde ganz einfach eine Biografie und habe so meinen Pass für die arische Seite. Zumal ich außer meinem Personalausweis auch noch ein Arbeitsbuch habe, das besagt, dass ich bei einem Unternehmen angestellt bin, welches Küchengeräte herstellt. Das erlaubt mir, mich mehr oder weniger frei zu bewegen. Mein Polnisch ist ausgezeichnet und mein Gesicht kann in keiner Weise die Aufmerksamkeit der Szmalcowniki erregen, die auf der arischen Seite herumschwärmen. Nun muss ich nur noch meinen Bruder und seine Familie wiederfinden.

Arbeitsbuch: verzeichnete den berufl. Lebenslauf, oft bei Kontrollen verlangt

Szmalcowniki: poln. Bez. für Personen die versteckte Juden suchten, erpressten oder auslieferten

Die Tage und Wochen vergehen, das Leben im Ghetto wird immer schwerer zu ertragen. Die Razzien nehmen zu. Ich fühle, wie die Falle zuschnappt. Ich habe immer noch keine Nachricht von meinem Bruder. Es ist Ende Juni. Das Reich greift die Sowjetunion an. Die Rote Armee weicht an allen Fronten zurück und mein Optimismus ebenfalls. Ich habe den Eindruck, dass Deutschland die ganze Welt erobern wird.

Maria

An einem Tag im Juli 1941, als ich gerade den arischen Stadtteil verlasse und ins Ghetto gehe, sehe ich einen LKW, der mit Höchstgeschwindigkeit angefahren kommt. Er stoppt vor der Tür eines Gebäudes und die Soldaten lassen etwa zwanzig Personen aussteigen. Deutsche Juden. Sie sind gut gekleidet und jeder trägt einen Koffer. Jüdische Polizisten und die Leute der Centos kümmern sich um sie. Sie müssen in Quarantäne und dann von einem Arzt untersucht werden, bevor sie eine Kennkarte, Unterkunft und Arbeit bekommen.

Eine Stunde später, als ich von einem Besuch bei einem Freund zurückkomme und mich beeile, auf dem üblichen Weg in den Palast zurückzukehren, erscheint plötzlich ein Kübelwagen, dieser deutsche Jeep, in der Karmelicka-Straße. Er fährt in Richtung des Pawiak und des Serbien, das Männer- bzw. Frauengefängnis, um zwei Gefangene dorthin zu bringen. Das ist eigenartig, denn es geschieht nicht zur üblichen Zeit – in der Regel bringen sie die Gefangenen am frühen Nachmittag – und es ist auch nicht der übliche LKW mit Polizisten, sondern ein Wagen, der zur Luftwaffe gehört. Plötzlich hat das Fahrzeug eine Panne. Der Fahrer steigt aus, um den Motor zu untersuchen, gefolgt von einem Unteroffizier und einem Soldaten mit Maschinengewehr, sowie ihren Gefangenen, einem sichtbar verletzten Mann und einem jungen Mädchen, das ihn stützt.

Einige Augenblicke später tauchen vier Männer der jüdischen Polizei auf wie aus dem Nichts. Ein Offizier gibt den Befehl, die zwei Leute ins Gefängnis zu bringen. Offensichtlich verstößt das gegen die Regeln, aber die Deutschen scheinen sehr in Eile zu sein. Die vier Polizisten nehmen das Paar also mit. Ich weiß nicht, was mich dazu bewegt, ihnen zu folgen. Irgendetwas drängt mich zum Handeln. Warum? Ich habe keine Ahnung, aber Tatsache ist, dass ich eingreife. Nicht weit von der Mylna-Straße überhole ich sie.

»Hey, Jungs, guten Abend! Ich habe ein sehr gutes Angebot für euch!«

Zwei Polizisten bleiben bei den Häftlingen, während sich ein Großmaul mit einem Schlagstock und ein Milchbubi mit Schirmmütze und Uniform, die ihm viel zu groß sind, mir nähern.

»Du willst wohl, dass wir dich auch verhaften, wie? Kannst du nicht sehen, dass wir einen Auftrag ausführen? Also verschwinde. Und was soll das überhaupt heißen, ein Angebot?«

»Warum bringt ihr sie dorthin? Diese Gefangenen sind doch nicht euer Problem. Außerdem braucht ihr keine Befehle dieser Luftwaffentypen auszuführen. Und die gute Nachricht ist, dass ihr euch jeder hundert schöne amerikanische Dollar verdienen könnt!«

Sie tauschen Blicke, zögern, dann sagt das Großmaul: »Und wenn wir dich mitnehmen? Das wäre vielleicht sogar ein noch besseres Geschäft!«

»Oh nein, das glaube ich nicht, nein. Das wäre vielmehr das schlechteste und das letzte Geschäft, das ihr macht«, sage ich und lasse meine Pistole im Gürtel sehen.

Beeindruckt akzeptieren sie meinen Vorschlag und verziehen sich mit 400 Dollar. Ich gehe zu dem Mann und dem Mädchen.

»Nun … Heute Abend kommen Sie erst einmal zu mir nach Hause. Danach sehen wir weiter. Kommen Sie, folgen Sie mir.«

Sie bleiben auf dem Bürgersteig stehen. Sie verstehen mich nicht. Ich habe mit ihnen und den Bullen polnisch gesprochen. Ich wiederhole es auf Deutsch und sie folgen mir. Ich helfe dem Mädchen, den Mann, dem es zusehends schlechter geht, zu stützen. Auf dem Weg dankt sie mir und erklärt, dass er ihr Vater ist. Sie hat eine sehr schöne Stimme. Weich und warm. Im Palast angekommen, werde ich mir ihrer außerordentlichen Schönheit bewusst. Ihre selten feinen Gesichtszüge und ihre Art sich auszudrücken verraten, dass sie aus einer Familie Intellektueller stammt. Sie spricht perfektes Hochdeutsch und nicht den Wiener Dialekt oder das Jiddisch der Wiener Juden, die Sprache der Stadt, aus der sie stammt. Sie heißt Maria. Sie erzählt mir ihre Geschichte in einem Atemzug, so als hätte sie seit Jahrhunderten keine Gelegenheit mehr gehabt zu sprechen.

»Vor dem Krieg war mein Vater Geschäftsmann. Er besaß eine Firma für Import und Export. Die Geschäfte gingen gut. Während des Ersten Weltkriegs kämpfte er tapfer als Jagdflieger an der italienischen Front und wurde zum Offizier befördert. Meine Mutter starb, als ich zwei Jahre alt war. Mein Vater wollte sich nie wieder verheiraten. Ich selbst habe Literatur und Philosophie in Wien studiert. Mein Vater kennt Moritz Zweig, Sie wissen doch, das Textil-Unternehmen. Und seinen Sohn Stefan, kennen Sie den? Er schreibt unglaublich gut. Unkompliziert. Ich habe alles von ihm gelesen. Er ist ein enger Freund der Familie. Nach dem Anschluss zogen wir nach Amsterdam, aber der Krieg holte uns ein. Mein Vater hat offizielle honduranische Dokumente gekauft, aber als wir versuchten, das Reichsgebiet zu verlassen und in die Schweiz zu gehen, wurden wir verhaftet. Glücklicherweise befreite uns ein hochrangiger Offizier der Luftwaffe, ein ehemaliger Kriegskamerad meines Vaters, aus den Händen der Gestapo. Wir versteckten uns eine Zeit lang bei ihm. Dann wurde er in die Nähe von Warschau versetzt. Er nahm uns mit. Aber eines Tages, während er auf einer Mission war, gingen mein Vater und ich aus und wurden von der Polizei verhaftet. Mein Vater wurde von den Männern der Luftwaffe verhört. Sie tun das lieber selbst, denn sie mögen die Gestapo nicht. Sie folterten ihn, um herauszufinden, wer uns beschützt hatte. Kein Name ist über die Lippen meines Vaters gekommen. Als unser Freund von seiner Mission zurückkam, konnte er nichts mehr für uns tun. Nach dem Verhör beschlossen sie, uns hierher nach Warschau zu bringen.«

Marias Vater geht es schlecht. Sein Atem wird immer keuchender, er beginnt Blut zu spucken. Ich beschließe, ihn unverzüglich zu Madame Kantor zu bringen, der Nachbarin von unten, und lasse einen Arzt kommen. Maria spricht leise mit ihrem Vater. Ich beobachte sie. Sie hält seine Hand, sagt ihm, dass alles in Ordnung kommt und der Arzt ihn da herausholen wird. Ihre Schönheit blendet mich. Sie thront auf unendlich langen Beinen und ihre blonden Haare fallen bis zu ihren schmalen Hüften herab. Aus ihren schönen, ins Graue getrübten Augen fließen Tränen. Durch eine innere Verletzung verliert ihr Vater all sein Blut. Er stirbt noch bevor Dr. Lewin ankommt, obwohl dieser im Haus nebenan wohnt.

Maria ist 21 und hat gerade das einzige Familienmitglied, das ihr noch geblieben war, verloren. Ich nehme sie in meine Arme und drücke sie ganz zart an mich. Ich trockne die Tränen, die ihr über die Wangen fließen. In dieser Nacht bringe ich sie in Walters Zimmer unter. Sie braucht lange, bis sie einschlafen kann. In der Nacht höre ich sie schluchzen. Am nächsten Tag organisiere ich eine richtige Beerdigung mit den Leuten von Pinkert*. Dann kehren wir beide in den Palast zurück. Sie setzt sich auf die Couch, die Augen gerötet vom Kummer, und ich koche uns einen türkischen Kaffee.

»Ich danke Ihnen, mein Herr, für das, was Sie für meinen Vater und für mich getan haben, aber Sie haben mir noch nicht Ihren Namen gesagt. Ich habe nicht vor, Sie noch lange zu belästigen, denn ich habe noch ein wenig Geld und möchte Ihnen nicht zur Last fallen. Aber seien Sie versichert, wenn der Krieg zu Ende ist, werde ich mich an Ihre Freundlichkeit erinnern. Mein Vater sagte, der Krieg werde nicht mehr lange dauern und die Maßnahmen gegen die Juden würden bald aufhören, weil sie uns brauchen. Was denken Sie darüber?«

Ich schaue sie an, sie hat die Beine übereinandergeschlagen und sitzt sehr aufrecht auf der Couch, fast angespannt. Sie erwidert meinen Blick. Ich lade sie ein, am Tisch Platz zu nehmen.

»Trinken Sie ein wenig Kaffee, hier ist auch Brot und Marmelade. Ich heiße Pavel oder Fayvel oder Paul auf Deutsch … Ein heißer Kaffee wird Ihnen guttun. Sie haben also Geld? Wie viel?«

Sie zögert einen Augenblick, bevor sie antwortet. »Vierhundert Dollar, zwanzig Goldtaler und ein paar Armreifen und Ringe von meiner Mutter. Ich habe das Geld in den Saum meines Kleides und die Juwelen in die Schulterstücke meines Mantels genäht.«

Sie lächelt, zufrieden mit ihrem Einfallsreichtum.

»Sie haben eine schöne Bibliothek. Sind Sie sehr gläubig? Oder gar ein Rabbiner? Ich werde eine Wohnung suchen und das Ende des Krieges abwarten. Ich kann Deutschkurse geben, Literaturkurse ...«

»Meine arme Maria, niemand braucht deine Kurse für Deutsch oder Literatur hier. Und ich kann dir garantieren, dass der Krieg nicht kurz vor seinem Ende ist. Schlimmer noch. Die anderen Nationen machen keinen Finger krumm für uns. Im Ghetto ist dein Status illegal, dein Platz ist im Gefängnis oder bei der Gestapo. Und hier gilt: Jeder kämpft für sich. Man kann niemandem vertrauen. Menschen, die nicht wie Sklaven für die Deutschen arbeiten, sterben vor Hunger oder an Typhus. Hast du, als wir aus dem Friedhof kamen, nicht den Karren von Pinkert gesehen, voll von abgemagerten nackten Leichen? Siehst du, das ist das Schicksal des jüdischen Volkes! Aber dir wird das nicht passieren ... Nun trink deinen Kaffee, solange er noch heiß ist. Du kannst bei mir bleiben, ich werde dir helfen, darauf kannst du dich verlassen.«

Ich träufle einen Tropfen Wodka in ihren Kaffee und gebe etwas Zucker dazu.

»Was machen Sie so im Leben? Ich habe gestern Abend Ihre Pistole gesehen. Mein Vater hatte auch eine Pistole, aus der Zeit, als er Pilot war. Aber mit dem Anschluss mussten wir unser Haus verlassen, um nach Amsterdam zu gehen und seine Pistole ist dort geblieben.«

»Ich arbeite im Import-Export.«

»Oh, wie mein Vater!«

»Nein, nicht wie dein Vater ... Ich bin ein Ganove, ein Gangster, ein Waffen- und Drogenhändler. Wenn du bei mir bleiben willst, musst du schweigen, niemals sagen, wo du wohnst, aufpassen, dass dir niemand folgt und noch tausend andere Sachen beachten, die ich dir beibringen werde.«

Schweigen. Sie schaut mich an, ungläubig, ängstlich. Dann fragt sie mich, warum ich das alles für sie tue. Ich antworte nicht, denn ich habe gerade das Radio angemacht und die Stimme von Goebbels ertönt in unserem Versteck. Auf den frenetischen Applaus der Zuhörer bei diesem Treffen folgt Marschmusik. Das Reich scheint unbesiegbar. Während dieser ganzen Zeit blicken wir einander in die Augen, ohne den Kopf zu wenden. Und unsere Blicke können sich nicht voneinander lösen.

Ein wenig später lasse ich Maria im Versteck, nachdem ich ihr eingeschärft habe, sehr vorsichtig zu sein und nicht auszugehen. Ich will mich erkundigen, ob es Nachrichten von Jakob gibt. Und ich gehe bei Madame Kantor vorbei, um zu fragen, ob sie nicht vielleicht eine Postkarte aus Berlin bekommen hat. Nichts. Diese Situation beginnt, mich nervös zu machen. Dafür habe ich endlich Nachrichten über meinen Bruder und seine Familie erhalten. Chaim hat im Ghetto jemanden gefunden, der aus Lubau kommt und versichert, gesehen zu haben, wie sie in einen deutschen Lastwagen gestiegen sind, mit unbekanntem Bestimmungsort.

Ich weiß, was das bedeutet. Ich wandere ziellos durch die schmutzigen Straßen des Ghettos. Ich denke an meine Familie, die nun für immer ausgelöscht worden ist, an das Schicksal meines Volkes, an Walter, an Meiling und an Maria … Als ich in das Versteck zurückkehre, erwartet Maria mich vor der Tür. Als sie mich sieht, hüpft sie wie ein Kind vor Freude über die kleine Überraschung, die sie für mich vorbereitet hat. Der Tisch ist gedeckt. Sie hat Tee und Apfelkompott gekocht. Beim Stöbern in der Küchenecke hat sie außerdem noch Heringe gefunden, Wurstscheiben geschnitten, Kartoffeln und eine Kohlsuppe zubereitet. Sie trägt ihr blaues Kleid, das einzige, was sie hat. Ich überlege, ob Meiling vielleicht ein paar Sachen zurückgelassen hat bei ihrer Abreise. Ich öffne die Tür zu unserem Zimmer, das ich abgeschlossen hatte, bevor ich Maria alleine zurückließ. Meiling hat nur ein Abendkleid aus feiner Seide dagelassen und ein wenig Unterwäsche. Ich reiche Maria die Sachen, die sie an sich nimmt und ohne ein Wort in ihr Zimmer geht. Während sie sich umzieht, stürze ich zwei Gläser Wodka hinunter. Ich kann die Geister meiner Familie lachen hören. Sie lachen mich aus. Sie lachen über meine Dummheit. Über meine Leichtgläubigkeit.

Wie konnte ich erwarten, dass ich sie retten würde? Du bist kein Held, Fayvel. Du bist ganz einfach ein Idiot, ein Durak. Du bist zu spät gekommen. Ich entschuldige mich lautstark bei den Gespenstern, die mich peinigen: »Ich wusste doch nicht, was hier los war!«

russ. Kartenspiel, bezeichnet auch den Dummkopf, der zuletzt noch Karten hat

Tja, und jetzt bist du selbst in einer so dreckigen Lage. Und hast deine Freunde mit in die Hölle genommen! Und diese Kleine, he? Was hast du mit ihr vor?

Aus ihrem Zimmer ruft Maria mir eine Frage zu und reißt mich damit aus meiner Träumerei: »Pavel, ist das von deiner Frau, dieses schöne Kleid? Sie ist kleiner als ich.«

»Nein, Maria, ich bin nicht verheiratet.«

»Wenn ich fragen darf – von wem ist dann dieses Kleid? Von jemandem, der früher hier gewohnt hat?«

»Von meinem Leutnant.«

»Oh …! Sag mal, Pavel, hast du schon Menschen getötet? Würdest du mich töten, um an mein Geld zu kommen?«

»Nein, nicht, um dir dein Geld wegzunehmen, höchstens, weil du zu viele Fragen stellst.«

Sie ist sofort still und mir stößt ein Kichern auf, wie ein Schluckauf. Dann kommt sie ins Wohnzimmer und mir bleibt der Atem weg. Die Zeit scheint stehen zu bleiben. Das Abendkleid, teuflisch eng anliegend, umschmeichelt ihre Formen perfekt. In dem dunklen Zimmer und ohne Spiegel hat Maria nicht bemerkt, wie durchsichtig das Kleid war, das jetzt ihre festen kleinen Brüste erahnen lässt. Sie sieht ein wenig verlegen aus. Wir wechseln kein Wort. Sie dreht sich einmal um sich selbst, fast wie in Zeitlupe. Ihre Haare werfen Wellen wie die schwarze Seide ihres Kleides, und der Widerschein des edlen Stoffes reflektiert kleine funkelnde Lichter in meine Richtung. Ich glaube, ich lächle ihr zu. Wir setzen uns an den Tisch.

Als wir anfangen zu essen, bemerkt sie meine Niedergeschlagenheit.

»Schmeckt dir meine Suppe nicht? Oder findest du mich vielleicht hässlich in diesem Kleid? Soll ich mich umziehen?«

»Nein, Maria, nein … du siehst wunderbar aus. Aber ich habe schlechte Nachrichten über meinen Bruder und seine Familie erhalten. Sie sind von den Deutschen umgebracht worden. So habe ich nun meine ganze Familie verloren. Pavel ist allein. Bitte, schenk mir einen Drink ein.«

»Ich verstehe …«

Sie schenkt uns zwei Gläser Wodka ein. Sie trinkt ihr Glas in einem Zug aus und hustet sofort. Es ist wahrscheinlich das erste Mal, dass sie so etwas Starkes trinkt. Ihre blauen Augen verschleiern sich wieder. Auch sie sieht das Gespenst ihres Vaters. Wir essen schweigend und ohne Zweifel in Gesellschaft unserer jeweiligen Geister. Dann trinken wir Tee und essen das Apfelkompott. In eine seltsame Atmosphäre getaucht, beenden wir die Mahlzeit mit Wodka.

Im Radio singt Zarah Leander »Kann denn Liebe Sünde sein?«. Sobald das Lied zu Ende ist, schalte ich das Radio aus und lege eine Schallplatte von Mieczysław Fogg auf den Plattenspieler. Ich drehe an der Kurbel und der Schalltrichter spuckt die ersten Töne eines Tangos aus, »Ostatnia niedziela«. Ich nehme noch einen Schluck Wodka, trinke ihn und lade Maria zum Tanzen ein. Ich muss diesen verdammten Tag einfach vergessen. Die Welt um uns herum zerfällt. Und wir tanzen. Die Menschen sterben zu Hunderten. Und wir tanzen. Die Panzer rücken vor. Und wir tanzen. Es ist Nacht geworden. Und wir tanzen. Wir tanzen, um uns zu beweisen, dass wir am Leben sind. Und um den Gespenstern, die uns umgeben, zu zeigen, dass wir leben wollen. Wir werden darum kämpfen. Und unser erster Kampf ist dieser Tango. Als die Musik endet, fallen wir beide auf die Couch. Maria ist nicht an Alkohol gewöhnt. Ihre blauen Augen mustern mich. Ihre Wangen sind flammend rot. Sie will mich. Ebenso wie ich sie will. Ich nähere mich ihren Lippen, um sie zu küssen. Sie entfernt sich ein wenig, um schüchtern zu sagen: »Ich habe noch nie einen Mann geliebt.«

Als ich ihr gerade sagen will, dass es nicht nötig ist, dass wir …, legt sie ihren Finger auf meinen Mund, nimmt ihn dann wieder weg und wir küssen uns. Lange. Unser zweiter Kampf. Wir lieben uns auf der Couch, dann in meinem Zimmer.

Am nächsten Morgen weckt sie mich mit zarten Küssen. Sie ist glücklich, aber meine Sinne bringen mir andere Dinge zu Bewusstsein. Die Geräusche auf der Straße. Die Rückkehr in die Wirklichkeit. Geräusche von Lastwagen und Schreie … eine Razzia.

Diesmal gehen sie ins Innere der Häuser und Wohnungen. Nachdem sie die Straßen leer gemacht haben, müssen diese Schurken die Wohnungen leer machen. Ich sage Maria, dass sie sich schnell anziehen soll und wir steigen aufs Dach, um die Szene besser zu beobachten. Sie haben es auf ein benachbartes Haus abgesehen. Eine alte invalide Dame wird aus dem Fenster des dritten Stocks geworfen.

Wie man ein Bündel Lumpen, alte Schmates, wirft. Diese Barbaren. Maria drückt sich an mich, entsetzt. Dann, nachdem sie alle Bewohner in die Lastwagen verfrachtet haben, verschwinden die Deutschen, wie sie gekommen sind. Die Straße wird allmählich belebter. Die Leute wollen wissen, was geschehen ist. Die Frage nach dem Warum wird schon nicht mehr gestellt. Man braucht nicht einmal mehr ein Ganove oder Schieber zu sein, um mitgenommen zu werden. Es genügt, ein Bewohner des Ghettos zu sein. Ein Weniger-als-Nichts. Ein Untermensch. Scheiße. Ein Jude, bloß ein Jude!

Wir kehren ins Innere zurück und ich koche einen starken Kaffee. Maria sagt nichts. Ihre Unbekümmertheit vom Morgen scheint schon wieder so weit weg. Ich nähere mich ihr, umarme sie, und wir lieben uns mit verbissener Wut. Brutal. Und voller Leidenschaft. Dann ruhen wir ein paar Stunden aus, fest aneinandergeklammert. Plötzlich ein Klopfen an der Tür, aber nicht mit dem verabredeten Code. Ein Besuch. Ich ziehe mich rasch an. Ich nehme meinen Colt in die Hand und mache auf. Die alte Madame Kantor erschrickt, als sie die Waffe sieht. Ich stecke sie sofort weg.

»Madame Kantor, Sie sollten nicht hier sein. Was führt Sie her?«

»Sehen Sie, ich habe zwei Postkarten aus Deutschland.«

Das überrascht mich. Ich danke ihr und schließe schnell die Tür. Die beiden Karten sind chiffriert. Die erste ist von Meiling. Sie schreibt: *Gruß aus Berlin*. In unserem Code bedeutet das, dass sie ihren japanischen Pass bekommen hat. Die zweite ist eine Feldpostkarte, eine gelbliche Karte aus Leipzig. Die Unterschrift ist ein einfaches W, und die Karte enthält nur zwei Worte: »Herzliche Grüße.« Das bedeutet, dass Walter unter Beobachtung steht oder noch Schlimmeres. Jetzt muss ich Papiere für Maria besorgen. Sie hat alle Chancen zu überleben. Ich werde dieses Ghetto nicht verlassen, ohne mindestens eine Person gerettet zu haben. Übrigens sieht Maria wie eine echte Arierin aus. Sie könnte leicht als Deutsche oder Volksdeutsche durchgehen.

Hierfür brauchen wir als Erstes Fotografien. Wir gehen zum Fotografen an der Ecke der Karmelicka- und Leszno-Straße. Dann beschließe ich, aus dem Ghetto hinaus nach draußen zu gehen, nur um Maria und vermutlich auch mir selbst zu beweisen, dass wir nicht wie wilde Tiere in einen makabren Zoo gesperrt sind. Wir verlassen das Ghetto durch das Haupttor. Schließlich bin ich meinen Papieren nach ein Pole namens Zieba, meine Dokumente sind alle in Ordnung. Außerdem bleibt mir am Ende immer noch die Möglichkeit, die Wachen mit meinen magischen Dollars zu bestechen. Niemand stellt Fragen über die junge Frau, die mich begleitet.

Auf der anderen Seite der Mauer scheint alles ruhiger, sauberer zu sein. Die Bürgersteige sind breit und nicht schwarz vor lauter Menschen. Wir sind allein. An der Außenwand des Ghettos lehnen vier junge Polen. Erpresser, mit dem Gehabe kleiner Banditen: Sie tragen Mützen auf den Köpfen und haben diese besondere Art, an den Wänden entlangzulaufen. Sie entdecken vielleicht einmal einen Juden, der zu entkommen sucht, oder einfach nur einen jüdischen Schmuggler, der Waren ins Ghetto bringen will. Sie sehen uns nicht einmal an. Für sie sind wir nicht die typischen kleinen Dunkelhaarigen, wie die Juden in der Nazipresse dargestellt werden.

Mir kommt eine Idee. Ich gehe in einen noblen Laden und kaufe ein schönes goldenes Kreuz, das ich Maria um den Hals hänge. Das kann die Vampire abwehren. Als der Abend kommt, schleichen wir uns durch eine Placówka zurück, die ans Ghetto angrenzt, und ein wenig später schon trinken wir in Gesellschaft von Chaim.

»Einen deutschen Pass willst du? Das ist viel komplizierter und viel teurer.«

»Ich möchte zwei. Einen für mich und einen für Maria, aber mit Arbeitsbuch und allem, was dazu gehört.«

»Das hättest du mir früher sagen sollen, dann hättest du Zeit und Geld gespart. Du bekommst sie in ein paar Wochen, aber es wird zehnmal so viel kosten wie ein polnischer Reisepass. Und ich will meine Provision!«

»Die kriegst du, Chaim.«

»Ach ja, was ich noch vergessen habe zu erzählen ... es gibt Gerüchte, überall und vor allem in den eroberten Gebieten der Sowjetunion. Es wird gesagt, dass es Massaker an Juden gibt und dass ganze Wagenladungen voll Juden verschwinden. Es wird auch gesagt, dass die Bevölkerung einiger Dörfer vollständig verschwunden ist.«

»Weißt du, ob Czerniaków* davon weiß?«

»Nichts weiß ich, ich habe keinen Kontakt mit diesem Mistkerl, seit ihn die Deutschen zum Chef des Judenrats ernannt haben«, sagt Chaim auf Jiddisch. »Er sollte es wissen, aber Schwamm drüber, er wird doch nichts sagen. Ach! Alle sind erschöpft ... Die Mitglieder des Judenrats, die Typen von Szerynski* und seiner Verwaltung ... Wie auch immer, wofür soll man das an die große Glocke hängen, wo wir doch alle sterben werden? Dagegen weiß ich, dass es junge Leute gibt, die Widerstand leisten wollen und sich organisieren, und ich helfe ihnen dabei.«

»Ich werde mich mal mit Czerniaków unterhalten. Und du organisierst mir ein Treffen mit diesen jungen Leuten, die kämpfen wollen.«

»Fayvel, du bist verrückt geworden. Czerniaków? Das ist verlorene Liebesmüh! Aber gut, ich kann dich ja doch nicht zur Vernunft bringen. Ah ja! Geh mal zu Gancwajch, er sucht dich und will sich unbedingt mit dir treffen. Wenn ich du wäre, würde ich auf meinen eigenen Arsch aufpassen. Sag mir mal, Fayvel, du Schlawiner, sie ist wirklich hübsch, deine kleine Deutsche. Ist sie gut im Bett?«

Da wir Jiddisch reden, hat Maria, die in einer Ecke sitzt, nicht verstanden, was Chaim gerade gesagt hat. Aber das von den beunruhigenden Massakern und dem Verschwinden hat sie verstanden. Sie raucht eine Zigarette und eine Träne läuft langsam an ihrer rechten Wange herab. Auf dem Weg nach Hause haben weder sie noch ich Lust zu sprechen.

Im Palast angekommen, fragt sie mich: »Ist die Welt verrückt geworden? Werden wir wirklich alle sterben?«

»Nein, Maria, du wirst nicht sterben. Du wirst viele Kinder haben. Einen Ehemann. Ein glückliches Leben. Das alles wirst du haben, Maria.«

»Und wirst du denn nicht mein Mann sein?«

Ein kleines Mädchen. Ich sehe sie erstaunt an. Und mit riesengroßer Zärtlichkeit. Sie begeistert mich. Ich küsse sie. Wir lieben uns.

Am nächsten Morgen begebe ich mich zum Judenrat. Czerniaków ist nicht da, er ist rüber zu den Deutschen gegangen. Ich beschließe, auf ihn zu warten. Nach einer Weile kommt er mit Szerynski zurück. Ich frage ihn, ob er mich empfangen kann. Er winkt mit einer genervten Handbewegung ab. Offensichtlich hat er keine Zeit für mich übrig.

Da schreie ich ihm in dem überfüllten Flur zu: »Adam, hör mir mal zu. Überall gibt es Massaker an Juden, man muss aufhören, mit den Deutschen zusammenzuarbeiten, man muss die Weltöffentlichkeit wachrütteln. Man muss den Polen sagen, dass nach uns sie es sein werden, die dran glauben müssen. Man muss sich wie ein Mann verhalten, man muss …«

Czerniaków wendet sich mir zu, kurz bevor er in sein Büro zurückkehrt. »Mein Herr, ich weiß nicht, wer Sie sind, aber ich kann Ihnen versichern, dass die Deutschen unser Volk nicht vernichten wollen. Außerdem möchte ich Sie bitten, keine solchen Informationen zu verbreiten, die die Moral unseres Volkes untergraben, das ist kontraproduktiv. Und nun entschuldigen Sie mich bitte, ich habe noch eine Menge Arbeit.«

Drei Polizisten, die Szerynski herbeigerufen hat, eskortieren mich aus dem Gebäude. Leute vom Judenrat und andere sind Zeugen der Szene geworden und das war ja der Sinn der Sache. Aber die meisten haben meine Warnung nicht ernst genommen. Zumindest habe ich Glück gehabt und bin nicht verhaftet worden.

Auf dem Rückweg zum Palast komme ich an Bettlern vorbei. Vor allem Kinder, ganz abgemagert. Manche sind noch nicht einmal sechs Jahre alt. Die Menschen irren hungrig durch die Straßen. Jeder versucht zu überleben, so gut er kann. Es gibt auch Leute, die stehlen. Andere verkaufen ihren Körper. So wie diese Frau, die einen Topfhut und ein grünes Kleid trägt und zaghaft auf mich zukommt.

»Bist du heute Abend alleine? Vielleicht brauchst du Trost? Komm zu mir, ich werde dir einen Tee machen.«

Sie sieht wirklich nicht wie eine Prostituierte aus. Sie stellt sich ungeschickt dabei an. Eine Semiprofessionelle, wie man in unserem Jargon sagt. Eine Frau, die vor dem Krieg zum Kleinbürgertum gehörte und die sich nun auf der Straße verkauft, um essen zu können.

Sie heißt Barbara Fiszman und ist mit einem Versicherungsmakler verheiratet gewesen, der während der Belagerung von Warschau umkam. Jetzt lebt sie in der Gesia-Straße in der Nähe des jüdischen Friedhofs in einer kleinen Zwei-Zimmer-Wohnung zusammen mit ihrer Schwester Luba. Sie ist um die vierzig, aber ihre Falten lassen sie älter aussehen. Ich habe keine Lust, in den Palast zurückzukehren und Maria zu sehen, die zu schön, zu rein und zu aufrichtig für mich ist. Ich bin schlecht gelaunt und beschließe daher, Barbara zu folgen. Bei ihr zu Hause angekommen, nimmt sie mich sofort mit in ihr Zimmer. In der Küche sehe ich ein junges Mädchen, das zum Fenster hinausschaut.

»Sag mal ... du siehst aus wie ein Mann, der Beziehungen hat. Du siehst nicht aus, als ob du am Verhungern bist und achtest noch immer auf deine Kleidung. Arbeitest du für den Judenrat? Oder bist du beim Schmuggel?«

»Halt ... Du hattest mir Tee versprochen. Wie wäre es, wenn wir damit anfingen?« Und ich werfe ihr 20 Dollar aufs Bett.

»Mein Gott! Du bist Krösus, oder Gott selbst! Oder einfach nur ein Narr, ein meshigener Mensch. Ach! Wenn ich nur öfter Kunden wie dich hätte!«

»Danke, das habe ich heute schon einmal gehört. Wo ist der Tee?«

»Nun, wenn du nicht jetzt gleich was von mir willst, dann komm mit, wir werden in der Küchenecke trinken, aber wage es nicht, dich meiner Schwester zu nähern.«

Während sie den Tee macht, redet sie immer weiter auf mich ein. Ich frage mich, wer hier mehr Trost braucht.

»Weißt du, es ist gut, dass du bei uns vorbeigekommen bist. Ich bin gesund, ich passe auf mich auf, ich suche mir meine Kunden aus, nicht wie andere, die sich mit jedem x-beliebigen Ganev ins Bett legen, der sich seit Anfang des Krieges nicht mehr gewaschen hat. Armselige Typen mit Filzläusen, Infektionsnester, das sind sie, die anderen ...«

Während sie mit mir spricht, schaue ich Luba an, ihre jüngere Schwester, die vorgibt, zum Fenster hinauszuschauen. Aber wie eine Katze wirft sie heimlich Blicke in unsere Richtung und hört uns zu. Sie muss etwa sechzehn sein. In Wirklichkeit ist Luba eine Halbschwester von Barbara.

Ihr verwitweter Vater hatte sich zum zweiten Mal mit einer Frau aus Łódź verheiratet, die 25 Jahre jünger war als er. Zu Kriegsbeginn hatte er seine Tochter zu Barbara geschickt – für ein paar Tage, dachte er damals. Aber nun ist sie schon zwei Jahre hier. Und die beiden Schwestern haben keinerlei Nachricht von ihrem Vater.

»Hier ist der Tee, aber du hast mir immer noch nicht deinen Namen gesagt.«

»Pavel.«

»Bist du aus Warschau?«

»Aus China!«

»Wenn du nicht reden willst, dann erzähle wenigstens nicht irgendwelches Zeugs. Trink, das wird dir guttun.«

Barbara fängt an, mir ihr Leben zu erzählen. Ich höre ihr zu. Immerhin ist das eine Luftveränderung für mich. Sie träumt davon, nach Ende des Krieges einen Laden für Damenbekleidung zu eröffnen. Sie scheint sicher zu sein, dass der Krieg nicht mehr lange dauern kann und dass die Rote Armee bald hier sein wird. Oder dass sonst die britischen Truppen und die Anders-Armee* an der polnischen Küste landen und das Land befreien werden.

»Und du, Luba, was würdest du gerne tun, wenn der Krieg vorbei ist?«, frage ich die scheue schwarze Katze. Sie erschrickt und sucht mit den Augen die Zustimmung ihrer Schwester, bevor sie schüchtern antwortet.

»Ich … ich würde gerne studieren. Ich möchte Ärztin werden und dann reisen, viel reisen. Nach Paris, nach London! Nach Amerika und sogar nach China. Sie, mein Herr, Sie sind schon weit herumgekommen!«

»Das stimmt.«

Nun beginne ich von meinen Reisen zu erzählen. Europa, Amerika und Asien. Sie hängen an meinen Lippen. Barbara, die zunächst skeptisch war, lässt sich kein Wort meiner Erzählungen entgehen. Ich frage sie, ob sie Wodka haben. Sie verneinen. Dann gebe ich Barbara Geld, damit sie welchen kauft. Sie zögert und bittet mich, während ihrer Abwesenheit brav zu sein. Eine Professionelle hätte niemals gewagt, so etwas zu tun. So bleibe ich also bei Luba. Das junge Mädchen ist schüchtern, aber auch aufgeregt. Dies ist das erste Mal, dass ihre Schwester sie mit jemand anderem als den Nachbarn alleine lässt. Und dazu noch mit einem Kunden.

»Sag mal, Luba, sprichst du Polnisch?«

Sie versucht, mir auf Polnisch zu antworten, aber sie hat einen sehr ausgeprägten jiddischen Akzent und einen begrenzten Wortschatz. Sie hat schöne glänzend schwarze Haare, wie die Mähne eines arabischen Vollblüters, funkelnde schwarze Augen und volle Brüste. Sie ist nicht sehr groß, aber sehr attraktiv.

»Hast du einen Freund?«

»Nein, meine Schwester will nicht, dass ich mit Jungs rumhänge.«

Sie errötet. Zur gleichen Zeit kehrt Barbara mit einer großen Flasche Bimber, diesem starken hausgemachten Alkohol, und zwei Packungen Zigaretten von der deutschen Armee zurück, wahrscheinlich auf der arischen Seite der Stadt gestohlen oder eingetauscht und dann hereingeschmuggelt, vielleicht von Chaims Männern. Barbara beobachtet uns und sieht, dass wir brav geblieben sind, Luba und ich. Sie decken den Tisch. Der Bimber ist nur für Barbara und mich. Luba serviert mir eine Art Bigos für Arme, unser polnisches Nationalgericht, das hauptsächlich aus Sauerkraut besteht. Wir stoßen auf das Ende des Krieges an, auf den Tod Adolf Hitlers durch Ersticken und ein freies Polen. Dann singen wir alle zusammen die Vorkriegslieder auf Polnisch und Jiddisch. Ich fühle mich seltsam wohl in ihrer

Gesellschaft. Ich schlage vor, dass wir alle zusammen einen Toast ausbringen und verlange, dass Luba mitmacht.

Barbara zögert: »Luba ist doch noch ein Kind!«

»Im Ghetto gibt es keine Kindheit mehr. Sie kann sehr wohl ein Glas trinken!«

Nachdem das gesagt ist, schenke ich Luba eine gute Dosis ein und bringe einen Toast aus auf den Frieden und die wahre Liebe in der ganzen Welt. Sie trinkt ihr Glas in einem Zug aus, wie ein polnischer Bauer, als ob sie das ihr ganzes Leben lang getan hätte. Sie schaut mich stolz an. Dann nimmt mich Barbara wieder mit in ihr Zimmer.

»Du bist wirklich kein gewöhnlicher Kunde«, sagt sie, während sie sich auszieht.

Ich sehe sie an, wie sie da nackt auf dem Bett liegt. Sie ist vermutlich kaum älter als vierzig, aber ihr Körper sieht viel älter aus. Ihre Brüste hängen elend und ihre Bauchmuskeln sind schlaff. Ich habe keine Lust mehr darauf, sie zu lieben.

»Was hast du denn? Liegt es am Alkohol, dass du ihn nicht hochbekommst? Oder möchtest du vielleicht, dass ich etwas Besonderes für dich tue? Sag mir einfach, was du willst. Ich kann solche Sachen, glaub mir!«

»Weißt du, Barbara, ich möchte einfach mit jemandem reden. Und vorhin, in der Küche, habe ich mich richtig gut gefühlt. Mehr will ich nicht. Allerdings ist es nun schon fast Ausgangssperre und so werde ich brav neben dir schlafen.«

»Bist du impotent?«

»Nein«, sage ich lächelnd.

»Magst du meinen Körper nicht?«

»Hör zu, du fängst an, mich mit deinen Fragen zu nerven. Ich habe schönere Körper als deinen gesehen, aber das ist nicht das Problem. Zufrieden?«

Lange Zeit sagt sie kein Wort. Als ich im Begriff bin einzuschlafen, steht sie plötzlich auf, zieht sich an und geht in die Küche. Ich höre, wie sie sich lange mit Luba unterhält, aber ich kann nicht verstehen, was sie sagen. Mein Misstrauen erwacht. Ich vergewissere mich, dass meine Knarre gut geladen ist und lasse sie unter das Kopfkissen gleiten, falls sie beschließen sollten, einen Ganev oder zwei zu rufen, um meine Taschen zu durchsuchen.

Sie reden und reden und dann nichts mehr. Kein Türgeräusch. Sie sind also immer noch in der Wohnung. Das beruhigt mich ein wenig. Gegen zwei Uhr früh kommt Barbara ins Zimmer. Sie setzt sich auf die Bettkante und sagt: »Ich weiß, ich bin nicht mehr die Frau, die ich einmal war. Ich möchte dir einen Vorschlag machen. Luba und ich, wir brauchen Geld, um uns auf der arischen Seite zu verstecken. Wenn du möchtest, kannst du die Nacht mit ihr verbringen, aber wir brauchen mindestens das Fünffache von dem, was du mir vorhin gegeben hast. Und du darfst auch nichts Perverses machen mit Luba, weil es ihr erstes Mal ist.«

Die Semiprofessionelle entpuppt sich allmählich als Puffschwester.

»Hör mir mal zu, ich will einfach nur schlafen. Das ist das Wichtigste für mich. Im Übrigen ist es eine gute Idee, dass ihr das Ghetto verlassen wollt. Hier werdet ihr nur den Tod finden. Aber ihr braucht immer noch einen sicheren Unterschlupf auf der arischen Seite. Also mein Vorschlag: Hier hast du 100 Dollar, du schickst mir an deiner Stelle deine Schwester und ich werde sie nicht einmal berühren. Wenigstens redet sie viel weniger als du.«

»Abgemacht!«

Barbara nimmt das Geld an sich und verlässt den Raum mit der Geschwindigkeit eines Dschinns aus einem Märchen aus Tausendundeiner Nacht. Kurz darauf betritt Luba den Raum und setzt sich neben mich. Ich fühle ihre dunklen Augen auf mir in der Dunkelheit. Ich setze mich auf.

Ich fahre ihr zärtlich mit der Hand durch das Haar und massiere ihr die Kopfhaut. Sie lässt es zu. Ungeschickt legt sie eine Hand auf meine Brust. Sie betrachtet neugierig meinen Körper.

Wir küssen uns zart, langsam. Ich fühle, wie mein Begehren nach ihr immer größer wird. Sie presst mich eng an sich und drückt ihre schweren Brüste gegen meinen Körper, dann entkleidet sie sich, wobei sie darauf achtet, ihr Unterhöschen anzubehalten. Wir legen uns dicht aneinander und streicheln uns zärtlich, bevor wir einschlafen.

Im Morgengrauen stehe ich leise auf und kehre in den Palast zurück. Maria weiß, dass ich, wenn ich wegen der Ausgangssperre stecken geblieben bin, erst am nächsten Tag wiederkomme, aber sie hat sich trotzdem Sorgen gemacht. Später am Tag kommt Chaim mit zwei von seinen Männern vorbei und bringt eine Reihe von Sachen, die ich bestellt hatte. Diese Dinge findet man nur auf dem Schwarzmarkt. Trotz meiner verrückten Bitten schafft Chaim es immer, genau das zu bekommen, um was ich ihn bitte, außer dem Bordeaux Jahrgang 1928. Dieser ist von 1938. Nach dem Bezahlen sagt mir Chaim, dass ich heute Abend die Jungs vom Widerstand treffen könnte. Begeistert sage ich zu.

Um die Zeit bis dahin zu nutzen, beschließe ich, in der Leszno-Straße 13 vorbeizugehen, um zu erfahren, was Ganz von mir will. Es ist noch früher Nachmittag und ich weiß, dass das Büro seiner Organisation, das Amt für den Kampf gegen die Spekulation, von 15 bis 17 Uhr geöffnet ist. Ich nehme mir vor, um 16 Uhr dort zu sein. Zu meiner Überraschung scheint Gancwajch nicht gerade erfreut zu sein, mich zu sehen. Er wirkt überrascht.

»Fayvel? Was für eine gute Idee, mich zu besuchen!«

Er schließt die Tür und bittet seine Sekretärin, dafür zu sorgen, dass man uns nicht stört.

»Hallo, Avrum, ich wollte sehen, was es Neues gibt. Hast du etwas über meinen Bruder herausgefunden?«

»Ja! Er und seine Familie sind gesund, versteckt bei guten Bauern, und du wirst sie bald sehen. Jetzt bist du an der Reihe, dein Wort zu halten. Ich brauche keine Pässe, aber ich brauche Visa. Schweiz und Schweden zum Beispiel. Ich bin sicher, dass du das regeln kannst. Ich werde dir eine Liste von Namen geben.«

»Avrum, warte mal. Wie soll ich dir vertrauen? Ich hatte dir deutlich gesagt, dass ich einverstanden bin, dir zu helfen, wenn und nur wenn ich sie lebend wiedersehe. Und nicht aufgrund eines vagen Versprechens!«

»Fayvel, denk doch ein wenig klar ... Sie jetzt ins Ghetto zu bringen, wäre ein Fehler, der sie das Leben kosten könnte. Es ist besser, wenn sie im Grünen bleiben, glaube mir.«

»Na gut, gib mir die Adresse und ich werde einen meiner Männer schicken, einen polnischen Goi, um festzustellen, dass sie versteckt, gesund und sicher sind.«

hebr. für »Nation«, meint weitgefasst alle Nichtjuden

»Nein, das ist derzeit völlig unmöglich, der Ort ist geheim und niemand kann dorthin, Fayvel! Du musst Geduld haben.«

Ich betrachte Gancwajch und seufze. Er ist erbärmlich. »Avrum, du bist ein Mamzer! Du bist ein schlechter Lügner, du hast deine Finesse verloren ... Was hast du denn heute für ein Problem? Hast du dich anschnauzen lassen von deinen Gestapo-Chefs? Hat Czerniaków dich bei deinen deutschen Freunden angeschwärzt? Oder ist dir vielleicht ein lukratives Geschäft mit Kohn und Heller entgangen? Du weißt genau, dass du überhaupt nichts getan hast, du hast mir schlicht und einfach ein Märchen erzählt. Mein Bruder ist tot, das weiß ich.«

Gancwajch zuckt nicht mit der Wimper, er zeigt keinerlei Panik. Er schaut mir direkt in die Augen, wie es so seine Art ist. Nach ein paar Sekunden fängt er an zu sprechen.

»Es stimmt, Fayvel. Ich habe nichts getan, um deinen Bruder zu finden. Wer kümmert sich heutzutage um einen Rabbiner? Es gibt so viele wichtigere Themen als das. Aber wie auch immer, du wirst uns helfen müssen. Vergiss die Visa, dafür brauche ich dich nicht. Vielmehr haben wir große Pläne, und dafür brauche ich Kohle. Deine Kohle.«

»Da muss ich aber lachen, Avrum. Von mir bekommst du keinen Groschen.«

»Aber gewiss doch, meine Männer sind sehr gut im Überzeugen. Und wenn das nicht genug sein sollte, bringen wir dich zur Gestapo. Jedenfalls kannst du mein Haus erst dann verlassen, wenn ich es dir sage.«

»Das verstehe ich, Avrum. Aber ich denke, dass dieser Zeitpunkt jetzt gekommen ist.«

Ich presse ruhig den Lauf meines Colts gegen seine Stirn. Ich weiß, dass seine Männer nicht bewaffnet sind. Und wenn er eine Waffe haben sollte, dann ist sie bestimmt in einer Schublade verwahrt. Szternfeld, Lewin und zwei oder drei andere berüchtigte Gangster, alle aus der Unterwelt der Vorkriegszeit in Łódź, die wussten damals noch, wie man mit einer Waffe umgeht. Hier habe ich nicht viel zu fürchten.

Ich nehme eine deutsche Zeitung, die auf seinem Schreibtisch herumliegt und packe meine Pistole hinein. Dann nehme ich Gancwajch am Arm und sage zu ihm: »Avrum, ich weiß, du bist ein höflicher Mann, darum wirst du mich zum Ausgang begleiten und wir gehen sogar noch ein kleines Stück Weg zusammen.«

Aus meinem Ton hört er heraus, dass ich nicht zögern werde, auf alles, was sich bewegt, zu schießen, wenn er irgendwelche Dummheiten zu machen versucht. Er weiß, dass ich gefährlich sein kann und wird zahm wie ein Lämmchen. Im Flur und im Treppenhaus kommen wir an einer Reihe seiner Milizen vorbei, die die Hacken zusammenschlagen und strammstehen, als sie ihn sehen. Nur Szymonowski, sein Adjutant, scheint überrascht, uns beide fast Arm in Arm zusammen hinausgehen zu sehen. Wir gehen wie zwei Freunde, vielleicht hundert Meter weit, dann bleiben wir stehen.

»Ich weiß nicht, was mich daran hindert, dir eine Kugel durch den Kopf zu jagen, aber deine Tage sind gezählt. Los, weg mit dir!«

Er macht sich schleunigst davon. Später werde ich es bereuen, ihn nicht erschossen zu haben.

Da ich vor meinem Treffen mit den Partisanen noch Zeit habe, kehre ich in den Palast zurück, wobei ich, wie üblich, eine Reihe von Umwegen mache. Maria ist nicht da. Das gefällt mir gar nicht. Ich bitte sie immer, so wenig wie möglich auszugehen. Die Razzien finden wahllos statt und die Straßen des Ghettos sind nicht sicher, nicht einmal am helllichten Tag. Ich habe es immer lieber, wenn einer von Chaims Leuten sie begleitet.

Ich warte voller Besorgnis auf sie und höre derweil Radio. Die Reden aus Berlin sind voller Triumph. Wenn man den Kommentatoren glauben soll, fallen die sowjetischen Städte eine nach der anderen. Deutschland zermalmt alles auf seinem Weg zum Sieg. Die Wehrmacht scheint unbesiegbar. Maria kommt zurück und strahlt über das ganze Gesicht. Sie trägt einen Stapel deutscher Bücher, die sie gerade bei einem ehemaligen Buchhändler der Świętojerska-Straße gekauft hat, der jetzt in der Leszno-Straße auf dem Bürgersteig handelt. In ihrem Netz befinden sich jüdische Autoren wie Stefan Zweig, Feuchtwanger oder Kafka, Seite an Seite mit Werken von Thomas Mann, Goethe und Kant. Ohne mich auch nur anzuschauen, wirft sie sich auf die Couch und streckt sich aus, ein Buch in der Hand.

»In einem der Bücher, die ich gerade gekauft habe, gibt es sogar ein Autogramm von Thomas Mann«, sagt sie mit der Miene eines Eroberers.

Ich nähere mich ihr und lasse meine Finger still und leise unter ihren Rock gleiten. Ich streichle sie. Sie tut so, als ob sie sich auf ihr Buch konzentriert, aber ich fühle, wie sie unter meinen Fingerspitzen erbebt. Plötzlich lässt sie ihr Buch fallen und wirft sich auf mich.

Am Abend kommt Chaim, um mich persönlich zu dem Treffen mit den Partisanen zu begleiten. Wir rennen von Hauseingang zu Hauseingang, von Hinterhof zu Hinterhof und kommen endlich in der Karmelicka-Straße an. Wir werden von zwei jungen Leuten der Organisation eskortiert und gelangen so in den Keller der Nummer 5. Dies ist nicht das Zentrum des Widerstands, das befindet sich im Muranowska-Platz Nr. 7. Hier hat man eine Art Vorzimmer in einen richtigen Bunker umgewandelt. Ein großer Saal dient als Lagerraum für Waffen, Sprengstoff und Lebensmittel, aber auch als Schutzraum für die Kämpfer. Das Hauptmerkmal dieser Stelle ist der Tunnel, der das Ghetto mit der arischen Seite verbindet. Der Grund, dass wir heute Abend gerade hier sind, ist, dass sie von dort drüben Kartons mit Chemikalien erwarten, die dazu bestimmt sind, Sprengstoff zu fabrizieren.

Chaim hatte mir die Situation folgendermaßen erklärt: Diese jüdische Militärorganisation, die von jüdischen Offizieren nach der Niederlage errichtet wurde und auf den Namen ŻZW* getauft wurde, ist eine zionistische revisionistische Bewegung der Rechten, durchsetzt mit Elementen des Betar*. Offensichtlich wird sie von erfahrenen und gut ausgestatteten Widerstandskämpfern geführt. Uns erwarten drei Männer, die um einen Tisch in einem kleinen Hinterzimmer sitzen. Chaim macht uns miteinander bekannt.

»Fayvel, ich stelle dir den Leiter des Widerstands im Ghetto vor, Pavel Frenkel*. Das ist Mietek* und das Leon Rodal*.«

»Chaim hat mir eine Menge über dich erzählt, Fayvel«, sagt Frenkel. »Nimm Platz. Du hast also lange in China gelebt? Verkäufer und Waffenschmuggler in Asien, jetzt zurück in Polen, und möchtest unserer Organisation beitreten?«

»Das habe ich nie gesagt«, antworte ich lachend, »Chaim neigt zu Übertreibungen. Aber ich möchte euch gerne finanziell unterstützen.«

Frenkel gibt uns eine sehr detaillierte Schilderung der Situation im Ghetto. Man merkt, dass er ein Mann ist, der organisieren kann und der auch die kleinsten Details beachtet. Kurz gesagt fangen alle politischen Richtungen damit an, Widerstandsgruppen zu organisieren. Die Hashomer Hatzair, Dror, Bund, Poale Zion, die PPR* und andere. Und dann gibt es noch all jene, die ohne Zugehörigkeit sind und auch sie schließen sich zusammen. Das Problem ist, dass die verschiedenen Gruppen einander misstrauen. Und die Kontakte zwischen den einzelnen Gruppen sind auf ein Minimum reduziert. Ich erfahre, dass die älteste und am besten organisierte die von Frenkel ist.

»Ich vermute, dass Chaim und du, Fayvel, zu keiner Gruppe gehören«, sagt er in sarkastischem Ton. »Wie schade, dass ihr nicht unserer Organisation beitreten wollt.«

»Im Gegenteil«, sagt Chaim lächelnd, »wir haben eine Gruppe und eine Organisation. Wir ziehen es vor, unabhängig zu bleiben, aber wir helfen euch gerne, so gut wir können.«

»Perfekt! Mehr verlange ich auch nicht. Ohne euch, die Lastträger, und ohne die Menschen, die ihr Leben riskieren, um Lebensmittel ins Ghetto zu schmuggeln, wäre unser

Volk schon längst verhungert. Die Frage ist nicht mehr, zu leben und nicht einmal mehr zu überleben, es ist eine Frage der Ehre. Die Ehre unseres Volkes. Die Ehre, seinen Tod mit Mut und Würde zu wählen.«

Rodal hat eine Flasche Wodka geholt. Wir erheben unsere Gläser und bringen einen Toast aus auf das Leben, trotz der Todesschatten, die über dem gesamten Ghetto hängen. Am Ende des Abends beschließe ich, nicht in den Palast zurückzukehren, sondern noch einmal zu Barbara zu gehen. Ich möchte Luba gerne wiedersehen. Ich klopfe an die Tür und es dauert geraume Zeit, bis sie öffnen. Barbara erscheint schließlich in einem Morgenkleid. Sie ist bleich, hat eingefallene Augen und riecht nach Alkohol und Tabak.

»Fayvel! Es ist ein Uhr morgens und ich bin mit einem Freier. Ein wichtiger Mann des Judenrats.«

»Ich komme wegen Luba und ich werde keinen Lärm machen.«

Ich halte ihr einen 50-Dollar-Schein hin. Barbaras Gesicht leuchtet auf. Sie lässt mich eintreten und kehrt in ihr Zimmer zurück. Ich kenne den Weg.

Luba schläft. Ich lege mich neben sie. Sie öffnet die Augen ein wenig und lächelt. Wir lieben uns wie zwei Jugendliche. Anschließend gehen wir in die Küche, um Tee zu trinken und zu rauchen. Luba sagt mir, dass Barbaras Kunde mit ihr schläft, ohne zu bezahlen. Sein Name ist Jacques Birnsztajn und er hat ihr diese Wohnung besorgt. Neugierig geworden durch unser Geflüster, beschließt er, zu uns in die Küche zu kommen, setzt sich an unseren Tisch und gießt sich Tee ein, während er eine meiner Zigaretten anzündet.

»So, so … die kleine Luba folgt dem Gewerbe ihrer großen Schwester. Das nächste Mal werde ich dich wählen!«

»Du kannst gerne träumen, Jacek. Ich werde nie mit dir schlafen, du altes Schwein.«

»Nicht Jacek – Jacques, bitte. Ich bin Franzose und ich habe im Großen Krieg mit einer französischen Uniform gekämpft.«

Da er mich völlig ignoriert, beschließe ich, ihn auf Französisch anzusprechen.

»In welchem Regiment, Jacek?«

»Oh! Was für eine Überraschung! Sie sprechen also auch Französisch? Ich war bei der Artillerie und mein Name ist Jacques, nicht Jacek. Darüber hinaus bin ich seit über zwanzig Jahren katholisch.«

»Hör auf, du Idiot. Du bist mit einem polnischen Namen zur Welt gekommen und ich würde sogar sagen, bestimmt mit einem jüdischen Namen. Du kannst so viele Geschichten über den Großen Krieg erzählen, wie du willst, aber nicht mir. Ich habe den Krieg in Frankreich mitgemacht, und was deinen Katholizismus betrifft, kann ich dir sagen, dass dich das nicht vor den Deutschen rettet! Du bist genauso beschnitten wir ich. Und wage es ja nicht, Barbaras kleine Schwester anzufassen, sonst bekommst du große Probleme, Jacek.«

Während ich spreche, schließt er unwillkürlich die Beine, so als wolle er das unauslöschliche und schimpfliche Zeichen der Beschneidung verstecken. Er schaut mich mit einem so ängstlichen Blick an, dass man fast Mitleid verspürt. Er versteht nicht, warum ich ihn derart aggressiv angehe. Er raucht seine Zigarette wortlos zu Ende und geht dann zu Bett, ohne noch einen Blick auf uns zu riskieren. Auch Luba und ich gehen schlafen. Als ich sie verlasse, zweifle ich keinen Augenblick daran, dass ich Luba und Barbara nie wiedersehen werde.

Früh am Morgen gehe ich in den Palast zurück. Maria schläft noch. Ich lege mich neben sie und beginne sie zu küssen. Sie schiebt mich murrend weg.

»Bei wem hast du letzte Nacht geschlafen? Bei einer Hure? Bei einer polnischen Bäuerin? Sag mir, was du getan hast! Ich will die Wahrheit wissen!«

Ich wage nicht, sie zu belügen und so sage ich einfach: »Ich liebe dich, Maria, du bist meine Liebste.«

Ich bin selbst überrascht von dem, was ich gerade gesagt habe. Maria betrachtet mich lange. Tränen rinnen ihr übers Gesicht. Sie küsst mich und wir umarmen uns. Sie hatte auf diese Worte gewartet. Ich merke, dass sie mich wirklich liebt. Und ich, obwohl ich doch viel älter bin als sie, weiß immer noch nicht, ob ich sie eines Tages werde lieben können. Wobei noch zu klären wäre, ob ich überhaupt weiß, was wirkliche Liebe ist …

Die Dokumente

Der Morgen bricht an und ich bekomme Informationen über Marias Dokumente. Wir müssen diese auf der arischen Seite abholen. Ich besteche die Wachen an den Toren des Ghettos. Der Preis steigt von Tag zu Tag, wenn nicht sogar von Stunde zu Stunde. Es wird immer gefährlicher, die Tore zu passieren. Wir müssen Polen so schnell wie möglich verlassen, müssen so weit weg wie möglich vom Reichsgebiet, vom menschlichen Irrsinn und dem Krieg. Unser Gang durch das arische Warschau verläuft nicht reibungslos. Eine Gruppe von Jugendlichen bemerkt uns, als wir durchs Ghettotor treten. Sie folgen uns und holen uns ein, als wir die Marszałkowska-Straße hinabgehen. Es sind zu viele Menschen um uns herum, sodass ich meine Waffe nicht herausholen kann.

poln. für »Dummkopf«

poln. für »Schlampe«

»Hallo! Hey, ihr zwei Drecksjuden, wartet! Du, Bałwan, und du, Cholernica, bewegt euch nicht!«

Es sind vier oder fünf Jungs, Gymnasiasten vielleicht, die leicht zu Geld kommen wollen. Maria spricht als Erste. Sie beschimpft sie auf Deutsch. Glücklicherweise ist ein junger Pole in der Gruppe, der etwas Deutsch spricht. Er zögert, betrachtet meine polnischen Papiere, aber trotz meines perfekten Polnisch ist der Chef der Bande skeptisch.

»Gut ... dann klären wir die Geschichte mal auf. Wollt ihr, dass wir die Polizei holen?«

»Wartet noch kurz«, sage ich, »ihr seid doch alle gute Polen. Ich will euch ein kleines Geheimnis verraten. Danach entscheidet ihr, was ihr mit mir machen wollt. Einverstanden?«

»Aber ein bisschen dalli«, sagt der Chef. »Wir wollen keine Zeit mit dreckigen Juden verschwenden.«

Auf meine Einladung hin gehen wir zu einem Hauseingang in der Nähe. Ich improvisiere für sie eine fantastische Geschichte.

»Ich bin ein Kämpfer, den die britische Regierung hier mit dem Fallschirm abgesetzt hat. Ich habe eine ganze Reihe von Missionen und Kontakten mit unseren Partisanen und habe ihnen gerade finanzielle Unterstützung gebracht. Ich brauche wahre Patrioten, wie ihr es seid. Wollt ihr nach England gehen, um den Kampf fortzusetzen? Für das Land, für das Volk, für die Nation ...«

Ich lasse mich mitreißen von meiner eigenen Geschichte, die weder Hand noch Fuß hat, und beende meine Rede mit einem leise gerufenen »Es lebe Polen!«

»Moment mal, was ist das für ein Quatsch? Wir haben euch aus dem Ghetto kommen sehen wie Juden!«

»Na und? Hinter diesen Mauern gibt es Arier, die sich verstecken. Gibt es ein besseres Versteck als das Judenghetto? Niemand würde auf den Gedanken kommen, dort nach wahren Patrioten zu suchen!«

Sie lachen kurz, aber ihr Anführer besinnt sich und sagt: »Nehmen wir mal an, dass deine Geschichte wahr ist. Was ist dann mit ihr? Sie hat keine Papiere! Was soll das?«

»Du Idiot! Um den Krieg zu gewinnen, muss man den Feind auch im Inneren untergraben. Sie ist Teil der deutschen Geheimorganisation gegen Hitler, und da willst du Papiere? Wie viele Juden kennst du, die mit einer Waffe wie dieser herumlaufen? Die wissen ja nicht einmal, wie so ein Ding funktioniert!«

Ich zeige ihnen meine Knarre, die in meinem Hosenbund steckt. Und ich entsichere sie mit theatralischer Geste.

»Ist gut, schon gut, wir glauben dir. Und natürlich sind wir alle Patrioten. Es lebe Polen! Was die Sache mit England betrifft, darüber müssen wir noch mit unseren Familien sprechen.«

»Gut, dann geht schon mal und seht nach, ob Polizisten oder Deutsche an der Ecke stehen. Wir zerstreuen uns und treffen uns, wenn ihr wollt, morgen wieder. Gleiche Zeit, gleicher Ort. Ich zähle auf euch, abgemacht? Polen braucht seine patriotische Jugend.«

Sie verschwinden in die eine Richtung und wir in die andere. Wir trödeln nicht, denn diese Idioten können von einem Moment zum anderen wieder umdrehen. Angekommen an unserem vereinbarten Treffpunkt in der Poznańska-Straße hinterm Bahnhof müssen wir schallend lachen. Endlich können wir aufatmen. Die Dokumente sind authentisch, sie gehörten einer Deutschen namens Helga Weber, die bei einem Luftangriff auf Berlin umkam. Sie war nur zwei Jahre älter als Maria. Sie war Bäckerin.

Kazik der Fälscher hat einfach das Foto ausgetauscht. Er ist einer der besten Fälscher der ganzen Warschauer Unterwelt. Er arbeitet oft für die A. K.*, manchmal, aber immer seltener in diesen Tagen für Gangster und niemals für Juden. Darauf ist er besonders stolz. Chaims Kontakt, der kein Jude ist, hat mit Nachdruck versichert, dass ich einer der ihren bin und Maria eine Deutsche ist, die sich voll und ganz der polnischen Sache widmet. Diese Lüge ist unwichtig, denn so müssen wir nicht zum Hotel Polski gehen, wo eine Reihe sogenannter Experten mit Fälschungen von Pässen und Dokumenten aller Art ihre Geschäfte treiben. Man kann dort zwar südamerikanische Pässe und auch polnische Dokumente finden, die Kontaktpersonen sind aber häufig Spitzel der Gestapo. Außerdem machen sie fast nie deutsche Dokumente. Ein aufschlussreiches Zeichen.

»Herr Zieba, Ihre Freundin hat nun eine neue Identität«, sagt er, indem er mir stolz den Reisepass hinhält. »Und hier sind noch ein paar weitere Dokumente, die der armen Helga gehörten.«

»Maria, du musst deine ganze Vergangenheit auswendig lernen und sie noch ein wenig ausschmücken. Mach dir keine Sorgen, ich werde dir helfen.«

»Ich bin eine gute Schülerin, ich werde das schnell lernen.«

Ich weiß, dass das stimmt. Maria besitzt eine rasche Auffassungsgabe. Sie hat Instinkt. Ein netter Kontrast zu ihrer Bildung und früheren Umwelt. Als ich sie zwei Tage später über ihre Vergangenheit ausfrage, bin ich platt. Sie kann jeder polizeilichen Befragung standhalten.

Ich bezahle den Mann, der uns einen der Schlüssel verschafft hat, die uns die Tür zur Freiheit öffnen werden, und frage ihn, ob er auch so etwas für mich finden könnte, weil meine polnischen Dokumente gefährlich sind, zumal mein Plan ist, durch Deutschland zu reisen, um mich mit Meiling und Walter in Berlin und Leipzig zu treffen. Aber für einen deutschen Ausweis muss ich warten. Es ist schwierig, authentische Papiere wie die von Helga in Warschau zu finden.

Zurück im Ghetto erwartet uns eine unglaubliche Nachricht. Man wird die Leszno-Straße 13 schließen. Entweder ist Ganz plötzlich in Ungnade gefallen und die Gestapo und seine Freunde vom Propagandabüro wollen auf einmal nichts mehr von ihm wissen, oder, wie es meine Schmugglerfreunde schon seit einiger Zeit befürchten, er versucht sich an die Spitze des Judenrats zu stellen und Czerniaków zu ersetzen, was eine Katastrophe für das ganze Ghetto wäre.

Als es Abend wird, gehen wir mit Chaim ins Negresco. Wir trinken Wein und Wodka und hören dabei den Musikern zu. Ich schaue Maria an. Allmählich merke ich, dass ich starke Gefühle für sie habe. Das ist mir nicht mehr passiert, seit ... seit ich sechzehn war. Eine andere Zeit, ein anderer Fayvel ... Während wir die Vernichtung des Judentums und eines ganzen Volkes in Polen miterleben, während um uns herum im Ghetto von Aufstand gesprochen wird, von heroischen Taten, habe ich Verliebtheitsgefühle für ein junges Mädchen. Die Liebe ist fester Bestandteil des Ghettos und sie trifft alle, Jung und Alt. Ohne sie wäre das Leben im Ghetto bis hierher nie möglich gewesen. Wir wären alle längst tot. Das ist die Realität. Man braucht ein Gegengewicht zum Horror. Für eine kleine Minderheit bedeutet das Luxusrestaurants, Alkohol, Musik und frivole Feiern. Schmuggler, Prostituierte, Spitzel, die Vorkriegsreichen leben hier, unmittelbar zusammen mit der großen Mehrheit von Arbeitern oder Arbeitslosen, die an Hunger sterben, an Krankheit, an Kälte, Menschen, die die schicksalhafte Stunde ihrer Verhaftung fürchten, die Stunde, in der man sie in den Zug zur Hölle verfrachtet. Und doch wird man später niemals von dieser kriminellen Minderheit sprechen, die durch ihr Tun gleichwohl zum Überleben im Ghetto beigetragen hat. Die Geschichte wird uns vergessen.

Ein paar Wochen später sind meine Papiere endlich fertig. Ich lasse Maria im Palast zurück und gehe hinüber zur arischen Seite, um meinen Lieferanten zu finden. Als ich in der Poznańska-Straße ankomme, bemerke ich, dass der Blumentopf auf der Fensterbank im ersten Stock fehlt. Dies ist ein Code, um vor Gefahr zu warnen. Ich wage es nicht, das Gebäude zu betreten. Daher beschließe ich, auf der Straße hin und her zu gehen und zu beobachten, was geschieht. Nichts passiert. Völlige Ruhe. Ich betrete ein kleines, proletarisch wirkendes Restaurant, um eine Suppe und ein Glas Wodka zu bestellen, damit ich nicht zu sehr auffalle. Ich bin wütend und denke schon über andere mögliche Lieferanten nach, als er die Taverne betritt. Er setzt sich nicht weit von mir, tut, als ob er mich nicht sieht, und bestellt bei der Kellnerin ein Bier. Wir tauschen nur einen Blick. Die Zeit vergeht so langsam, wie ein Baum wächst. Um uns herum sind Arbeiter, zwei oder drei kleine Schläger und ein paar Alkoholiker, die zum Mobiliar zu gehören scheinen. Außerdem eine müde Kellnerin, der Eigentümer und der Koch, der eine so dick wie der andere, beide haben Augen wie die toter Heringe. Ich bin drauf und dran Kazik anzusprechen, als er aufsteht, zur Tür geht und mir ein diskretes Zeichen gibt, eine Einladung, ihm zu folgen. Ich zahle und hole ihn auf der Straße ein. Es fängt an dunkel zu werden. Das gefällt mir nicht.

»Es gibt eine Verzögerung mit deinem Pass und ich bin nicht mehr an der gewohnten Adresse zu erreichen. Ich werde so schnell ich kann mit dir Kontakt aufnehmen.«

»Aber man hatte mir Bescheid gesagt, dass die Dokumente fertig seien.«

»Die Gestapo hat mein Atelier durchsucht. Ein Glück, dass ich nicht da war. Wir haben keine Dokumente mehr, ich muss wieder ganz von vorne anfangen und du noch einmal bezahlen.«

»Wer hat dich verpfiffen?«

»Kümmere dich nicht darum, bis bald.«

Er geht und verschwindet um die Ecke. Ich bleibe alleine zurück, verwirrt. Ich kehre ins Ghetto zurück, indem ich über eine Mauer klettere. Als ich ins Innere des Ghettos springe, lande ich vor den Scheinwerfern eines Autos, das mich fast überfährt. Ein Opel Imperia. Beim Aufstehen ziehe ich den Colt aus meinem Gürtel und verstecke ihn in meiner Jackentasche, bereit zu schießen. Glücklicherweise sind es keine Deutschen. Der Fahrgast im Auto schaut mich missbilligend an und lässt den Fahrer dann weiterfahren. Dies ist meine zweite Begegnung mit Czerniaków.

Da ich mich nicht weit von Barbaras und Lubas Wohnung befinde, beschließe ich, sie besuchen zu gehen. Ich klopfe an ihre Tür und eine Frau von etwa fünfzig Jahren erscheint auf dem Treppenabsatz. Angst ergreift mich.

»Hallo … Wen suchen Sie?«

»Dies ist doch die Wohnung von Barbara und Luba Fiszman?«

»Oh mein Gott! Gehören Sie zur Familie?«

»Ja, gewissermaßen.«

»Kommen Sie herein, kommen Sie.«

In ihrer kleinen Wohnung sitzen ein Mann, wahrscheinlich ihr Ehemann, drei junge Männer in den Zwanzigern und ein junges Mädchen mit einem Baby auf dem Arm am Tisch und essen Suppe, die sie vermutlich bei einem der Punkti* des Ghettos bekommen haben.

»Barbara und Luba sind letzte Woche gestorben, mein Herr. Sie haben beschlossen, das Ghetto zu verlassen und sich auf der arischen Seite zu verstecken. Sie sind einem Leichenwagen gefolgt und haben es geschafft, die Kontrolle am Friedhofseingang zu passieren und dann mussten sie nur noch auf ihren Schleuser warten. Auf der anderen Seite der Mauer wurden sie von einer deutschen Patrouille überrascht und erschossen. Sie starben auf der Stelle. Sind Sie ein Verwandter?«

»Ja, der Onkel …«

»Wissen Sie, wir sind schon drei Mal umgezogen. Das letzte Mal angeblich wegen des ungesunden Zustands des Gebäudes. Wir wurden alle auf die Straße geworfen.«

Ich schaue sie mitleidig an. Ich nehme ihren Tee ohne Zucker nicht an und gebe, bevor ich mich verabschiede, der Hausfrau die tausend Złoty, die ich gerade in der Tasche habe. Ohne ihren Dank abzuwarten, mache ich auf dem Absatz kehrt und gehe zum Palast. Eine Überraschung wartet auf mich. Chaim ist da, mit zwei von seinen Männern. Außerdem sind Ben Shimon und Schmul Osier, ebenfalls von zwei Männern begleitet, und Kalman, genannt der Ochse, aus der Gruppe der Lastträger da. Sie sind spontan gekommen, um meine neue deutsche Identität zu feiern, Radio zu hören und vor allem über Politik zu diskutieren, über das, was mit uns Juden, mit Polen und mit der Welt allgemein geschehen wird. Dies ist die Freizeitbeschäftigung Nummer eins im Ghetto. Gerüchte hören und in die Welt setzen, die einen wilder als die anderen. Der Unterschied ist, dass wir das Radio haben. Der Rest des Ghettos sieht Geräusche, Projektionen, Hirngespinste, die oft völlig außerhalb der Realität liegen. Maria hat eine Mahlzeit für uns zubereitet. Ich bin froh, sie alle nach diesem anstrengenden Tag zu sehen. Ich mache es mir gemütlich bei ihnen und erzähle ihnen die Geschichte von meinem Reisepass.

»Das Schicksal will nicht, dass du Deutscher wirst«, sagt Schmul. »Bleib also und teile unser jüdisches Schicksal mit uns in Warschau. Wir brauchen dich hier. Und außerdem kannst du Mouès für einen guten Zweck machen. Nicht der Judenrat ernährt das Ghetto, sondern wir. Wir helfen unseren Leuten.«

»Nein, verschwinde so schnell wie möglich von hier! Hier erwartet uns der Tod. Wir werden alle verrecken«, sagt Ben Shimon. »Wie willst du unseren Leuten helfen, Schmul? Czerniaków ist ein Hund, der den Befehlen der Deutschen gehorcht. Die Zeit der Kehillah* ist lange vorbei.«

»Es hat keinen Sinn, irgendwas daherzureden«, sagt Chaim. »Wie immer wird Fayvel das tun, was er will. Trinken wir auf die Auflösung der Dreizehn.«

Wir erheben uns und trinken auf ex. Wir alle wissen, dass das nicht mehr bedeutet als ein Stachel weniger auf dem Rücken eines Igels. Der Todesengel hat jetzt seine Flügel über die ganze Welt gebreitet und die Nationen zerreißen einander. Das Schicksal des jüdischen Volkes liegt in den Händen seiner Henker. Keiner macht auch nur einen Finger krumm. Immer noch hören wir die Nachrichten aus Berlin, aus London, aus Moskau. Kein einziges positives Zeichen. Die Deutschen schreiten an allen Fronten voran. Nachdem unsere Gäste gegangen sind, finde ich ein wenig Trost in Marias Armen und schlafe sofort ein.

Ein paar Tage später bringt mir Madame Kantor eine Postkarte.

»Paul, eine Karte aus Berlin … nichts Besonderes!«, erzählt Maria lachend und hält mir die Karte hin.

Maria nennt mich Paul. Sie hasst den Namen Fayvel, den sie zu primitiv und vor allem zu jüdisch findet. Und Pavel ist für ihren Geschmack zu slawisch.

Ich werfe hastig einen Blick auf die Karte, ein wenig besorgt. Ich atme auf. Es sind gute Nachrichten. Es stehen nur zwei kurze Sätze darauf: *Berlin ist eine fantastische Stadt. Die Restaurants sind ausgezeichnet. Walter.* Der erste Satz bedeutet, dass alles gut ist, und der zweite, dass sie mich holen kommen.

»Also, Paul, was bedeutet diese Karte?«

»Alles geht gut. Walter und Meiling werden kommen und dann reisen wir alle zusammen ab.«

»Auch deine kleine Chinesin? Die die Kleider in deinem Zimmer gelassen hat? Was wirst du mit ihr machen, wenn sie zurückkommt?«

Sie gibt vor, ruhig zu sein, aber ihre Augen brennen vor Eifersucht.

»Maria, draußen sterben Menschen vor Hunger, vor Krankheit, werden geschlagen und wie Karnickel gejagt, und du, du machst eine Eifersuchtsszene …«

»Tut mir leid, Paul, ich weiß …«

Ich nähere mich ihr, um sie zärtlich zu küssen. Ich fange an, ihre Bluse aufzuknöpfen und ihren Rock hochzuschieben, als einer von Chaims Männern an die Tür klopft. Kazik der Fälscher hat meine Papiere! Ich soll ihn um zwei Uhr am Platz der drei Kreuze treffen, ihn nicht ansprechen und ihm aus der Ferne folgen. Leider sind die Wachen am Tor des Ghettos verstärkt worden, deutsche Offiziere sowie lettische und ukrainische Hilfskräfte patrouillieren Zweifellos sind Schmuggler gefasst worden. Ich beschließe daher, eine Rikscha zum Friedhof zu nehmen. Ich betrete den jüdischen Friedhof und springe über die Mauer, nachdem ich mich davon überzeugt habe, dass keine Patrouillen auf der arischen Seite zu sehen sind. Nun befinde ich mich auf dem danebengelegenen kleinen evangelischen Friedhof. Weil Leute da sind, kauere ich mich auf ein Grab. Sobald der Weg frei ist, eile ich zu meinem Treffen. Ich komme mehr als eine Stunde zu spät, aber Kazik ist immer noch da. Ich folge ihm von Weitem. Er steigt den Ujazdowskie-Boulevard hoch, dann betritt er ein Haus. Ich tue das Gleiche.

»Ich habe schon befürchtet, dass dir etwas passiert ist«, sagt Kazik.

»Nein, es gab nur ein paar kleinere technische Probleme, die es verhindert haben, pünktlich anzukommen. So, was ist mit dem Dokument, ist es gut?«

»Es ist perfekt, ich hoffe nur, dass du fließend Deutsch sprichst. Unser Mann, der während des französischen Feldzugs verwundet wurde, ist aus dem Kriegsdienst entlassen worden. Er starb an einem Herzinfarkt während seiner Genesung in einem Sanatorium. Der Gärtner des Militärsanatoriums ist ein Gefangener, einer von uns. Er kannte ihn gut. Es muss ein guter Kerl gewesen sein, ohne Familie, aus Königsberg, eine guter Preuße. Er war Maurer. Von jetzt an heißt du Hermann Maxheimer. Hast du das Geld?«

Ich bezahle ihn und wir gehen auf einen Drink in eine kleine Spelunke. Eine junge Frau betritt das Restaurant. Als sie mit dem Kellner spricht, starrt sie mich an und geht dann auf uns zu. Jetzt erkenne ich sie. Es ist Mira, das Mädchen aus Toruń, die mit Kaplinsky herumzog. Da ich nicht weiß, was jetzt gleich passieren wird, sage ich Kazik, dass wir ein Problem haben. Er steht auf und verlässt eilig das Restaurant.

»Sie sind der Herr aus dem Hotel«, sagt sie, »ja, Sie sind es ...«

Ich lasse ihr keine Zeit zum Weiterreden.

»Hallo, Mira! Wir haben uns ja lange nicht mehr gesehen! Setzen Sie sich an meinen Tisch. Was möchten Sie gerne essen?«

Ich nähere mich ihrem Gesicht, als ob ich sie küssen will, und flüstere ihr schnell ins Ohr: »Ich will keine Probleme, sonst geht das hier übel aus. Aber wenn du dich normal verhältst, ist alles in Ordnung.«

Dann spreche ich laut weiter. »So, Mira, geht es Ihnen gut? Was ist seit dem letzten Mal so alles geschehen?«

Sie hatte gar nicht die Absicht, Zeter und Mordio zu schreien oder die Polizei zu rufen. Sie lächelt und erzählt mir, dass sie Arbeit gefunden hatte und einen Freund. Sie war Chefsekretärin und ihr Freund war Chef der Fabrik, aber als seine Frau das Spielchen bemerkte, setzte sie sie vor die Tür.

»Mira, warum gehst du nicht zurück nach Toruń? Du hast doch Familie dort, sie könnten dir helfen, eine richtige Arbeit zu finden. Worauf wartest du noch?«

»Ich habe überhaupt keine Lust, nach Toruń zurückzukehren. Dort gibt es keine Arbeit für mich. Und auf meine Familie kann ich nicht zählen. Mein Vater ist Eisenbahner. Er wird gewalttätig, wenn er besoffen ist, und das ist er immer. Meine Mutter verbringt ihre Zeit mit Beten in der Kirche. Und was meine Brüder betrifft, so weiß ich nicht einmal, wo sie sind. So oder so sind sie auch nicht besser als mein Vater. Aber vielleicht hätten Sie ja eine Arbeit für mich?«

Sie ist ein gutes Mädchen. Nicht sehr klug und nicht sehr schön. Und ich kann ihr natürlich nicht helfen. Ich gebe ihr tausend Złoty.

»Jesus Christus und die Jungfrau Maria sollen Sie schützen und Sie immer begleiten. Dieses Geld kommt mir wie gerufen. Wie kann ich Ihnen danken?«

»Indem du dich nie wieder mit Leuten wie Kaplinsky oder mit den Kollaborateuren der Gestapo abgibst.«

»Aber wie soll ich denn wissen, ob sie mit den Deutschen zusammenarbeiten? Es gibt ja vielleicht auch Deutsche, die nett zu mir sein könnten?«

»Du hast recht, Mira, vergiss, was ich gesagt habe. Aber höre wenigstens auf, über Jesus und Maria zu reden. Gott hat Polen offensichtlich im Stich gelassen. Es sieht nicht so aus, als ob er noch da sei.«

Dieser letzte Satz wird mir ein paar Minuten später bestätigt, als ich das Restaurant verlasse. Auf dem Rückweg ins

Ghetto stolperte ich über etwas, das ich für eine tote Katze halte, aber es ist ein totes Baby, das man auf einem Schutthaufen liegen gelassen hat.

Im Palast gibt Maria mir noch eine Postkarte. Es ist eine Nachricht, die mir die bevorstehende Ankunft von Walter und Meiling ankündigt. Das ist Balsam für meine Seele. Jetzt muss ich unsere Reise quer durch Europa planen, um uns alle sicher nach China zurückzubringen. Ich fühle, wie Maria nervös wird, je näher die Gefahr rückt, die Meiling für sie darstellt. Und tatsächlich hat sie damit gar nicht so unrecht.

Eines Abends, während wir immer noch auf Meiling und Walter warten, gehen Maria und ich aufs Dach, für ein kleines Picknick bei Sonnenuntergang. Wir haben eine gute Flasche Wein dabei, Wurst, ein Stück Brot und eine Orange. Nicht eine Wolke am Himmel. Die Sterne funkeln wie Diamanten. Wie wir so ausgestreckt auf dem Dach liegen, schweben wir mit unseren Gedanken am Horizont entlang. Wir sind nicht mehr im Ghetto oder in Warschau, nicht einmal in Polen oder auf der Erde, wir schweben im Himmel, wie die Figuren in den Gemälden von Chagall. Maria erzählt mir von einer anderen Welt, der Welt vor dem Krieg, von ihren Freunden, von Stefan Zweig, von Konzerten und Ausstellungen, von Ferien mit ihrem Vater in der Schweiz und in Frankreich.

Ich freue mich, dass Maria für einen Moment vergisst, wo wir wirklich sind. Ich lasse sie reden, aber mein Verstand weigert sich, mich auf ihre Worte zu konzentrieren. Er bringt mich immer wieder in den Krieg zurück. Ins Ghetto, das doch seltsam still ist an diesem schönen Abend. Jede Stadt hat ihren eigenen Geruch. Der Geruch von Warschau ist der gleiche wie damals, als ich die Stadt vor so langer Zeit verlassen habe. Ich könnte sie unter allen anderen Städten nur mit der Nase erkennen. Eine Mischung aus Asphalt und Bitumen, Holz- und Kohlenfeuer, der Geruch von Schlamm, der von der Weichsel her aufsteigt, von Müll und Exkrementen, aber auch zartere Düfte, die aus dem Wald in der Nähe der Stadt kommen. Das Ghetto hat allerdings seinen Geruch ein wenig verändert: Es riecht nach Tod.

Heute Abend haben wir Glück. Ein kühles Lüftchen aus den nahen Wäldern spielt mit Marias Haar. Sie ist göttlich schön. Für mich ist sie das blühende Leben. Sie ist sogar die Zukunft des jüdischen Volkes, wenn wir es schaffen zu überleben. Eine kleine Glocke, die ich in die geheime Tür eingebaut habe, sagt uns, dass unser Picknick beendet ist. Wir haben Besuch. Ich bitte Maria, oben zu bleiben, ziehe meinen Colt, und gehe hinunter, um zu öffnen.

Niemand mag es, wenn der Lauf einer Pistole zwischen seine Augen gerichtet ist. »Scheiße, Fayvel! Hör auf mit den Dummheiten, ich bin's, Walter. Das war das letzte Mal, dass ich mit Meiling reise. Sie ist unerträglich. Darüber hinaus zieht sie die Aufmerksamkeit von allen Leuten auf sich – und das gefällt ihr auch noch! Sie ist wirklich pervers, ich weiß, wovon ich rede. Hast du Schnaps?«

Ich schließe Walter in meine Arme. »Du bist nicht mehr in Deutschland. Hier trinkt man Wodka. Mach's dir auf der Couch bequem, die Flasche steht gleich daneben, und du weißt ja, wo die Gläser sind. Wo ist Meiling?«

Ich finde sie in der Diele, die zum Palast führt, wo sie mich im Halbschatten beobachtet. Sie kommt, eine Katze.

»Berlin ist nicht schlecht, aber ich ziehe Paris bei Weitem vor. Das ist eine Stadt, die mir gefällt, aber wegen deinem Dummkopf von Walter sind wir nicht nach Italien gegangen. Wie konntest du nur in so einem Loch bleiben? Dies ist die schrecklichste Stadt ganz Europas.«

Sie kommt und presst sich gegen mich, um mich zu küssen, an meinen Lippen und an meinen Ohrläppchen zu knabbern. Durch ihre leichte Bluse fühle ich, wie ihre Brustwarzen sich verhärten. Da Maria merkt, dass ich nicht zurückkehre, kommt sie vom Dach herunter und tritt ein, als Meiling gerade auf die Couch zugeht, um sich zu setzen. Für ein paar Sekunden messen sie sich mit ihren Blicken, dann eilt Maria auf mich zu und umarmt mich demonstrativ. Sie spricht als Erste.

»Stellst du uns vor?«, fragt sie mich.

»Walter, Meiling, das ist Maria, sie ist aus Wien, und sie wird mit uns nach Spanien reisen. Maria, das sind Walter und Meiling, die für mich arbeiten.«

Meiling fixiert Maria mit finsterem Blick, so wie ein Mungo eine Schlange anschaut. Walter, der sich bereits ein Glas eingeschenkt hatte, spricht zuerst. Er ist glücklich, endlich wieder Deutsch sprechen zu können, nach der Anstrengung, die ganze Zeit mit Meiling Englisch zu reden oder in schlechtem Chinesisch zu kauderwelschen. Sprachen waren noch nie seine Stärke.

»Sehr erfreut«, sagt Walter. »Wissen Sie, Paul spricht sehr gut Deutsch, aber irgendetwas fehlt ihm. Er hat ein gewisses Etwas, das nicht natürlich ist, aber bei Ihnen ist das anders, Sie sind Österreicherin, und das ist eine Abwechslung zum Deutsch meines Chefs.«

»Ich sehe, dass du deine Zeit nicht vergeudet hast«, bemerkt Meiling ironisch auf Englisch, »du konntest ja nicht ganz alleine bleiben an diesem verrotteten Ort. Sie ist offensichtlich sehr jung, und ich muss sagen, du hast eine gute Wahl getroffen.«

»Meiling, Maria spricht sehr gut Englisch, sie ist nicht wie Walter. Also, wenn du ihr etwas sagen möchtest, kannst du das direkt tun.«

»Sie sind sehr schön, Maria, fast so schön wie Marina, die russische Prinzessin aus Shanghai, die Paul sich ein paar Monate lang als Geliebte nahm. In welchem Jahr war das auch wieder, Polo? 1934? 35?«

Walter schneidet Meiling das Wort ab. »Hören Sie ihr nicht zu. Erstens war diese Marina genauso gut eine Prinzessin wie ich ein Prinz bin ... Ihr wirklicher Familienname war – wie war der auch wieder, Chef? Weinberg? Sie war Ukrainerin, aber ihre Eltern sind von Makhnos Männern getötet worden. Sie war während der Revolution nach Shanghai gekommen. Ihr Onkel hatte sie dorthin mitgenommen, wanderte später nach Kalifornien aus und versprach, sie bald nachkommen zu lassen. Sie blieb in Shanghai, in der Hoffnung, eines Tages zu ihm zu ziehen, aber dieser Hurensohn hat sich nie wieder gemeldet. Dank Paul lebt sie nun heute in London und ist zu einer echten Dame geworden. Nicht wie du, Meiling, du könntest nie mehr als eine Puffmutter werden.«

»Habt ihr diese alten Geschichten immer noch nicht begraben, Meiling und Walter? Erzählt mir lieber von eurer Reise!«

»Ist gut«, sagt Walter. »Wir kamen in Berlin an und Meiling ging zu den Leuten von der japanischen Botschaft. Ich zog los, um mir einen deutschen Pass machen zu lassen. Er ist richtig authentisch ... und ich habe sogar einen Ariernachweis, ihr seht also einen echten Arier vor euch!« Walter sagt das mit einem Grinsen.

»Und sie haben dich nicht aufgefordert, deine Hosen runterzulassen?«, fragt Meiling belustigt.

»Na, sieh mich doch an, Meiling, ein Kerl wie ich ist garantiert ein reinrassiger Arier. Jetzt lass mich meine Geschichte weitererzählen. Ich ließ also Meiling bei ihren Japanern und reiste nach Leipzig, um einen alten Freund zu besuchen, der früher Boxtrainer war. Er war auch der Trainer von Schmeling, dem ehemaligen Schwergewichts-Weltmeister. Aber da er Jude ist, wurde er von der Gestapo beobachtet und ich konnte nicht mehr als zehn Minuten mit ihm reden. Dann wurde ich auch beschattet. Glücklicherweise konnte ich sie abschütteln. Zurück in Berlin war keine Meiling mehr da. Sie hatte einen gewissen Jules getroffen, um mit ihm Paris zu besuchen, und das war nicht irgendjemand. Er war ein Offizier der Wehrmacht, aber das kannst du besser selbst erzählen, Meiling … also, wie war er im Bett?«

»Eine Niete«, sagt sie mit Blick auf Maria, »aber er schenkte mir einen schönen Pelzmantel. Und auf dem Weg zum Hotel George V traf ich sogar Mademoiselle Chanel mit ihrem deutschen Freund. Wir verbrachten einen wunderschönen Abend zusammen.«

»Gut, und dein Pass ist in Ordnung?«

»Ja, ich heiße jetzt Mishiko Sakuma. Aber sie haben lange gebraucht, um ihn herzustellen. Ich musste meine Gefälligkeiten einem Sekretär der Botschaft gewähren, der – da bin ich mir sicher – für den Geheimdienst der Marine arbeitet. Ich denke, nachdem er mich drei Tage lang im Bett verhört hatte, war er mit meinen Antworten und meinen Leistungen zufrieden. Jedenfalls hat er nicht einen Augenblick vermutet, dass ich Chinesin bin.«

»Nun, es ist gut, dass wir heute Abend hier zusammen sind, aber übermorgen werden wir in Richtung Spanien und Portugal abreisen und von dort nach Chungking zurückkehren. Meiling, du schläfst in Walters Zimmer, und du, Walter, auf der Couch im Wohnzimmer.«

Walter setzt sich mit mir an den Tisch und wir unterhalten uns, während wir unsere Waffen reinigen. Maria bleibt den ganzen Abend in meiner Nähe, um Meiling zu zeigen, dass wir zusammengehören. Am Abend, als wir zu Bett gehen, bemerke ich ihre Nervosität, und als ich mich erkundige, was los ist, stellt sie mir eine Reihe von Fragen, gemischt mit Kommentaren in Bezug auf Meiling.

»Meiling ist eine sehr schöne Frau, und sie hat eine Menge Erfahrung mit Männern. Vielleicht magst du sie lieber als mich? Im Vergleich zu ihr fühle ich mich ungeschickt und naiv. Sie hat wunderschöne, glänzend schwarze Haare, die aussehen wie Seide ...«

»Meiling ist eine sehr schöne Frau, das stimmt, und sie ist sehr talentiert, aber sie ist eine Killerin. Sie nutzt ihre Reize, wie ich jetzt gerade meine Zigarette rauche, ohne auch nur darüber nachzudenken. Ihr Herz ist kalt wie Eis. Meiling hatte ein schweres Leben. Man darf sie nicht verurteilen.«

»Du irrst dich, Paul, sie hat Gefühle für dich ... Wahre Gefühle.«

»Kann sein, aber darum geht es nicht, sie arbeitet für mich.«

»Liebst du ihren Körper? Ich habe sie nackt gesehen, wir haben gleichzeitig unsere Toilette gemacht. Sie ist so schön ...«

»Maria, du bist es, die ich liebe.«

Ich ziehe sie vorsichtig aus. Und damit sie nicht mehr von diesem Thema spricht, presse ich meine Lippen auf ihren Mund und wir lieben uns. Viel heftiger als sonst. Und sie schreit lauter als sonst.

Dann flüstert sie mir scheu ins Ohr: »Wenn du etwas Besonderes möchtest, brauchst du es mir nur beizubringen.«

In dieser Nacht zerreißt eine Reihe von Schreien aus dem Gebäude nebenan das Schweigen des Ghettos. Ein doppelter Selbstmord, wie ich später erfahre. Ein Mann und eine Frau werden erhängt gefunden, von einer älteren Dame, die mit ihnen die Wohnung teilte.

Am Morgen mache ich Kaffee und Meiling kommt aus ihrem Zimmer, um ihre ersten Pfeile auf mich abzuschießen.

»Morgen, Polo, gut geschlafen?«

»Guten Morgen, Meiling.«

»Na, hast du dich gut amüsiert mit deinem neuen Püppchen? Sie ist ja wirklich niedlich, aber weiß sie auch, wie man alles macht? Warum antwortest du nicht? Ah, vielleicht willst du ja auch nur ein Kind mit ihr haben. Stimmt, das ist keine schlechte Idee. Und man kann das Kind ja dann immer von einer Ayi erziehen lassen. Aber als Mitglied deiner Organisation kann ich sie mir nicht ganz vorstellen, es sei denn, du beauftragst mich, ihre Ausbildung zu übernehmen. Vielleicht könnte ich sie, verbunden mit viel Zeit natürlich, zu einer Expertin in irgendetwas machen. Aber im Moment ist sie ein kleines Dummerchen mit schönen blonden Haaren und einem netten Paar Brüsten. Weißt du, ich habe sie gestern Abend nackt gesehen und ich verstehe dein Interesse an diesem Mädchen. Du …«

Hausangestellte in China, ursprüngl. Mandarin für »Tantchen«

»Kannst du endlich aufhören, mich mit deinen idiotischen Fragen über Maria zu nerven? Behalte deine Kommentare für dich, Meiling, und lass sie außerhalb unserer Geschäfte. Das ist ein Befehl!«

Ich habe schroffer gesprochen, als ich eigentlich wollte. Das ist das erste Mal, dass ich gegenüber Meiling die Stimme erhebe. Ich meine, kurz ein heftiges Gewitter in ihren Augen aufblitzen zu sehen. Meiling macht auf dem Absatz kehrt und geht in ihr Zimmer zurück. Dabei knallt sie laut die Tür zu. Meine stolze, liebe Meiling.

Walter und ich beschließen, einen Rundgang auf der arischen Seite zu machen. Ich habe bereits Kontakt mit einem Mann namens Bogdan aufgenommen, der vor dem Krieg Automechaniker war und sich auf das Stehlen und Frisieren von Autos spezialisiert hatte. Ich vermute, dass er eine ganze Menge Material zurückgehalten hat, trotz Requisitionen. Man ist Ganove oder man ist es nicht. Seine Werkstatt, die geschlossen ist, seit die Deutschen in Warschau sind, befindet sich nicht weit vom Hotel Angielski in einem Hinterhof der Wierzbowa. Bogdan erwartet uns mit einem Empfangskomitee, das aus drei gewaltigen Typen besteht. Als wir die ehemalige Garage betreten, merken wir sofort, dass irgendetwas nicht stimmt. Außer ein paar alten Holzkisten, einem rostigen Kessel und einem Berg leerer Benzinkanister ist die Garage leer. Kaum haben wir den Schuppen betreten, als drei weitere bullige Typen hinter uns erscheinen und uns den Ausgang versperren. Sie sind bewaffnet. Ich mache Walter ein Zeichen, dass er sich bereithalten soll. Wir sind wie die Chorknaben in die Falle gegangen.

»Hallo, Bogdan! Und, wo ist das Auto?«

»Ach, da bist du ja, Pavel … hast du das Geld mitgebracht?«

»Na klar, aber wie ist es mit dir? Wo hast du das Auto versteckt?«

»Erst das Geld, Pavel.«

»Sag mal, Bogdan, irgendwas stimmt hier nicht. Hast du schon je einen Menschen gesehen, der das Geld herausrückt, wenn man ihm nicht vorher die Ware zeigt?«

»Du steckst in der Klemme, dreckiger Jude! Du hast keine Wahl. Und außerdem habe ich Lust, dir, eins auf die Schnauze zu geben, bevor ich dich umlege, du Ratte.«

»Gut«, sage ich und tue so, als sei ich beeindruckt.

Ich hole ein großes Bündel polnisches Geld und Dollarnoten aus der Tasche und nähere mich Bogdan. Dieser Blödian passt nicht auf. Er verlässt sich auf seine Kraft und auf seine Männer.

»Du hast gewonnen, du bist der Stärkere …«

Eine Sekunde später gebe ich ihm einen starken Tritt in die Eier und werfe ihn mit einem Kinnhaken gegen die Wand. Die Fronten sind geklärt und die Schießerei beginnt. Es kracht in alle Richtungen. Walter und ich sind hinter einem Berg aus rostigen Kanistern in Deckung gegangen. Die Ballerei dauert weniger als zwei Minuten. Wir finden uns neben sieben Leichen und der Bedrohung durch herbeieilende Patrouillen wieder, die, angezogen durch den Lärm, sicher nicht mehr lange auf sich warten lassen. Ich hole das Geld, das neben Bogdans Leiche liegt. Er starb durch die Kugel einer seiner Männer, der in unsere Richtung gefeuert hatte. Ein Blödian, der von Blödianen umgeben ist, kann auch nur als Blödian sterben.

»Einer war dabei, der war zäher als die anderen, das muss ein Kriegsveteran gewesen sein«, sagt Walter.

»Kann sein, aber weniger zäh als du. Der hat sicher nicht das Eiserne Kreuz bekommen für seine Glanzleistungen in den Schützengräben gegen die Franzosen.«

»Das ist lange her, Pavel. Ich war jung und hatte Glück, dass ich nicht auf einen Typen wie dich gestoßen bin. Du hast schon vier Kerle abgeknallt und ich nur drei.«

»Nein, du vier und ich drei.«

Und mit dieser kindischen Streiterei kehren wir als Lebende zurück zum Palast. Die Geschichte von der Schießerei verbreitet sich wie ein Lauffeuer, wenn ich das so sagen kann. Die ganze Unterwelt weiß davon, ganz Warschau. Chaim kommt atemlos zum Palast.

»Fayvel, wart ihr das, habt ihr das hingekriegt? Sieben zu Null! Sieht nach deiner Handschrift aus. Es ist ein harter Schlag gegen die Bande, nur …«

»Nur was?«

»Bogdan und seine Männer gehörten zu den Ultranationalisten. Sie erkennen nicht einmal die Autorität von London an. Und sie arbeiten mit den Deutschen zusammen.«

»Na und? Dieser Hurensohn von Gancwajch auch!«

»Einer ihrer Männer hielt draußen Wache. Und der hat dich gesehen! Das ist nicht gut, Fayvel … Du musst so schnell wie möglich abreisen, früher oder später werden sie dich finden. Und ich spreche nicht von den Polen, sondern von den Deutschen.«

»Schnell abreisen, ja, das werde ich tun, Chaim. Leider können wir keine Abschiedsparty mehr organisieren, aber morgen verlassen wir Warschau. Du wirst mir fehlen. Bitte, Chaim, such dir ein Versteck außerhalb des Ghettos, für dich und die Deinen. Hier drin erwartet dich nichts Gutes mehr. Rette dich und deine Leute, wenn du kannst!«

»Nein, Fayvel. Erstens habe ich Tonnen von Kartoffeln, die ich ins Ghetto schaffen muss. Und zweitens ist mein Platz unter ihnen, unter all diesen Menschen, die du auf der Straße siehst. Menschen mit leerem Magen. Das ist mein Volk, so wie es deins ist. Ich möchte bei ihnen bleiben. Mit ihnen leben oder mit ihnen sterben, das spielt keine große Rolle, solange ich bei ihnen bin. Erinnerst du dich an unsere Abende in Sopot, im Grand Hotel? Das war vor deiner letzten Reise nach China, du hattest einen weißen Anzug an und so eine Art Hollywood-Star, jedenfalls eine Sängerin, einen Filmstar oder Theaterstar am Arm. Fayvel der Chinese … Und ich hatte meine Bordelle. Ich habe immer davon geträumt, deine Klasse zu haben, alter Bastard, deine Bildung, deine Begabung für Sprachen … Denn ich, mit meinem Jiddisch der Krochmalna-Straße und meinem polnischen Slang, ich habe mich nie wohlgefühlt in der Welt der Schönen und Reichen.«

Seine Worte klingen nach Abschied.

»Hör auf, Chaim, trinken wir ein Glas dir zu Ehren. Ohne dich hätte ich weder hier im Ghetto noch in Warschau etwas zustande gebracht. Kein Versteck, keine Dokumente, keine Kontakte, ich wäre niemand mehr … Seit einem gefühlten Jahrhundert bin ich nicht mehr in meiner Heimat gewesen und ich fand sie völlig zerstört wieder. Du bist der Einzige, Chaim, der gleich geblieben ist. Und nur du und deine Leute machen unserem Land und unserem Volk noch Ehre.«

poln. für »verfluchte Scheiße!«

»Kurwa mać! Lasst uns trinken! Auf das Leben! Kannst du dir vorstellen, dass ich in New York oder in London lebe? Ich spreche doch kein Wort Englisch, ich könnte nicht einmal nach dem Weg fragen oder einen Bullen bestechen. Nein, ich werde hierbleiben, wie Schmul und die anderen. Mein Platz ist hier. Und wenn das Jüngste Gericht kommt, lass ich es nicht einfach mit mir geschehen, ich werde meine Haut teuer verkaufen.«

»Das weiß ich alles, Chaim. Komm, lass dich ein letztes Mal umarmen.«

Beim Weggehen hat Chaim Tränen in den Augen. Er umarmt meine Freunde, Walter, wenn er auch ein Yeke ist, Maria, ein schönes Mädchen, dem er vor dem Krieg eine »gute Karriere« verschafft hätte, und vor allem Meiling die Chinesin, die seine Umarmung erwidert. Bevor er geht, sagt Chaim noch zu uns: »Oh, ich hatte da grade eine Idee, aber es ist zu spät, schade. Wir hätten uns zusammentun können und in Danzig oder sogar in Warschau eine ganz noble Opiumhöhle eröffnen können, mit schönen Mädchen wie Meiling, die du mir geschickt hättest. Die ganze Hautevolee wäre gekommen, um bei uns die Geheimnisse des Orients kennenzulernen. Das wäre eine tolle Sache gewesen und wir hätten die Einnahmen geteilt. Aber na ja, jetzt habe ich zwei Tonnen Boulbèss, die gleich die Mauer passieren. Sei vorsichtig und bleib gesund. Ach, das hätte ich fast vergessen … einer meiner Männer hat sich vor ein paar Tagen erwischen lassen. Und ich habe erfahren, dass

jidd. für »Kartoffel«

er zur Szucha-Straße gebracht wurde. Ich kann dir nicht garantieren, dass er unter Folter nichts über dich sagt. Sei sehr vorsichtig, Fayvel.«

Es wird mir bewusst, dass dies sicher das letzte Mal ist, dass ich Chaim sehen werde. Als er geht, brenne ich mir sein Bild in meine Seele. Ich liebe dich, alter Bruder.

Jetzt müssen wir uns vorbereiten für die Abreise. Hier haben wir nichts mehr zu tun als zu warten, dass der Tod uns holt. Wir wollen leben und ich habe beschlossen, Maria zu retten.

Wir haben überlegt, nach Schweden zu reisen, aber es gibt kaum noch Schiffe, die fahren, und die Häfen sind extrem gut kontrolliert. Außerdem werden die Deutschen, wenn sie uns suchen, zunächst daran denken, die Häfen und die Schweizer Grenze zu kontrollieren. Sie werden niemals darauf kommen, dass wir ganz Europa durchqueren wollen.

Die ersten Stunden außerhalb des Ghettos sind entsetzlich.

Skolimów

Nach der Schießerei bei Bogdan hat Walter die gute Idee, uns ein Militärauto zu erschleichen, nach Deutschland zu flitzen und das Land so schnell wie möglich zu durchqueren. Dies ist ein verrückter und gefährlicher Plan, aber er gefällt mir. Am nächsten Morgen gehen wir beide zur Szucha-Straße. Walter hat immer noch seine Plakette und seinen SD-Ausweis. Zudem tragen wir beide Ledermäntel und Abzeichen mit schönen Hakenkreuzen, die er sich in Leipzig beschafft hat. Die Leute auf der Straße machen einen Bogen um uns und die deutschen Polizisten salutieren mit dem Hitlergruß, wenn sie uns begegnen. Soweit funktioniert bis jetzt alles perfekt. Bei der Gestapo angekommen, bekommen wir ein Auto, da wir uns angeblich in einer ganz besonderen Mission befinden und unsere Befehle nur von höchster Stelle erhalten. Das einzige Problem ist, dass sie uns zusammen mit dem Auto einen Fahrer und noch ein Begleitfahrzeug als Zugabe aufhalsen. Der Fahrer ist Anfang zwanzig und heißt Martin Arndt. Er ist ein durch und durch indoktrinierter Fanatiker. Walter kann es sich nicht verkneifen, mit ihm zu diskutieren und zu pseudosympathisieren. Wir fordern ihn auf, ins Ghetto zu fahren, weil wir Meiling und Maria abholen müssen.

»Ich bin schon mal im Ghetto gewesen«, sagt er, während sich seine Finger fester um das Lenkrad krallen. »Ich hasse die Juden. Sie sind eine Plage für Deutschland und für die ganze Welt. Man muss sie eliminieren, koste es, was es wolle.«

Walter und ich schaffen es, die Fassung zu bewahren. In dem anderen Auto folgen uns drei Männer. Sie stehen offiziell unter unserem Befehl, aber in Wirklichkeit sind sie wohl vor allem dazu da, um ihrem Vorgesetzten täglich Berichte zu schicken. Die Gestapo spioniert die Gestapo aus. Im Augenblick stören sie nicht weiter. Wir kommen in der Leszno-Straße an und bitten unsere Begleiter, unten zu bleiben und den Hof, die Haustür und die Straße zu beobachten, da wir zwei wichtige Leute abholen müssen. Als die Anwohner sehen, dass wir anhalten, fliehen sie, um sich unter Vordächern, in Wohnungen oder Kellern zu verstecken. In weniger als fünf Sekunden ist die Straße menschenleer. Wir steigen nach oben in den Palast, erklären Maria und Meiling die Situation, die uns unten erwartet. Maria ist starr vor Angst.

»Ich habe gesehen, was sie meinem Vater angetan haben, ich hasse sie, ich will nicht mit ihnen gehen.«

Meiling dagegen lächelt verschmitzt. »Gibt es hübsche Kerle da unten bei euch? Nicht schlimm, wenn es keine Offiziere sind, solange sie hübsch sind. Und wenn wir sie uns vom Hals schaffen, möchte ich mir gerne raussuchen, welchen ich abmurkse.«

»Leider sind es nicht die attraktivsten Männer des Reichs, sondern lauter Bulldoggen mit der Intelligenz einer Maus.

Nächstes Mal musst du Walter bitten, dir Männer nach deinem Geschmack auszuwählen.«

»Nein, nein, sonst will Walter sie alle für sich behalten und ich habe nichts davon.«

Maria zuckt zusammen. Sie hatte keine Ahnung von Walters Homosexualität gehabt. Er hat als Boxer absolut nichts Verweichlichtes an sich. Trotzdem ist er schwul. Das kommt vor.

Wir gehen nach unten. Maria und Meiling haben beide zwei Koffer. Martin verstaut sie in unserem Auto und wir verlassen das Ghetto. Unterwegs schlägt Walter vor, zusätzlichen Treibstoff für die Autos mitzunehmen. Wir halten zuerst im Viertel Mokotów, um ein paar Kanister zu laden. Dort gibt es ein Depot, in dem die Leute aus der Szucha-Straße tanken. Ich steige aus, um in Gesellschaft von Meiling und Maria eine Zigarette zu rauchen. Walter diskutiert immer noch mit Martin. Die drei Männer bleiben in einer Ecke, um sich zu unterhalten und uns zu beobachten.

Während Martin damit beschäftigt ist, den Zustand des Autos zu überprüfen, kommt Walter zu uns, um zu rauchen. Als ich wieder ins Auto steige, bemerke ich, dass sich etwas in Martins Gesicht verändert hat. Er ist blass und bittet uns, eine Minute zu warten. Er rennt zum Auto der drei Begleiter und spricht mit ihnen. Maria ist die Erste, die kapiert, was auf uns zukommt. Als sie hinausgegangen ist, um zu rauchen, hatte sie ihre Tasche auf dem Rücksitz gelassen. Dieser Dreckskerl hat vermutlich einen Blick hineingeworfen. Neben ihrem neuen Reisepass hat Maria auch Bilder von ihrem Vater und ihrer Familie mitgenommen, und auf einigen von ihnen stand noch ihr richtiger Name. In ihrer Tasche befinden sich auch verbotene Bücher, vor allem »Der jüdische Krieg« von Lion Feuchtwanger. Wir nehmen unsere Waffen und halten sie schussbereit. Nach ein paar Minuten der Diskussion mit den Männern von der Eskorte kommt Martin zurück und sagt uns mit hochrotem Gesicht, dass sie uns ins Büro der Gestapo bringen müssen.

Walter und ich halten ihm unsere Waffen vor die Nase und fordern ihn auf, das Auto zu verlassen. Ich übernehme das Steuer und wir brausen los. Die Jagd auf die Juden ist eröffnet. Auf die Juden und die Chinesin. Martin sitzt mit zwei der Männer in dem Auto, das uns verfolgt. Der dritte versucht wohl gerade, die Szucha-Straße telefonisch zu alarmieren. Sie fangen an, auf uns zu schießen. Ich rufe Maria und Meiling zu, sich auf den Rücksitz zu legen. Meiling beschützt Maria mit ihrem ganzen Körper. Wunderbare Meiling! Allmählich vergrößern wir den Abstand zum Auto unserer Verfolger. Walter und Meiling ziehen nun ihre Schusswaffen heraus und erwidern das Feuer der Deutschen. Wir fahren auf Otwock zu, eine Stadt, die ich umgehen wollte, weil die Deutschen dort sehr präsent sind. Einen Augenblick lang sind wir außer Sichtweite unserer Verfolger und ich biege mit voller Geschwindigkeit in einen kleinen Seitenweg ein.

Versteckt hinter einer Hecke sehen wir das Auto der Nazis, das uns verfolgt, vorbeifahren. Vorläufig sind wir gerettet. Aber die Warnung ist ausgegeben worden und wir können davon ausgehen, dass die Männer der Gestapo eine genaue Personenbeschreibung geliefert haben. In ein paar Stunden wird die Gegend von Patrouillen nur so wimmeln. Überall werden dann Straßensperren installiert sein. Wir müssen also ein Versteck finden, bis sich die Lage beruhigt. Es ist ein Glück, dass ich die Gegend gut kenne. In den dreißiger Jahren war ich regelmäßig in dieser Ecke, um auszuspannen. Es gab dort einen ziemlich schicken Ort, wo die Bourgeoisie in schönen Villen Urlaub machte. So kommen wir, indem wir Abkürzungen nehmen und die Straße nach Warschau meiden, nach Skolimów. Ich kenne ein Haus außerhalb des Dorfes, in dem ich manchmal mehrere Tage verbrachte. Dort und damals kannte niemand meinen wirklichen Beruf. Ich war einfach ein Geschäftsmann, der viel unterwegs war, der in Deutschland und Frankreich gelebt und unter der Trikolore gedient hatte. Die Besitzer des Gutshauses haben Polen vermutlich zu Beginn des Krieges verlassen. Oder sie sind in einem Ghetto. Oder vielleicht sind sie schon tot. Aber ich muss mein Glück probieren. Ich erinnere mich an den Pförtner des Gutshauses, einen braven polnischen Bauern aus der Gegend. Ich bitte die anderen, im Auto zu bleiben, gehe zum Anwesen und klopfe an die Tür. Der Pförtner öffnet. Das ist er. Er ist der Gleiche geblieben, nur dass er jetzt graues Haar und ein paar Falten mehr besitzt, die seine Gesichtszüge betonen. Er erkennt mich sofort.

»Herr Gott! Was machen Sie denn hier? Kommen Sie, treten Sie ein … Und ich dachte, Sie seien im Ausland, weit entfernt von der Schmach, den Untergang unseres besetzten Landes mit eigenen Augen mit ansehen zu müssen.«

»Also … ich bin nicht alleine, Mikolaj. Ich habe zwei Mädchen und einen Freund bei mir. Könnten wir einige Zeit hierbleiben?«

»Natürlich! Ich werde zu essen und zu trinken holen.«

Wir verstecken das Auto in der Scheune des Anwesens. Walter studiert sogleich, wie man die Einschusslöcher in der Karosserie verbergen kann, und sieht sich die verschiedenen Notausgänge für den Fall des Falles an. Mikolaj holt Wodka und Gläser.

»Mikolaj, ich will dir nicht verheimlichen, dass wir von der deutschen Polizei gesucht werden und das kann sehr gefährlich für dich werden. Also wenn du ein Problem damit hast, sag es mir. Das Einzige, um das ich dich bitte, ist, dass wir mindestens eine Nacht bei dir bleiben dürfen.«

»Pavel, was redest du da? Bleib, so lange du willst. Hier bist du zu Hause. Bleib eine Woche, einen Monat, wenn nötig. Der Teufel soll die Deutschen in die Hölle schicken! Mein einziger Sohn, Roman, erinnerst du dich an ihn? Nun, sie haben ihn im September 39 getötet.«

Er trocknet seine Tränen mit dem Ärmel seiner Jacke und stößt mit uns an. »Auf Polen!«, sagt Mikolaj. »Auf Hitlers Tod!«

Er deutet an, auf den Boden zu spucken. Wir leeren unsere Gläser. Dann fügt er hinzu: »Haltet euch nicht draußen auf. Du kennst das Sprichwort … Wenn das Unglück an die Tür klopft, schlafen die Freunde.«

Wieder tut er so, als ob er auf den Boden spuckt und sagt nach einem kurzen Schweigen: »Und passt auf! All diese Freunde scheinen zu schlafen, aber plötzlich verwandeln sie sich in wilde Tiere.«

»Das weiß ich alles, Mikolaj, und ich danke dir. Aber wir werden nicht sehr lange bleiben. Was gibt es Neues von Jerzy?«

»Von Herrn Dembiner? Nichts, weder von seiner Frau noch von seinen Kindern. Als die Deutschen kamen, wussten sie, dass sie ihnen das Haus wegnehmen würden. Also gaben sie mir, als sie nach Warschau gingen, reichlich Geld. Damit konnte ich es von diesen verteufelten deutschen Behörden zurückkaufen und werde das Ende des Krieges und ihre Rückkehr hier abwarten. Aber Herr Szpinak, der die große Apotheke hatte, von dem sagt man, dass er mit anderen Juden in ein geschlossenes Viertel gepfercht und mehrmals von den Deutschen geschlagen wurde. Andere sagen, er sei sehr krank, aber sehen Sie, ich weiß das nicht so genau. Man hat mir diese Dinge eben erzählt.«

»Ich weiß, Mikolaj, und ich danke dir für das, was du tust.«

»Gut! Ich werde Essen vorbereiten, nehmen Sie die Zimmer im oberen Stockwerk, die Ihnen zusagen. Es ist schon so lange niemand mehr gekommen. Mein Gott, das Haus wird wieder zum Leben erwachen! Wie schön, wir können uns unterhalten und trinken.«

Maria und ich wählen ein Zimmer mit Blick auf die Rückseite des Hauses, Walter eines mit Blick auf die Vorderseite, falls wir unerwarteten Besuch bekommen, und Meiling nimmt ganz selbstverständlich das Schlafzimmer der Hausbesitzer. Eine Königin eben. Nach dem Abendessen sind wir alle ein wenig betrunken, Mikolaj als Erster, weil er einen gewissen Vorsprung hatte. Offensichtlich hat er mit dem Wodka schon eine ganze Weile vor dem Abendessen begonnen. Walter wirft gelegentlich einen Blick aus dem Fenster, während er in einem Fotoalbum blättert. Ich habe mich auf dem Teppich vor dem Kamin ausgestreckt und lege Holz nach, wenn das Feuer herunterbrennt.

Maria und Meiling sind neben mir. Maria küsst mich mehrmals, ein wenig ungeschickt, und Meiling, ohne dass Maria es merkt, streichelt mein rechtes Bein. Überraschenderweise, wenn ich auch einen Arm um jede von ihnen gelegt habe, denke ich überhaupt nicht daran, sie zu besitzen, weder die eine noch die andere. Ich denke einfach zurück an die Augenblicke, die ich in diesem Haus verbracht habe, vor zehn Jahren. Eine andere Epoche, ein anderes Zeitalter, ein anderes Polen ... Ich sehe Jerzy Dembiner vor mir. Er war ein sehr schöner Mann, jünger als ich, ein Architekt, der eine brillante Karriere vor sich hatte. Er heiratete ein Mädchen aus Warschau und sie hatten, soviel ich weiß, zwei Kinder.

Ich erinnere mich auch an Szpinak, den Besitzer der großen Apotheke in Warschau, und vor allem auch an Itzchak

Baruch, den Schreiber … Er war sehr bekannt in Polen und wurde ein Held in der Krochmalna- und Smocza-Straße.

Er hatte Bücher über die jüdische Unterwelt veröffentlicht und darin über sein Leben als Dieb, Bandenchef und seine weiblichen Eroberungen geschrieben. Er nannte sich Urke Nachalnik*. Als kleiner Abenteurer bei der Mafia, der seinen Beruf verfehlt hatte, verbrachte er viele Jahre im Gefängnis. Er fand schließlich seinen Weg zum Ruhm im Schreiben.

Die wirklichen Chefs der jüdischen Unterwelt lachten bei der Lektüre seiner erfundenen Geschichten und wie mir Chaim sagte, waren die einzigen »Nachalniks«, denen er begegnet war, die Gefängniswärter. Ich mochte ihn gern, und wir verbrachten viele Stunden im Gespräch. Er war einer der wenigen, die nicht Mitglied einer mafiösen Bande waren, aber er wusste, wer ich war. Er stellte mir endlose Fragen und war immer auf der Suche nach einer Inspiration für einen neuen Artikel oder einen Roman, und ich tat ihm gerne den Gefallen, weil ich fand, dass seine Romane eine Quelle der Hoffnung und des Stolzes für die Juden waren, die in den elenden Straßen von Warschau hausten. Die Juden hatten endlich ihren Damon Runyon: Es war möglich, keine Angst zu haben, es war möglich, wie die anderen zu sein. Wie die anderen, nur eben Jude. Ich frage mich, was aus ihm geworden ist, und ob sie die Deutschen überlebt haben, er, seine Frau und sein Kind.

Maria steht auf und geht zu Walter, der in der Nähe des Fensters steht und ein Gläschen trinkt. Sie beginnen eine Diskussion über den deutschen Genius und suchen eine Erklärung für die Ungeheuerlichkeiten, zu denen die Befehlshaber des Dritten Reichs fähig sind. Meiling geht hinauf, um ein Bad zu nehmen. Dort gibt es eine schöne gusseiserne Badewanne, ein Luxus nach dem Ghetto. Ich bleibe vor dem

Kamin sitzen, rauche und trinke Wodka, den Kopf voll Erinnerungen. Maria geht ebenfalls hinauf, und Walter kommt zu mir. Wir sprechen über die Strategie, die wir anwenden sollten, um dieses Narrenschiff zu verlassen und das Weite zu suchen. Vorläufig müssen wir uns verstecken, bis die Deutschen weniger zahlreich in dieser Gegend sind. Offensichtlich haben sie den Zusammenhang zwischen der »Handelsdelegation«, uns, dem Ghetto und unseren falschen Papieren entdeckt. In ihren Augen können wir nichts anderes sein als Spione im Sold des Feindes. Ich beschließe ins Bett zu gehen und lasse Mikolaj ruhig schlafend auf einem Stuhl zurück, den Kopf auf ein Tischchen gelehnt. Neben ihm steht ein gerahmtes Foto von seinem Sohn. Ich lasse auch Walter zurück, der seine P 38 auseinandernimmt, einölt und wieder zusammenbaut. Maria ist nicht im Zimmer. Ich gehe zu Meiling, wahrscheinlich duellieren sich die beiden gerade einmal wieder in irgendeiner Weise. Aber nicht doch. Ich finde die Kleider der beiden Frauen auf dem Bett. Im Badezimmer genießen beide das heiße Wasser der Badewanne. Als sie mich sieht, bedeckt Maria scheu ihre Brüste. Meiling dagegen ist äußerst glücklich über diese Situation und lädt mich mit einem spitzbübischen Lächeln ein, mich ihnen anzuschließen, solange das Wasser noch warm ist. Ich folge dem Vorschlag und wir drängen uns in der Badewanne zusammen. Ich sitze zwischen Maria und Meiling. Eine Hand, ich weiß nicht welche, verirrt sich auf meinen Schwanz. Wessen es ist, merke ich, als Maria Meiling bespritzt.

»Untersteh dich, ihn zu berühren!«

Die beiden Frauen haben ihre Haare hochgebunden, damit sie nicht nass werden, aber Meilings sind nun triefend nass. Sie spritzt zurück. Eine Wasserschlacht beginnt in der Wanne. Das Badezimmer ist überflutet. Wir brechen in Gelächter aus. Diese Nacht teilen wir das Bett zu dritt.

Nun sind wir schon zwei Wochen auf dem Gutshof. Es ist Herbst geworden. Wir sind nicht untätig gewesen. Das Auto ist repariert und neu lackiert, wir haben andere Kennzeichen, außerdem falsche Papiere gefunden und einen falschen Missionsbefehl anfertigen lassen, um nach Frankreich zu fahren. Während dieser zwei Wochen haben wir den Unterschlupf sozusagen nicht verlassen, nur Mikolaj und ich mussten ab und an gehen, um das Beschaffen der Autopapiere zu regeln. Wir beschließen, am nächsten Morgen aufzubrechen. Die Patrouillen sind seltener geworden. Die Deutschen denken sicherlich, dass wir schon über alle Berge sind. Die Mädchen beschließen, noch einen letzten Spaziergang in den nahe gelegenen Wald zu machen. Walter bastelt am Motor herum, damit er schneller läuft. Ich studiere die Straßenkarten, um die bestmögliche Route zu finden.

Maria ist eifersüchtig auf Meiling, aber auch voller Bewunderung für sie. Sie verehrt ihren Charakter, ihre Kaltblütigkeit in gefährlichen Situationen, ihre Kunst der Verführung, ihren so schmalen Körper und ihre schönen kohlschwarzen Haare. Meiling ihrerseits beneidet Maria um ihre langen goldenen Haare, ihre hellen blauen Augen, ihre vollen Brüste, aber vor allem um die Tatsache, dass Maria belesen ist. Sie hat studiert, während Meilings Ausbildung nur aus dem gewalttätigen Leben der Bordelle in Shanghai bestand.

Ich stelle mir vor, wie Meiling ihr von ihrem Volk erzählt, von China und von chinesischen Gerichten, die so viel komplizierter sind als unsere banale europäische Küche. Und Maria, dessen bin ich mir sicher, bombardiert Meiling mit Fragen über mich.

Plötzlich hebt Walter seinen Kopf von der Motorhaube und sieht Maria, die auf uns zustürzt und dabei so schnell rennt, wie sie irgend kann. Ich sehe sie auch und mein Herz hämmert, als wolle es mir die Brust zersprengen. Was ist passiert? Und wo ist Meiling? Ich eile zu Maria, gefolgt von Walter, der schon seine Waffe gezückt hat. Ganz außer Atem sagt Maria, dass wir sofort mitkommen müssen, dass eine Bande von bewaffneten Männern mit Hunden, angeführt von Martin Arndt, sie überfallen habe, dass Meiling sie aufhält und dass wir ihr helfen müssen.

Ich weiß, dass Meiling meinen geladenen Colt bei sich hat, da Walter ihre kleine automatische Waffe reinigen wollte. Sie weiß sehr wohl, wie man ihn benutzt. Aber von Weitem schon hören wir die Salven der deutschen Maschinengewehre. Wir stürzen mit vorgehaltener Waffe in Richtung des Gewehrfeuers. Walter holt aus seiner Tasche zwei Handgranaten der polnischen Armee. Er reicht mir eine. Maria folgt uns auf Abstand, aber ich gebe ihr zu verstehen, dass sie zurückbleiben soll.

Das Gewehrfeuer hat nun aufgehört und wir müssen fünfzig Meter ohne Deckung robben, um am Ort des Geschehens anzukommen, ohne entdeckt zu werden. Flach auf dem Boden liegend, geschützt durch einen Vorhang aus hohem Gras, hören wir, Walter und ich, bald die Gesprächsfetzen der Deutschen. Sie haben vier Männer verloren und außerdem ihre Hunde. Ich richte mich ein wenig auf und erkenne den leblosen Körper Meilings, neben dem von Martin Arndt liegend, in dessen Brust, in der Nähe des Herzens, das Messer steckt, von dem sich Meiling niemals trennt. Eine dumpfe, aber schreckliche Wut steigt in mir auf. Ich werfe meine Handgranate und Walter tut es mir nach. Sie verursachen ein Gemetzel unter den Deutschen. Manche versuchen zu entkommen, aber wir schießen auf sie aus dem absoluten Verlangen heraus, keinen am Leben zu lassen. Wenige Augenblicke später ist das Kapitel, dieses schreckliche Kapitel unseres Lebens, zu Ende.

Wir stecken alle Waffen und Munition ein, aber wir müssen Meiling liegen lassen. Keine Zeit, sie würdig zu begraben, nicht einmal, um sie an einen anderen Ort zu bringen. Die Nazis werden bald da sein.

Ich werde mich immer an dich erinnern, Zhao Meiling, an die kleine Chinesin, die mit der Waffe in der Hand im Wald von Konstancin gestorben ist, um das Leben der Frau zu retten, die ich liebe. Meiling, du warst viel mehr für mich als einer meiner Männer. Viel mehr als eine meiner Freundinnen. Viel mehr als eine meiner Mätressen. Ich fühle jetzt schon die Leere, die du in mir zurücklässt. Du warst schön, brillant, mitleidlos, hart und kalt wie ein Diamant. Aber auch zerbrechlich, kindlich und zart. Du warst Meiling.

Zurück im Gutshaus packen wir unsere Sachen und nehmen Abschied von Mikolaj, dem wir die Waffen, die wir den Deutschen abgenommen haben, dalassen. Wir steigen ins Auto und fahren in Richtung Deutschland. Wieder einmal haben wir es eilig. Walter fährt und ich halte Maria in meinen Armen, wir sitzen auf dem Rücksitz. Sie steht immer noch stark unter Schock.

Ich erinnere mich wieder an den Tag, an dem ich Maria im Ghetto begegnet bin. Maria ist sehr jung, aber sie ist kein kleines Mädchen mehr. Etwas in ihr ist zerbrochen und ihre Augen haben sich grau getrübt.

Nachdem wir das Auto in ein Sumpfgebiet bei Löwitsch geschoben haben, betreten wir das Wartheland und der Zug bringt uns von Litzmannstadt, wie Łódź von den Deutschen jetzt genannt wird, ohne weitere Vorfälle nach Berlin.

Berlin

In ein Hotel können wir nicht gehen. Das wäre viel zu gefährlich. Es gibt Agenten der Gestapo, die überall lauern. Walter schlägt vor, zu einem seiner Freunde zu gehen, der in Kreuzberg lebt. Er war bei ihm, als er aus Leipzig zurückkam. So zieht er los, um die Sache auszukundschaften. Maria und ich warten in einem Café auf ihn. Er kehrt schnell zurück. Sein Freund hat Besuch von einem jungen Vetter, einem Soldaten der Wehrmacht, der auf Urlaub ist, und dem wir natürlich nicht trauen können. So lasse ich meinerseits Maria und Walter zurück, um eine Freundin aufzusuchen. Gerda Hoffmann ist eine ehemalige Prostituierte. Sie war die Geliebte einer meiner Kontakte in Hamburg, einem der Chefs der Drogenmafia. Im Jahr 1933, als ihm klar wurde, was kommen würde, ließ er sein Geschäft und seine junge Geliebte im Stich, um der Partei und der SA beizutreten.

Gerda musste sich ganz schön abrackern, bevor sie sich in Berlin einrichten konnte. Heute arbeitet sie im Kabarett der

Frasquita-Bar als Tänzerin für erotische Auftritte. Sie lebt in Charlottenburg. Ich treffe sie nicht an, aber ihre Wirtin informiert mich, dass sie alleine lebt und wahrscheinlich gerade arbeitet. Also begebe ich mich zum Kabarett.

Die Tische im Kabarett sind zur Hälfte von Zivilisten und zur Hälfte von Militärs in Zivil besetzt. Ein neues Gesetz verbietet Soldaten und Offizieren, diese Art von Orten in Uniform zu betreten. Aber ich kann sie auf den ersten Blick erkennen. Sie rauchen und trinken Wein, wobei sie fasziniert die fast nackten Tänzerinnen betrachten, die eine Art Cancan auf Berlinerisch aufführen. Ich sitze an einem Tisch in der Nähe der Bühne. Gerda bemerkt mich sofort. Sie lächelt mir zu und sobald die Show zu Ende ist, kommt sie zu mir an den Tisch. Sie ist sofort damit einverstanden, dass wir ein paar Tage bei ihr wohnen, aber macht uns darauf aufmerksam, dass sie in ein paar Stunden für die Abendvorstellung wieder im Kabarett sein muss. Außerdem sagt sie mir, dass sie, wenn sie uns aufnimmt, auf die kleinen Extras verzichten müsse, die sie im Allgemeinen verdient, wenn sie einen Kunden mit nach Hause nimmt. Ich werde sie dafür entschädigen.

Wir holen Walter und Maria mit dem Taxi ab und kommen zehn Minuten später bei Gerda an. Wir trinken alle zusammen ein Glas Weißwein. Die Wirtin sagt nichts, als sie uns zu ihr nach oben steigen sieht. Sie ist daran gewöhnt und Gerda schenkt ihr fast jede Woche Marmelade, brasilianischen Schinken und ihre Zigarettenration des Monats.

Gerda ist ein einfaches Mädchen. Als Walter von den Schauplätzen der Gefechte in Nordafrika zu sprechen beginnt, schneidet sie ihm das Wort ab und sagt, dass sie von einem neuen Paar Schuhe träumt, einem netten Paar modischer Schuhe, wie sie die Frauen in der Zeitschrift »Die Dame« tragen, oder solche wie Frau von Ribbentrop sie trägt, die sie einmal aus der Ferne gesehen hat. Sie hat zwar einen Kunden mit Sitz in Paris, der ihr ein Paar versprochen hat, aber jedes Mal, wenn er kommt, sind seine Hände leer. Er hat gerade genug Geld, um für die Nacht mit ihr zu zahlen. Maria versucht, nicht herablassend zu lächeln, während sie Gerda zuhört, die mit norddeutschem Akzent und diesen typischen Ausdrücken der Hamburger Armenviertel spricht. Sie wirft mir einen amüsierten Blick zu, dann holt sie aus ihrer Tasche eine Roger & Gallet-Seife und zwei Paar Strümpfe, die Meiling von ihrer Reise nach Paris mitgebracht hatte. Sie hält sie Gerda hin.

»Hier, das ist für Sie. Und es kommt aus Paris!«

»Oh! Das ist aber schön … Nun, Mädchen, du hast gut daran getan, dich Paul anzuschließen. Zu der Zeit, als ich mit meinem Hans war, waren die einzigen Geschenke, die der mir gemacht hat, mich zu schwängern und mir das weiße Zeug zu verschaffen, was ihn nichts kostete, weil er es importierte. Ihr könnt mich um alles bitten, was ihr braucht, ihr seid hier zu Hause, solange ihr in Berlin bleibt. Hier seid ihr sicher, die Wirtin wird diesen Scheißnazis nichts sagen. Kommt ihr heute Abend zu meiner Show? Ich lasse euch einen guten Tisch reservieren.«

»Nein, Gerda. Das ist sehr freundlich«, sage ich, »aber wir haben schon einen Tisch bei Horcher bestellt.«

»Na, du Mistkerl, du lässt dir auch nichts entgehen. Ich träume davon, einmal dorthin zu gehen, zu Horcher. Nehmt ihr mich mal mit? Vielleicht könnte ich dem Feldmarschall Göring mal ins Auge fallen. Man sagt, dass er manchmal dorthin geht, und dann könnte er mich in die High Society einführen. Vorläufig sind die einzigen Plätze, zu denen man mich mitnimmt, die armseligen Spielhöllen und Kneipen von Wedding und Spandau. Aber gut, genug geträumt, ich muss wieder an die Arbeit. Übrigens, wenn du möchtest, Walter, kann ich dir eine Freundin suchen für deinen Aufenthalt hier, so eine kleine Süße, oder du kannst dir auch die Revue anschauen und eine aussuchen, es wird dich fast nichts kosten. Du kannst sogar mich wählen, wenn ich nach deinem Geschmack bin.

»Hmmm …«, sagt Walter sehr ernsthaft, »da muss ich mal drüber nachdenken.«

»Vergiss es, Gerda«, sage ich. »Er hasst es, wenn man sich in sein Privatleben einmischt. Außerdem …«

»… mag ich Frauen nicht«, beendet Walter den Satz in formellem Ton.

»Genau! Komm heute Abend zur Show«, sagt Gerda ohne jede Überraschung. »Und statt dir die Show anzuschauen, sieh dich im Raum um. Da wirst du jede Menge schöne Militärs sehen. Gut, ich bin weg, wartet nicht auf mich. Wenn ihr wollt, gibt es auch heißes Wasser bei mir. Und in der Kommodenschublade gibt es eine Menge Pervitin-Röhrchen*, Geschenk von einem Kunden, der in der Berliner Temmler-Fabrik arbeitet. Das hilft vor allem meinen Kunden, wenn sie zu gestresst oder ein wenig älter sind. Ich selbst nehme sie, wenn ich mehrere Vorstellungen an einem Abend geben muss und zu erledigt bin.«

Die Tür fällt ins Schloss, und wir hören Gerda die Treppe hinuntergehen.

»Ist sie zuverlässig, deine Gerda?«, fragt Walter.

»Ja. Sie ist einfach, aber nicht dumm. Du kannst ihr vertrauen, sie wird uns niemals verraten, sie hatte die beste Ausbildung in Hamburg. Sie ist noch von der alten Schule und die Spielregeln dieser Welt sind ihr heilig.«

»In Ordnung. Wann gehen wir essen?«, fragt Walter dann.

»Jetzt gleich«, sage ich.

»Nehmen wir die Waffen mit?«

»Natürlich. Wir müssen vorsichtig sein.«

Das Restaurant befindet sich in der Lutherstraße 21 in einer feineren Wohngegend. Wir lassen unsere Lederjacken in der Garderobe, und der Oberkellner begleitet uns zu unserem Tisch. Der Saal ist voll von Offizieren aller Truppengattungen, Mitarbeitern der Ministerien, einigen Liebespaaren sowie den unvermeidlichen Geschäftsleuten und Kriegsspekulanten. In der Nähe unseres Tisches unterhalten sich zwei Österreicher, ein Serbe und ein Italiener, alle ein wenig beschwipst vom Weißwein und vom Schnaps. Sie sprechen über Import-Export, den Preis von Holz und Kohle und die Schönheit der Frauen. Plötzlich erheben sie sich und stoßen an auf das neue Europa. Ein donnerndes *Heil Hitler!* ertönt aus ihrem Mund. Dann nähert sich der am meisten Beschwipste der vier, einer der beiden Österreicher, taumelnd unserem Tisch und spricht Maria an, wobei er sich bemüht, höflich zu sein.

»Gnädiges Fräulein, ich huldige Ihrer Schönheit, und wir möchten anstoßen auf die germanische Göttin, die Sie verkörpern, wenn diese Herren es gestatten.«

»Mein Herr, das ist sehr freundlich von Ihnen, zweifellos zu freundlich, denn meine Schönheit verdient nicht so viel Aufmerksamkeit. Ich höre, Sie sind aus Wien, und auch ich bin Wienerin. Also, wenn Sie auf etwas anstoßen wollen, stoßen wir vielmehr an auf unsere schöne Stadt … auf Wien!«

Maria erhebt sich, die vier Männer ebenfalls. Der Italiener, der eine Flasche französischen Champagner bestellt hatte, reicht Maria ein Glas. Sie leeren ihre Gläser gleichzeitig. Walter und ich sind sitzen geblieben, auf der Hut. Ich mache Walter ein Zeichen. Er steht auf und flüstert dem Wiener etwas ins Ohr. Eine Minute später verlassen die vier Männer das Restaurant und lassen eine schöne Summe auf dem Tisch.

Walter lacht und ich verstehe: »Du hast den Trick aus Shanghai benutzt!«

»Was ist denn das?«, fragt Maria.

»Eines Tages, in Shanghai, hatte ich eine große Summe im Casino gewonnen. Eine wirklich große Summe. Beim Ausgang fand ich mich umringt von kleinen Ganoven, die mir meine Kohle klauen wollten. Um zu verhindern, dass sie mich in den Huangpu-Fluss werfen, habe ich geblufft und ihnen gesagt, dass sie verrückt seien, weil ich für die ganz großen Bosse arbeite. Ich zählte ihnen die Namen auf. Sie haben Schiss bekommen, haben sich entschuldigt und das Weite gesucht. Ich habe Walter erklärt, dass man das Chutzpe nennt. Selbst wenn deine Geschichte unwahrscheinlich ist, reicht es aus, sie mit genügend Überzeugung vorzutragen. Später hat Walter den Shanghai-Trick benutzt, um die Weißrussen zu verarschen.«

»Und wie hast du es hier geschafft, dass sie uns in Ruhe lassen?«, fragt Maria Walter.

»Ich habe nur gesagt, dass wir von der Gestapo sind und deine Leibwache, und dass du deinen intimen Freund Müller erwartest, der es nicht vertragen kann, wenn man sich für seine Eroberungen interessiert.«

»Stimmt, eure Uniformen, das Hakenkreuz im Knopfloch und eure strenge Miene würden sogar Adolf Hitler Angst einflößen«, sagt Marie halb amüsiert.

Der Kellner bringt uns endlich die Karte und Otto Horcher, der Restaurantbetreiber, der die ganze Szene beobachtet hatte, kommt ebenfalls an unseren Tisch. Er fragt, was uns Freude machen würde, und wir bitten ihn, uns eine Überraschung zu servieren. So bringt er uns bald auf einer Platte einen flambierten Fasan, begleitet von einem ausgezeichneten Burgunder, und für Maria eine Bergforelle bayerischer Zubereitung. Das Horcher, ein Lieblingsrestaurant der Nazis, ist eines der teuersten der Hauptstadt. Seit Beginn des Krieges sind überall in Deutschland Lebensmittelkarten im Einsatz, aber Horcher hat genügend Kontakte auf dem Land und an hohen Stellen, um Lieferungen zu erhalten. Andere Leute setzen sich in unsere Nähe. Ein General, seine Frau und zwei Zivilisten. Der General trägt ein Monokel und betrachtet uns eine Minute lang voll Verachtung. Danach ignoriert er uns den ganzen Abend über.

Walter kennt diese Art Offiziere nur zu gut, Mitglieder jener preußischen Aristokratie, die einen Großteil der Offiziere während des Ersten Weltkriegs gestellt hat, die den Gustav-Noske-Truppen zujubelten und die die Revolutionäre gleich nach dem Waffenstillstand blutig niederschlugen. Viele von ihnen hassen die Nazis immer noch und unsere Aufmachung lässt diesen General nicht im Zweifel über unsere Aktivitäten. Nach einer Linzer Torte und einem echten Kaffee zahlen wir und gehen in Richtung Garderobe. Als wir unsere Mäntel nehmen, tritt eine Gruppe von Offizieren und Unteroffizieren der Kriegsmarine ein. Walter wird plötzlich blass, als hätte er ein Gespenst gesehen. Ich sehe ihn fragend an und bemerke Sorge in seinen Augen. Müssen wir uns darauf vorbereiten zu kämpfen? Mechanisch wandert meine Hand zu meiner Pistole, bereit, sie zu benutzen, aber Walter gibt keinerlei Zeichen. Einer der drei Offiziere macht ebenfalls den Eindruck, eine Erscheinung gesehen zu haben.

»Walter?«, fragt der Marineoffizier. »Bist du es wirklich?«

»Ja, ich bin's. Du hast dich nicht verändert … Das ist unglaublich!«

»Stellst du uns nicht vor, Heinrich?«, fragen die Freunde des Offiziers.

»Walter, ein ehemaliger …«

»… Schulkamerad«, ergänzt Walter mit einem Grinsen. »Seit wann haben wir uns nicht mehr gesehen? 1922?«

»Es muss 23 gewesen sein!«, erwidert Heinrich.

Walter und Heinrich sehen einander immer noch an, ohne etwas zu sagen. Einer der Offiziere bricht das Schweigen.

»Kommen Sie doch mit uns! Normalerweise verkehren wir nicht mit der Gestapo, aber die Freunde von Heinrich verdienen es, dass wir eine Ausnahme machen.«

»Sehr freundlich von Ihnen, aber wir müssen gehen«, sage ich höflich.

»Ich bleibe noch eine Weile hier, wenn es dir nichts ausmacht«, sagt Walter.

Bei unserer Abschiedsumarmung flüstere ich ihm ins Ohr: »Sei vorsichtig und komm vor morgen Mittag zurück.« Als Zeichen des Einverständnisses klopft Walter mir zweimal auf den Rücken.

Maria und ich lassen Walter dort und kehren in Gerdas Wohnung zurück. Maria hakt sich bei mir ein. Wenn wir auch in Berlin sind, in der Höhle des Löwen, fühle ich mich richtig wohl, fast frei, und Maria auch, glaube ich. Wir haben die Gefahr vergessen. Es kommt mir vor, als gingen wir diese Straße in Zeitlupe entlang und als gäbe es nur noch sie und mich. Gerdas Wohnung riecht nach Bratkartoffeln mit Zwiebeln und Speck. Sie ist noch nicht zurück. Wir trinken Tee und Schnaps, sitzen auf dem Teppich, küssen und streicheln uns und um uns herum brennen Kerzen, fast überall im Wohnzimmer. Ein wenig später überrascht uns Gerda, als Maria gerade halb nackt ist. Sie kleidet sich hastig an.

»Nun, meine Täubchen, wenn das nicht nett ist! Aber du brauchst dich nicht zu genieren, Maria. Du hast einen schönen Busen! Wenn du meine Brüste gesehen hättest, noch vor zehn Jahren ... sie konnten mit deinen durchaus mithalten. Ich hätte besseren Gebrauch von ihnen machen können, statt sie diesem Hans zu lassen. Na ja, ich schlage mich immer noch ziemlich gut durch.«

»Ein wenig Schnaps, Gerda?«, frage ich.

»Ja, bitte Paul. Heute Abend hat mich ein Offizier aus Baden-Baden zum Abendessen eingeladen und ich bin sogar mit in sein Hotel gegangen. Das Hotel Adlon, kannst du dir das vorstellen? An der Bar gab es Konkurrenz. Aber ich bin Künstlerin, Tänzerin, und ich lasse mich von diesen Mädchen nicht unterbuttern! Dann sind wir hinauf in sein Zimmer gegangen. Dort stand ein Foto von seiner Frau und seinem Sohn in einem schönen silbernen Rahmen, aber er hat sie seit fast einem Jahr nicht mehr gesehen. Er wollte, dass ich auf ihm reite, aber kaum war ich im Sattel, da war es auch schon zu Ende. Er zahlte mir dann das Dreifache von dem, was ich sonst nehme, und bat mich, ihn ausruhen zu lassen. So ein Kunde ist Gold wert.«

Sie schaut uns stolz und zufrieden an, dann sagt sie: »Und Walter, ist er nicht bei euch?«

»Ich glaube, er hat jemanden gefunden …«

»Was für ein Jammer, dass er nicht an mir interessiert ist! Während des Abendessens erzählte mir der Offizier, er wolle am Aufbau von Großeuropa mitwirken, aber er habe mehr und mehr den Eindruck, dass man dies nicht ohne sehr große Opfer erreichen könne. Die Russen halten noch stand und sind wirklich zäh. Was denkst du – haben ihre Frauen schöne Schuhe? Die müssen warm sein, weil es dort immer sehr kalt ist. Aber ich weiß auch, dass sie schöne Pelzmäntel haben, die Glücklichen. Und dann …«

Gerda ist eine Quasselstrippe und kann stundenlang in einer Tour reden. Nach einer Weile wird es unerträglich, dem Unsinn zuzuhören, den sie von sich gibt. Also gebe ich ihr ein wenig Schnaps zu trinken, in der Hoffnung, dass das ihren Wortschwall ein wenig verlangsamt, aber da sich keine Verbesserung zeigt, entschuldigen wir uns und gehen auf das Zimmer, das sie uns zur Verfügung gestellt hat. Sie ruft uns noch lachend hinterher: »Macht euch keine Sorge, ihr könnt ruhig Lärm machen, die Nachbarn sind gerade nicht da. Amüsiert euch! Und wenn die Kleine dich langweilt oder sich dumm anstellt, kannst du immer noch zu mir kommen! Gute Nacht, Paul, und gute Nacht, Kleine mit den schönen Brüsten.«

Einmal im Bett, kuschelt sich Maria an mich. Sie ist wütend auf Gerda. »Wie kann diese Frau so grobschlächtig sein?«

»Nicht jeder hatte das Glück, einen gebildeten Vater zu haben, Stefan Zweig zu kennen, zu studieren und Urlaube in Italien, der Schweiz oder in Frankreich zu verbringen.«

Maria beruhigt sich sofort und wirft sich auf mich. Eine Wilde. Eine Amazone. Nach unserer geräuschintensiven Vorstellung küssen wir uns noch stundenlang. Und in diesem Punkt werden Meiling oder Mädchen wie Gerda nie mit ihr konkurrieren. Sie liebt mich und gibt mir nicht nur ihren Körper, sondern ihr Herz und ihre Seele, ohne mir irgendetwas vorzuenthalten. In diesem Moment wird mir wieder klar, dass auch ich sie aufrichtig liebe. Aber ich weiß, dass ich niemals mit ihr zusammenleben kann, auch wenn wir der deutschen Hölle jemals entkommen sollten. Der Altersunterschied ist zu groß. Und dann ist meine Vergangenheit nun einmal, was sie ist. Ich kann es nicht zulassen, dass sie in Gefahr gerät. Ich bleibe wach, während sie schläft, beruhigt durch ihre langsamen Atemzüge. Mich überkommt eine große Freude beim Gedanken daran, ihr nahe zu sein und unsere Leben ein wenig miteinander zu teilen. Aber da ist auch Traurigkeit. Ich weiß um das unvermeidliche Ende dieser Beziehung. Früh am Morgen kommt Gerda ohne anzuklopfen ins Zimmer, zieht die Vorhänge auf und bringt uns Kaffee, heiße Würstchen und Schwarzbrot. Unsere Decke gleitet zu Boden. Ich decke Maria wieder zu und lege mich neben sie. Gerda lächelt.

»Na, Kleine, es sind nicht nur die Titten, die bei dir schön sind, alles andere ist auch gut zu gebrauchen, nicht wahr? Paul ist ein Glückspilz. Gut, dass es keine Mädchen wie dich in meinem Metier gibt, sonst könnte ich den Laden dichtmachen. Also dann! Esst und trinkt, solange es heiß ist!«

»Gerda, du bist ein Engel!«

»Ach was, das schulde ich doch einem alten Freund«, meint Gerda, bevor sie sich zurückzieht, damit wir essen und uns anziehen können.

Maria scheint wunschlos glücklich zu sein. Unterdessen greifen auf dem Schlachtfeld Millionen von Männern einander an. Das deutsche Radio hat gerade wieder wichtige Siege an allen Fronten des Ostens verkündet.

Walter kommt Punkt zwölf zurück. Dieser imposante Mann, der immer aussieht wie aus dem Ei gepellt, der in der Regel eine düstere, ehrfurchtgebietende Miene zeigt, steht da vor uns, ein breites Grinsen auf dem Gesicht, mit roten Wangen und in Schnapsgeruch gehüllt. Sein Hemd ist schief zugeknöpft.

»Hallo, Walter!«, sage ich lächelnd. »Ich sehe, du hast dich prima amüsiert gestern Abend.«

Er geht direkt auf die Flasche Weißwein zu, die auf dem Tisch steht und nimmt einen guten Schluck direkt aus der Flasche. Maria ist überrascht. Es ist das erste Mal, dass sie ihn in diesem Zustand sieht. Sie fragt ihn, ob er einen Kaffee will, aber er tut so, als ob er sie nicht hört und erzählt von seinem Abend.

»Heinrich, den kenne ich noch von der Schulbank. Eines Tages stellte uns der Lehrer einen Neuen vor, er kam aus einer großbürgerlichen Familie. Nachdem sein Vater durch einen Sturz vom Pferd ums Leben gekommen war, ging es der Familie zunehmend schlechter, sodass sie seinen Hauslehrer und die Angestellten entlassen mussten. Die Familie war in eine bescheidene Mietwohnung gezogen. So gab es also zwei Schüler in der Klasse, die man verabscheute ... Heinrich, den ehemals Reichen, und Walter, den Juden.

Wie oft musste ich alleine gegen fünf meiner Klassenkameraden kämpfen! Und wie oft bin ich Heinrich zu Hilfe gekommen! Oft kam er zu uns nach Hause und wir wurden die besten Freunde, aber weil seine Mutter keine Juden empfangen wollte, war ich nie bei ihm zu Hause. Ich wurde größer und wegen meiner Fäuste haben mich die Schüler des Gymnasiums schließlich respektiert oder zumindest gefürchtet. Eines Tages, gegen Ende unserer Schulzeit, schlenderten wir durch einen Wald in der Umgebung von München. Wir sollten uns beide an der Fakultät für Medizin einschreiben. Da habe ich ihm gestanden, dass mich das weibliche Geschlecht nie interessiert hat. Er sagte mir, dass dies auch bei ihm der Fall war. So kamen wir zusammen.

Wir waren glücklich, aber dann brach der Krieg aus und wir wurden eingezogen. Durch Kontakte, die seine Mutter noch hatte, wurde er an einen Schreibtischplatz nach Kiel, als Unteroffizier zur Marine versetzt. Und ich, ich kämpfte in den Schützengräben als einfacher Soldat, immer bereit, den Kundschafter zu machen oder miese Missionen in feindlichen Gräben durchzuführen. Dann, gegen Ende des Krieges, wurde Heinrich gezwungen zu heiraten, um sich eine gesellschaftliche Stellung zu sichern. Alles wurde von seiner Mutter organisiert. Wir trennten uns. Ich wurde Boxer und hatte eine schöne Reihe von Siegen, bis zu dem Tag, als Paul, der mit seinen Männern einem Boxkampf zusah, mich fragte, ob ich für ihn arbeiten wolle.

Weißt du noch, Paul? Du hast mir gesagt, du wolltest mich anstellen, obwohl ich ein dreckiger Jude sei. Ich wollte dir die Fresse polieren und du sagtest: ›Einverstanden‹, und unter den erstaunten Augen deiner Männer, denen ihre Schusswaffen lieber waren, bist du in den Ring gestiegen, und wir haben gekämpft … ohne Handschuhe. Alle Schläge waren erlaubt.«

»Und wer hat gewonnen?«, fragt Maria, die sich keine Silbe dieser romantischen Geschichte hat entgehen lassen.

»Keiner«, sage ich. »Überall spritzte Blut, von uns beiden, aber weder ich noch er schafften es, den anderen k. o. zu schlagen. Und als ich ihm sagte, er solle das Kaddisch für sich selbst sprechen, antwortete er: ›Tu das doch selbst‹, dabei wusste er noch gar nicht, dass ich keine antisemitische Drecksau war, sondern einer der Seinen. Der Kampf wurde abgebrochen.«

»Aber du hast mir zwei Zähne ausgeschlagen, Paul.«

»Und du mir eine Rippe gebrochen.«

»Ja, und was Heinrich betrifft, habe ich ihn nie vergessen. Und nun, stellt euch vor, gestern Abend, nachdem ich so lange keinen Kontakt mehr mit ihm hatte, finden wir uns wieder!«

»Walter, bist du sicher, dass du deinem Heinrich vertrauen kannst? Wird er uns nicht verraten?«

»Nein, er hasst den Krieg und er hasst die Nazis. Ich habe eine gute Nachricht …«

»Warte noch, bevor du uns deine gute Nachricht verkündest, du musst dir darüber klar sein, dass ein falscher Schritt den Tod für uns drei bedeutet.«

»Ja, Chef, ich bin doch kein Idiot. Hier ist die Nachricht. Übermorgen fährt er nach Paris, und zwar mit einem Extrazug nur für Offiziere. Dort bleibt er ein paar Tage, bevor er zu einem U-Boot-Stützpunkt in der Nähe von Bordeaux weiterfährt. Er lädt uns ein, mit ihm zu fahren.«

»Das klingt nach einer sehr interessanten Option, aber wir müssen gut darüber nachdenken. Natürlich gibt es weniger Kontrollen in diesen Zügen als in den normalen, aber wir begeben uns auch in die Höhle des Löwen! Abgesehen davon ist dieses Angebot natürlich ein Geschenk des Himmels. Das können wir uns nicht entgehen lassen. Wir brauchen also einen schriftlichen Auftrag, um in diesen Zug zu gelangen. Wie kommen wir an so etwas?«

»Heinrich wird versuchen, etwas für uns zu tun, und ich werde morgen eine Antwort haben.«

Am Nachmittag bleiben wir in der Wohnung, während Gerda arbeiten ist.

Wie immer reinigt Walter sorgfältig seine Waffe. Dies ist die deutsche Seite an ihm: Die Waffe muss gesäubert, geölt, gestreichelt, verwöhnt werden.

»Hör doch auf mit dem Polieren«, sage ich scherzhaft, »am Ende wirst du das Metall noch abnutzen und die Feder ausleiern.«

»Ich bin mir sicher, dass du bei einem Nahkampf lieber mit dem Messer angreifst«, kontert Walter.

»Ich würde mich auch mit einem rostigen Löffel aus der Affäre ziehen können«, gebe ich zurück.

»Hört doch auf damit, was soll diese Diskussion!«, wirft Maria ein. »Kommt lieber und esst den Kuchen, den Gerda gebacken hat.«

Der Kuchen schmeckt herrlich und wir trinken echten Kaffee dazu, keinen Muckefuck. Danach rauchen wir eine Zigarette. Ich ergreife das Wort in einem Ton, den ich selbst ein wenig zu feierlich finde.

»Gut! Dank Walter reisen wir übermorgen nach Paris. Wenn wir dort ankommen, können wir nicht ins Hotel gehen. Ich habe meine eigene Meinung darüber, wie wir dieses Problem lösen können, aber vielleicht habt ihr auch Vorschläge?«

»Ich erinnere mich an das Hotel Bristol, dort sind wir jedes Mal abgestiegen, wenn wir mit meinem Vater in Frankreich Urlaub machten, bevor wir den Zug nach Nizza nahmen. Der Concierge des Hotels war meinem Vater sehr zugetan, er war auch Kampfpilot und er hasst die Nazis«, schlägt Maria vor.

»Zu gefährlich«, sage ich.

»Chef«, meint Walter, »du hast ein Versteck in Berlin gefunden, während ich doch Deutscher bin und eigentlich viele Leute kennen sollte. Aber in Paris lasst mich mal machen. Ich habe einen Freund, der dort stationiert ist. In einem deutschen Milieu können Maria und ich uns weiter auf Deutsch unterhalten. Das heißt, zumindest ich, denn Maria hat ja den gleichen österreichischen Akzent wie unser lieber Führer …«, sagt er mit einem spöttischen Grinsen.

Maria lässt sich das nicht gefallen, und in einem hochsprachlichen, völlig akzentfreien Deutsch antwortet sie trocken: »Tatsächlich? Der Herr Boxer, Mann der Schützengräben, mit seinem bayerisch-sächsischen Dialekt will mir Deutschunterricht geben? Ich frage mich, was er da vorweisen kann, außer dem Gedicht zum Geburtstag des Kaisers …«

Ich lächle, während ich zuschaue, wie sie sich wegen nichts und wieder nichts in die Haare kriegen. Ich sitze in der Loge und überlasse ihnen die Erklärungen. Es ist eine Geschichte, deren Geheimnis nur die Deutschen kennen. Maria irrt sich. Walter hat zwar nicht Literaturwissenschaft studiert, aber er ist ein Bücherwurm. Und er ist sehr kultiviert. Ohne Maria anzuschauen, fängt er an, ein Gedicht von Heinrich Heine zu rezitieren, in einem Rutsch, ohne das geringste Zögern und mit großer Theatralik:

Der Tod, das ist die kühle Nacht,
Das Leben ist der schwüle Tag.
Es dunkelt schon, mich schläfert,
Der Tag hat mich müd' gemacht.

Über mein Bett erhebt sich ein Baum,
Drin singt die junge Nachtigall;
Sie singt von lauter Liebe,
Ich hör es sogar im Traum.

Maria und ich hören ihm schweigend zu, dann sagt Maria: »Na ja, stimmt, du kannst ein kleines Gedicht aufsagen …«

Wir brechen alle drei in Gelächter aus. Wir trinken Schnaps und beschließen, einen Spaziergang durch Berlin zu machen. Zu Hause bei Gerda erwartet uns eine böse Überraschung. Trotz unserer Erfahrung haben wir die Polizisten in Zivil auf der Straße nicht bemerkt. Wir klingeln bei ihr, sie lässt uns rein. Sie ist blass. Bewaffnete kommen aus dem Nebenraum, ihre Waffen auf uns gerichtet.

Walter versucht, seine Waffe zu ziehen, aber er hat keine Chance. Er spürt das kalte Metall einer Pistole in seinem Nacken. Wir verstehen schnell, dass dies nicht die Gestapo ist, sondern die Spionageabwehr. Ich weiß noch nicht, ob dies eine gute oder eine schlechte Nachricht ist.

Amt VI

Zwei Autos bringen uns nach Dahlem in die Berkaerstraße und man trennt uns. Zwei Männer in SS-Uniform begleiten mich und lassen mich in ein kleines Büro eintreten. Ein Offizier sitzt dort. Auf dem Tisch vor ihm liegen unsere Waffen, ein Stapel US-Dollar, unsere falschen Pässe und Marias Dokumente und Fotos. Der Offizier in Zivil stellt sich nicht vor. Ich weiß, dass ich geschlagen und wahrscheinlich getötet werde. Ich mache mir keine Illusionen. Dennoch bleibe ich ruhig. Mein ganzes Leben lang habe ich dem Tod die Stirn geboten und dieses Mal steht er direkt vor mir. Ich denke an Maria. Was werden sie mit ihr machen? Auch hierüber mache ich mir keine falsche Vorstellung. Zu meiner Überraschung öffnet der Offizier einen kleinen Intarsienschrank und bietet mir ein Glas Portwein an.

»Mögen Sie Portwein? Oder ziehen Sie einen kleinen amerikanischen Whisky oder einen Wodka vor?«

»Danke, schenken Sie mir ein, was Sie möchten.«

»Wissen Sie, mein Chef ist sehr neugierig. Er möchte gerne wissen, was drei Juden in Berlin machen, nachdem sie das Generalgouvernement besucht haben. Sie haben die lokale Gestapo wirklich in Rage gebracht, indem Sie einige ihrer Männer töteten. Die Informationen sind bis nach Berlin gelangt und wir haben uns große Sorgen gemacht. Ich hoffe, Sie werden uns diesbezüglich aufklären. Hier, Ihr Glas.«

»Danke. Sie sollten wissen, dass Maria nichts mit dieser Geschichte zu tun hat. Ich habe sie zufällig in Warschau getroffen und beschlossen, ihr zu helfen. Die Luft in der Stadt ist ihr nicht bekommen.«

»Das weiß ich alles, Paul. Sehen Sie? Ich kenne Ihren Namen, ich weiß, wer Sie sind und in welcher Branche Sie jahrelang gearbeitet haben. Verschiedene Schiebereien, Drogenmafia. Ihr Juden, ihr denkt immer an krumme Geschäfte.«

»Ach, wissen Sie, in Hamburg war ich der einzige Jude in diesem Geschäft. Und was die Drogenmafia in den Vereinigten Staaten betrifft, fragen Sie lieber Ihre italienischen Verbündeten …«

»Das reicht! Ich interessiere mich nicht für Ihre kleinen Geschäfte«, sagt er, indem er die Stimme hebt, »sondern was Sie im Dritten Reich tun. Für wen arbeiten Sie?«

»Ich arbeite für niemanden, ich gebe Ihnen mein Wort«, sage ich ruhig und gesammelt. »Sie wissen, dass ich Pole bin. Ich wollte nur meine Familie finden und sie aus dem Ghetto herausholen. Ich hatte von der Misshandlung von Juden gehört, aber ich wusste nicht, dass die Situation derart katastrophal ist. Als ich ankam, war es schon zu spät … Ich hatte nichts mehr dort verloren, außer dem Versuch, ein Mädchen zu retten und dieses Europa, das verrückt geworden ist, so schnell wie möglich zu verlassen.«

»Ich glaube Ihnen nicht!«, schreit er. »Sie sind gekommen, um abzulenken, um eine bewaffnete Judenbewegung zu schaffen und um zugunsten einer feindlichen Macht zu spionieren. Ich frage Sie noch einmal: Für wen arbeiten Sie? Werden Sie es mir sagen? Oder soll ich andere Methoden anwenden, um Ihr Geständnis zu bekommen?«

»Eine bewaffnete Judenbewegung? Mit wem? Mit welchen Waffen? Was ausspionieren? Das Warschauer Ghetto? Die ganze Welt weiß, was Sie meinem Volk antun und niemand macht einen Finger krumm. Denken Sie, dass Stalin, Churchill oder Roosevelt sich für Ihre ›Judenfrage‹ interessieren? Bestimmt nicht. Aber ich, weil ich Jude bin. Und dann wollte ich lediglich meine Familie aus diesem Dreckloch herausholen. Was diese Männer betrifft, die uns die Gestapo auf den Hals gehetzt hat und die wir erschossen haben, das habe ich nicht bereut und ich kann ruhig schlafen, ebenso wie Sie tief schlafen werden können, nachdem Sie drei Juden eliminiert haben, drei Parasiten, die das Reich verpesten.«

Während ich spreche, schaue ich mir meine und Walters Pistole an, die offen auf seinem Schreibtisch liegen und frage mich, ob sie noch geladen sind. Könnte ich es schaffen, die beiden Soldaten hinter mir abzulenken? Der Bruchteil einer Sekunde würde ausreichen, um eine der Pistolen zu erreichen. Der Offizier errät meine Gedanken und sagt: »Paul, sie sind nicht mehr geladen, was denken Sie denn?«

Er zieht die beiden Magazine aus seiner Tasche und lächelt engelsgleich. »Für einen Juden sind Sie ganz schön verwegen. Bestimmt sind Sie kein reinrassiger Jude. Übrigens haben Sie Glück gehabt, dass das Amt VI Sie als Erstes erwischt hat.«

Er steht auf und verlässt den Raum. Ich bleibe allein mit den beiden Männern, die mich bewachen. Ehrlich gesagt weiß ich nicht, was ich denken soll. Ich denke an Maria und an Walter, den ich zu gut kenne. Bei der kleinsten Gelegenheit wird er versuchen, seine Wachen oder Vernehmungsbeamten zu töten. Er wird sein Leben teuer verkaufen.

Zwei Tage lang kommen noch weitere Beamte, um mich zu verhören. Sie stellen mir immer die gleichen Fragen, aber sie foltern mich nie. Mein erster Vernehmer kommt mich holen. Er geht voraus und ich folge, immer begleitet von denselben zwei Gorillas, die niemals ein Wort sagen. Wir gehen durch viele Flure und, nach einer Wanderung durch ein wahres Labyrinth, kommen wir durch einen Vorraum, in dem Sekretäre Berichte auf der Schreibmaschine tippen, während andere Akten ordnen.

Wir kommen in einen zweiten Vorraum, wo ein Adjutant mir befiehlt, mich zu setzen. Die beiden Wachen und der Vernehmer verlassen sofort den Raum und lassen mich allein mit diesem Mann. Schließlich bringt er mich in ein großes Zimmer, das von einem riesigen Schreibtisch aus Edelholz dominiert wird. Eine dekorative Miniatur-Kanone dient als Briefbeschwerer. Neben dem Schreibtisch thront eine Morsestation. Zwischen den beiden großen Fenstern steht ein Schrank von beeindruckender Größe. Ein Mann in Zivil, sehr elegant gekleidet, tritt ein.

»Guten Tag, mein Herr«, sagt der Mann mit unerwarteter Höflichkeit. »Ich habe den Auftrag gegeben, dass Sie korrekt behandelt werden und hoffe, dass dies respektiert wurde? Sie wollten uns, wenn ich richtig informiert bin, vor zwei Tagen überstürzt verlassen, um nach Paris zu fahren?«

Ich werde es nie überprüfen können, aber ich fühle in diesem Moment, dass die Information weder von Heinrich noch von Gerda stammt, sondern vielmehr aus ihrer Wohnung. Sie müssen ohne ihr Wissen ein Abhörsystem installiert haben. Da sie viele Offiziere und Soldaten bei sich empfing, die unterwegs in Berlin abstiegen, war sie wahrscheinlich unwissentlich zu einem Werkzeug der Spionageabwehr geworden.

»Erlauben Sie mir, mich vorzustellen. Mein Name ist Walter Schellenberg* und ich bin verantwortlich für Amt VI. Möchten Sie etwas trinken?«

»Nein, danke. Aber ich würde gerne eine Zigarette rauchen.«

»Leider habe ich keine Juno anzubieten, aber vielleicht akzeptieren Sie eine Zigarre. Sie kommen aus Kuba«, sagt er und hält mir eine kunstvoll gearbeitete Dose hin.

»Vielen Dank. Ich muss zugeben, ich bin überrascht, mich in Ihrer Gegenwart zu finden, statt methodisch zerstückelt zu werden in einem Vernehmungsraum der Prinz-Albrecht-Straße.«

Er lächelt und antwortet: »Es fehlt Ihnen nicht an Humor, Paul, und es stimmt, dass diese Abteilung und viele andere sich gerne Ihrer bemächtigt hätten, aber Sie haben Glück, dass Sie mir in die Hände gefallen sind. Zudem interessieren Sie mich ganz besonders. Sie sind mutig, es fehlt Ihnen nicht an Einfallsreichtum, Sie manipulieren die Mitarbeiter in unseren Botschaften im Ausland und sogar die Leute der Gestapo. Sie können sich leicht falsche Dokumente beschaffen und Sie fürchten sich vor nichts. Sie haben privilegierte Kontakte zu der Regierung von Chungking und zu vielen kriminellen Organisationen überall auf der Welt. Sie sind ein Goldstück, Paul, wirklich! Und Ihr Talent sollte für einen guten Zweck eingesetzt werden.«

»Ich bin Jude, Herr Schellenberg, ich bin Jude und ich bin Pole.«

»Genau, Paul, das ist sogar noch besser für uns. Nichts verbindet Sie mit uns, das ist perfekt! Im Übrigen sollten Sie wissen, dass nicht alle Deutschen die aktuelle Politik unserer Regierung gegenüber den Juden gutheißen. Alles in allem ist dies nur ein Detail. Der wichtigste Punkt ist, dass wir im Krieg sind. In einem alles entscheidenden Krieg. Die große Gefahr ist der Bolschewismus, er bedeutet die totale Zerstörung der europäischen Zivilisationen.«

»Sie sagten ein Detail? Mein Volk ist im Begriff, ausgelöscht zu werden, und Sie nennen das ein Detail?«

»Sie sind noch am Leben, Paul … Sehen Sie? Dieser Punkt ist ebenfalls ein Detail. Und Sie können es noch lange bleiben, wenn Sie mir helfen.«

»Wo sind Maria und Walter?«

»Machen Sie sich keine Sorgen, Ihrer kleinen Freundin und Ihrem Leibwächter geht es gut. Aber es hängt von Ihnen ab, ob das so bleibt. Ich möchte mich nicht gezwungen sehen, sie einer anderen Abteilung zu übergeben, und Sie übrigens ebenso wenig … Nun, Paul. Lassen Sie uns zum Kern der Sache kommen. Ich möchte, dass Sie gewissen Leuten in der Schweiz Informationen übermitteln. Sie nehmen mit ihnen Kontakt auf, übergeben ihnen eine Reihe von Mikrofilmen, und das ist alles. Danach kehren Sie nach Berlin zurück, um weitere Aufträge in Empfang zu nehmen.«

»Von welchen Leuten reden Sie?«

»Von den Sowjets. Natürlich werden sie Sie ins Kreuzverhör nehmen. Dann erklären Sie ihnen, dass Sie Teil einer Gruppe von polnischen kommunistischen Partisanen sind. Sie sprechen gut Russisch, wenn ich mich nicht irre, und können Ihren Hass gegen unsere Regierung in deren Gegenwart nach Herzenslust äußern. Ich denke, dieser Vorschlag verdient Ihr Interesse. In der Zwischenzeit werden Maria und Walter in Berlin ruhig auf Sie warten.«

»Aber wer garantiert Ihnen, dass ich, wenn ich einmal in der Schweiz bin, nicht irgendwo in der Einöde verschwinde?«

»Das ist ein Risiko, das ich bereit bin einzugehen. Also, sind Sie einverstanden, für mich zu arbeiten?«

»Ja, unter einer Bedingung.«

»Sie stellen Bedingungen? Ich bin gespannt, sie zu hören.«

»Ich weigere mich, von Maria und Walter getrennt zu sein. Während ich in Berlin bin, möchte ich mit ihnen zusammen sein, und nach der Rückkehr von meinen Aufträgen ebenfalls.«

»Aber das hatten wir ja so vorgesehen, stellen Sie sich vor. Dann ist also alles gut. Erlauben Sie, dass ich Sie zurückbegleiten lasse, ein Offizier wird sich um Sie kümmern und Ihnen alle Details Ihrer Mission erklären. Ich habe bereits Aufträge in diesem Sinne gegeben.«

Ich würde diesen Mann niemals wiedersehen. Erst viel später werde ich verstehen, welche Rolle er auf der Bühne des Dritten Reiches spielte. Warum hat er sich für uns interessiert, die wir doch keine Bedeutung hatten? Warum wollte er mich sehen? Auf diese Fragen werde ich niemals eine Antwort finden. Zwei Wachen bringen mich in den Hof des Gebäudes. Ein Auto erwartet mich dort und wir durchqueren den Stadtteil Grunewald, bis wir zu einer abgelegenen Villa kommen. Sie ist von hohen Mauern umgeben, die oben zusätzlich mit Stacheldraht gesichert sind. Drei kolossal wirkende Gorillas in Zivil öffnen das Tor. Die Ausbeulung in ihren Jacken zeigt, dass jeder von ihnen ein Holster trägt. Als ich aussteige, begrüßt mich ein Mann.

»Mein Name ist Alfred Kempf, ich bin Ihr Trainer und Sie müssen meine Befehle befolgen. Ich werde Ihnen einige Techniken beibringen und Ihnen alle Einzelheiten Ihrer Mission erklären. Vorläufig ziehen Sie sich bitte um und rasieren sich. Einer meiner Männer wird Sie auf Ihr Zimmer begleiten.«

»Wo sind Maria und Walter?«

»Sie warten auf Sie«, sagt er verächtlich. »Sie sind vor etwa einer Stunde angekommen.«

Ich werde nach oben begleitet und in einen kleinen Raum geführt mit einem Bett, einem Waschbecken, einem Tisch und einem Stuhl. Maria schläft in dem Bett. Sie ist blass. Pflaster und Verbände zeigen, dass sie misshandelt wurde. Ich streichele sanft ihren Kopf und wecke sie auf. Als sie mich sieht, beginnt sie leise zu weinen.

»Oh, Paul ... Sie haben mir Fragen gestellt, dann haben sie mich geschlagen, sie haben mich jüdische Sau geschimpft und dann haben sie mich vergewaltigt. Ich weiß nicht, wie viele es waren ...«

Ich lasse sie nicht weitersprechen und lege meine Hand sanft auf ihre Lippen. Dann küsse ich sie auf Stirn und Wange.

»Es ist vorbei, Maria. Beruhige dich! Beruhige dich, wir sind am Leben, und alles kommt in Ordnung, das ist jetzt vorbei.«

Sie schließt die Augen und schläft nach einer Weile wieder ein. Ein gewaltiger Hass hat Besitz von mir ergriffen. In meiner Naivität hatte ich gedacht, wir hätten Glück gehabt, dass wir der Gegenspionage in die Hände gefallen sind. Ich verlasse Marias Zimmer und gehe in den Nebenraum. Dort finde ich Walter. Er steht auf, um mich zu umarmen.

»Alles klar, Walter? Hast du nichts Ernstes?«

»Alles klar, Chef. Sie haben zu fünft auf mich eingeschlagen, und ich habe mich nicht verteidigt, aber es war schwer, es nicht zu tun.«

»Ich bin so froh, dass du nicht zurückgeschlagen hast, das war meine Angst, dass du jetzt tot wärst.«

»Was mir Kummer macht, ist die Kleine. Diese Bastarde haben sie nicht verschont. Und du, Paul, hast du auch dran glauben müssen?«

»Nein, ich habe Glück gehabt, aber wir werden später darüber reden. Jetzt muss ich mich rasieren und umziehen, Befehl vom neuen Chef. Ein gewisser Alfred Kempf, hast du den schon mal gesehen?«

»Ja, das ist der Typ mit dem Thüringer Akzent, ein Arschloch, gefährlich.«

Im Schrank in meinem Zimmer haben sie meine Kleider aufgehängt und auf dem Waschbecken, neben einer Zahnbürste und der Zahnpaste, sind mein Rasierapparat und die Rasierseife perfekt ausgerichtet, wie bei einer Militärparade. Ein Waschlappen hängt an einem Nagel in der Wand. Ein Kamm liegt auf dem kleinen Tisch neben Juno-Zigaretten, einem Feuerzeug und einem Aschenbecher aus Porzellan, auf dem der vernichtende Sieg der Wehrmacht über Frankreich gefeiert wird. Dies ist keine Gefängniszelle und wir sind frei, uns innerhalb des Oberstockwerks zu bewegen. Sobald ich gewaschen, rasiert und angezogen bin, gehe ich nach unten. Zwei breitschultrige Kerle mit billigen Anzügen und mürrischen Gesichtern nehmen mich am Fuß der Treppe in Empfang. Einer der beiden sagt mir, ich solle warten, ohne auch nur einen Blick auf mich zu werfen. Der andere steht auf und holt Kempf.

»Folgen Sie mir, bitte«, sagt er, ebenfalls ohne mich anzusehen.

Er bringt mich in sein Büro. Ein Porträt von Hitler hängt an der Wand. Auf der einen Seite seines Arbeitstischs, in einem Messingrahmen, steht ein Foto von – wie ich annehme – seiner Frau und seinen Kindern, die vor einem Haus stehen. Auf der anderen Seite, in einem ebensolchen Rahmen, ist das Bild eines jungen Mannes in Panzeruniform zu sehen, mit einem schwarzen Band schräg in der oberen rechten Ecke. Ein Eisernes Kreuz ist am Rahmen befestigt.

»Mein Beileid für Ihren Sohn. In welcher Kampagne?«

»Russland, nicht weit von Minsk. Die Kugel eines Scharfschützen, als er Wasser holen ging.«

Seine Stimme ist plötzlich menschlicher geworden, aber er reißt sich gleich wieder zusammen.

»Er hat seine Pflicht getan. Für das Vaterland, für das deutsche Volk. Aber wir haben nicht viel Zeit. Ich muss Ihnen die Techniken der Übertragung beibringen.«

Er bringt eine Miniatur-Morsestation englischer Herstellung zum Vorschein, das Modell, das in einen Koffer passt.

»Hier ist Ihre Morsestation. Sie sind Mitglied einer kommunistischen polnischen Untergrundorganisation, die in der Nähe der KPP* angesiedelt, aber nicht mit ihr verbunden ist. Als Ihr Land besetzt wurde, haben Sie Agenten rekrutiert und empfangen Informationen. Seit über sechs Monaten senden Sie regelmäßig Nachrichten mit diesem Gerät. Vier Monate lang haben Sie keinerlei Mitteilungen erhalten, aber in den letzten zwei Monaten, in Anbetracht der Bedeutung Ihrer Daten, empfangen Sie häufig Mitteilungen. Vor drei Wochen hat ein sowjetischer Offizier beschlossen, sich mit Ihnen zu treffen. Mithilfe Ihrer Kontakte zu deutschen Dissidenten haben Sie gefälschte Dokumente erhalten, um reisen zu können. Ihr Deckname ist Mieczko und das Treffen ist auf den Tag genau in zwei Wochen.«

Es entsteht eine lange Stille, in der wir uns ansehen. Ich begreife, dass dies eine klassische Mission ist, um den sowjetischen Geheimdienst mit Falschinformationen zu versorgen, aber die eigentliche Frage ist herauszufinden, ob dieser die Informationen der Deutschen geschluckt hat.

»Ich nehme an, dass ich von den Sowjets verhört werde. Wenn ich es recht verstehe, bin ich ein Köder für eines Ihrer Funkspiele*. Wenn es funktioniert, werden Sie weiterhin

Fehlinformationen verbreiten, und wenn sie mich ausschalten, bin ich nichts weiter als ein kleiner Jude weniger auf der Erde und es gibt wieder ein wenig mehr frische Luft für Großdeutschland.«

»Sie haben es vollkommen verstanden.«

Wieder Schweigen. Ich stecke in der Klemme, ich habe keine Wahl.

»Gut«, sagt er, indem er sich erhebt, »ich werde Sie dem Pianisten vorstellen, der Ihnen alle Geheimnisse seiner Kunst erzählen und Ihnen Ihre Musikbox* zeigen wird. Er wird gleich mit dem Training beginnen. Sie dürfen keine Zeit verlieren und haben eine Menge Sachen zu lernen.«

So beginne ich also meine Ausbildung als Doppelagent am Tag meiner Ankunft. Die Überlebenschancen für mich, Maria und Walter sind minimal, aber sie existieren. Die Villa ist mit einem Fitness-Studio ausgestattet und in dem großen Garten ist eine Art Turm errichtet worden, um die Techniken des Fallschirmspringens zu lernen. Walter erholt sich schnell von seiner Begegnung mit Schellenbergs Männern und trainiert, indem er den Punchingball bearbeitet, um nicht aus der Form zu kommen. Die Gorillas beobachten ihn mit Respekt, weil sie selbst nicht über seine Ausdauer verfügen. Maria ist immer noch dabei, sich von den Misshandlungen zu erholen. Ihre blauen Flecken verblassen langsam. Es bleiben noch eine ganze Menge an Beinen und Oberschenkeln. Sie lächelt kaum noch. Und selbst wenn ich sie in meinen Armen halte und versuche, sie zu trösten, sieht sie mich mit leeren, stumpfen und traurigen Augen an. Sie liebt mich, aber ich spüre, wie ihre Kräfte und ihr Überlebenswille immer mehr schwinden. Ihre Hoffnung, das Dritte Reich hinter sich zu lassen, schwimmt in einem dichten Nebel. Es ist mir überlassen, einen Weg für uns raus aus diesem Albtraum zu finden.

Endlich kommt der Tag meiner Abreise. Außer dem Koffer bekomme ich Dokumente, ein wenig Geld und eine ganze Reihe von Anweisungen.

»Bring mir eine Dose Kaffee mit«, bittet Walter. »Was sie uns hier zu trinken geben, ist schlimmer als Folter.«

Maria sagt einfach nur: »Komm lebend zurück, Paul«, und küsst mich.

»Folgen Sie meinen Anweisungen und alles wird gut gehen«, sagt Kempf am Schluss.

Bern

Am nächsten Abend komme ich in Bern an. Ich soll ein Zimmer in einem kleinen Hotel in der Innenstadt nehmen, aber ab dem Augenblick meiner Ankunft am Bahnhof weiß ich, dass ich beschattet werde. Wahrscheinlich sind es Schellenbergs Männer, es könnte sich aber auch um eine rivalisierende Organisation handeln oder, noch schlimmer, um die Sowjets. Sie könnten, obgleich ich selbst sie noch nicht von meiner Ankunft in Kenntnis gesetzt habe, bereits auf dem Laufenden sein durch einen Spion oder Gott weiß was.

Ich esse im Hotel und gehe zu Bett, nachdem ich meine Zimmertür sorgfältig verbarrikadiert habe. Am nächsten Tag sende ich vom Postamt aus eine Nachricht, signiert Mieczko, in der ich schreibe, dass ich gut angekommen bin und Anweisungen erwarte. Dann verbringe ich den Rest des Tages damit, durch die Stadt zu streifen.

Ein Mann folgt mir, der gegen Mittag von einem anderen abgelöst wird. Am Abend, zur ausgemachten Zeit, den

Kopfhörer fest auf den Ohren, lausche ich dem Knistern der verabredeten Frequenz. Überhaupt nichts, zwei Tage lang. Am dritten schließlich bekomme ich eine Nachricht. Ich habe einen Termin am nächsten Tag um die Mittagszeit im Park Kleine Schanze, vor dem Weltpostdenkmal. Ich bin dort um Punkt zwölf. Und warte. Ich sehe eine Mutter mit ihrem kleinen Töchterchen vorbeigehen, dann einen Mann, eine Zeitung in der Hand. Er geht nah an mir vorbei, sieht mich scharf an, aber setzt seinen Weg fort. Er ist es nicht.

Und wenn ich fliehen würde? Ich träume einen kurzen Augenblick davon, ohne wirklich daran zu glauben. Eine verworrene Idee, die kurz von mir Besitz ergreift. Hier in der Schweiz bin ich frei und könnte die Typen, die mich verfolgen, leicht abschütteln und nach China zurückkehren. Oder sogar alles fallen lassen, in die Vereinigten Staaten gehen und ruhig das Ende des Krieges abwarten. Aber wenn ich verschwinde, unterschreibe ich das Todesurteil für Walter und Maria. Wobei … auch wenn ich meine Mission zu einem guten Ende bringe und zu den Leuten der Spionageabwehr ins Reich zurückkehre, ist dies keinerlei Garantie dafür, dass Maria, Walter und ich auf Dauer überleben. Ich habe starke Gefühle für Maria. Und Walter ist mehr als nur ein wirklicher Freund, er ist fast ein Bruder. Wird es mir gelingen, sie zu retten? Ich bin in diesem Kampf der Giganten nichts als eine Mücke, die jederzeit zerquetscht werden könnte. Kann ich mich überhaupt selbst retten? All diese Fragen gehen mir durch den Kopf. Ein junger Mann nähert sich mir und macht mir Zeichen, ihm zu folgen. Wir verlassen den Park und gehen in Richtung Altstadt. Der junge Mann ist distanziert und begnügt sich damit, den Wegführer zu spielen. Wir erreichen die Kramgasse und er verschwindet in der Vorhalle eines Gebäudes. Ich folge ihm, gehe die Treppe hinauf und eine Tür öffnet sich vor mir.

Ich betrete ohne nachzudenken eine kleine Wohnung, in der drei Männer auf mich warten.

»Willkommen in Bern, Mieczko, wir konnten es kaum erwarten, Sie kennenzulernen. Erlauben Sie, dass wir Sie durchsuchen, es ist das übliche Verfahren.«

Er spricht Polnisch, nicht Russisch, und ein minimaler Akzent verrät, dass er aus dem polnischen Tatra-Gebirge stammt. Sobald die Durchsuchung abgeschlossen ist, nimmt der Mann, der überprüft hatte, ob ich eine Waffe bei mir habe, meinen Mantel und hängt ihn am Garderobenständer am Eingang auf.

»Haben Sie eine gute Reise gehabt? Keine Probleme bei der Fahrt durch Deutschland? Oh, entschuldigen Sie meine Taktlosigkeit, ich habe mich noch nicht vorgestellt. Mein Name ist Boris. Vielleicht unterhalten wir uns weiter auf Russisch – meine Freunde verstehen unsere Sprache nicht. Möchten Sie ein wenig Tee?«

»Ja, gerne. Ich hatte eine gute Reise, und es gab keinerlei Probleme.«

Man bringt mir Tee, eine Zuckerdose mit echtem Würfelzucker und eine kleine Schale mit Zimtgebäck, das zur Pyramide aufgestapelt ist. Ich nehme ein Stück Zucker in den Mund und beginne, meinen Tee in kleinen Schlucken zu trinken. Das Getränk lässt den Zucker auf der Zunge schmelzen. Eine russische Tradition. Fayvel, du bist wirklich gerissen, denke ich bei mir.

»Ich bin der Offizier, der Ihren Fall behandelt«, sagt Boris. »Unser Dienst hat alle Informationen erhalten, die Sie an uns geschickt haben. Und wir haben wiederum Botschaften geschickt. Wie Sie sehen, sind wir alte Freunde und kennen uns jetzt schon seit acht Monaten.«

»Sechs, Genosse, erst sechs Monate …« Seine Falle war ein wenig zu plump.

»Ach ja, sechs Monate, stimmt. Ich glaube, Sie haben Dokumente, die Sie mir anvertrauen wollen, und ich möchte keine Zeit verschwenden. Können Sie sie mir jetzt geben? Sie wissen, es dauert eine Weile, um sie zu entwickeln.«

»Natürlich«, sage ich und nehme meine Uhr ab, in der die Mikrofilme versteckt sind. »Aber unter der Bedingung, dass Sie mir die Uhr zurückgeben. Sie gehörte einem Freund, der leider für unsere Sache gestorben ist.«

Er lächelt und ruft den jungen Mann, der mich zu ihnen geführt hat.

»Katia, kümmere dich um die Mikrofilme.«

Der junge Mann nimmt seinen Hut ab und entpuppt sich als ein Mädchen mit langen schwarzen Haaren und blauen Augen.

»Ich lauf schnell zur Botschaft«, sagt sie.

Boris nähert sich dem Mädchen und flüstert ihr etwas ins Ohr. Sie verschwindet und Boris kommt mit einem merkwürdigen Lächeln zu mir zurück.

»Ich brauche Ihren Reisepass.«

»Ich habe ihn nicht bei mir, er ist im Hotel geblieben.«

»Gut, darum kümmern wir uns später, Mieczko. Sie müssen uns gleich noch eine Reihe von Fragen beantworten, aber wir warten noch, bis unsere Agentin zurück ist.«

Katia ist schnell wieder da und scheint wütend auf mich zu sein. Sie reicht Boris einen Ordner, den er durchblättert. Er lächelt wieder, aber dieses Mal ist der Blick, der sein Lächeln begleitet, durchdringend und voller Verachtung. Ich verstehe, dass die Dinge wieder einmal schlecht für mich stehen.

Boris gibt einen Befehl und zwei seiner Männer nähern sich mir. Sie heben mich hoch und Boris versetzt mir einen Faustschlag ins Gesicht, und alle drei fangen an, mich nach Strich und Faden durchzuprügeln. Ein weiterer Mann steht dauernd Wache vor der Tür und Katia, ein wenig entfernt von der Szene, beobachtet mit einer gewissen Genugtuung, wie die drei Männer mich zusammenschlagen. Nach langen Minuten, in denen sie ihre Wut an mir ausgelassen haben, heben sie mich auf. Mein Gesicht ist völlig geschwollen und voller Blut. Sie setzen mich auf einen Stuhl und die beiden Männer halten mich, damit ich nicht falle. Ich kann mich kaum aufrecht halten.

»Der Vorteil bei den Deutschen ist, dass sie sehr schlecht mit den Funkspielen sind … Von Anfang an wussten wir, wer Sie waren. Dass dieses Spiel zu nichts führt, ist eine Sache, aber wenn es Scherereien bringt, muss es gestoppt werden. Wenn wir Sie beseitigen, wird Ihre Organisation verstehen, dass es nicht gut ist, sich mit uns anzulegen. Aber vorher, das versichere ich Ihnen, werden Sie sprechen und uns alles sagen, was Sie über Ihre Organisation wissen. Namen, Adressen und andere Informationen über Sie, Ihre Kollegen und sogar über Ihre Familie und Ihre Großmutter …«

»Verpiss dich«, sage ich zu ihm auf Russisch.

Als Antwort bekomme ich eine neue Serie von Schlägen und falle in Ohnmacht. Als ich einige Stunden später aufwache, liege ich ausgestreckt auf einem Bett, an Händen und Füßen gefesselt. Der Schmerz durchdringt mich überall. Katia tritt ein und richtet mich auf dem Bett auf, um mir zu trinken zu geben. Sie blickt mir immer noch nicht in die Augen. Sie bereitet mich einfach vor für eine zweite Runde. Die wenigen Stunden der Bewusstlosigkeit waren genug, um mir etwas Energie zurückzugeben. Eine wilde Wut gegen diese Typen überkommt mich. Der Gedanke, Maria und Walter bei den Deutschen gelassen zu haben, erfüllt mich mit Tatendrang. Ich bin jetzt zu allem bereit und werde meinen Joker ausspielen. Mein Joker, das ist der

Überraschungseffekt. Meine Kerkermeister können sich nicht vorstellen, wozu ich fähig bin, und erst recht nicht, dass ich bereit bin, meine letzte Kraft einzusetzen, um hier herauszukommen. Ich beschließe, sie glauben zu lassen, dass ich nichts weiter als ein Lappen bin, ein ausgerenkter Hampelmann. Ich spreche das Mädchen mit leiser Stimme an, fast unhörbar, und frage sie, ob ich auf die Toilette gehen kann.

»Oleg«, sagt sie, immer noch, ohne mich anzusehen, »der Fritz will auf die Toilette gehen.«

»Soll er doch in seine Hose pissen oder scheißen, dieser faschistische Mistkerl ist mir scheißegal.«

Ich höre die Stimme ihres Chefs, Boris, der ihm trocken antwortet. »Nein, begleite ihn zur Toilette, wir sind noch nicht fertig mit ihm, und ich will keinen Gestank im Wohnzimmer.«

Oleg betritt das Zimmer, bindet meine Füße und Hände los.

»Steh auf, Hurensohn.«

»Du musst mir helfen, ich habe nicht die Kraft, alleine aufzustehen«, sage ich mit gebrochener Stimme.

Er hilft mir bedenkenlos. Auf ihn gestützt verlasse ich das Zimmer, wobei ich die Füße schwer nachziehe. Wir durchqueren das Zimmer, wo Boris und die anderen mich kaum beachten, da sie zu beschäftigt sind mit ihrem Kartenspiel. Ich nutze meine Langsamkeit aus, um alles zu berechnen. Die Größe des Zimmers, die Möbel, die als Schild oder Waffe dienen können, die Position der Anwesenden. Katia gesellt sich zu ihnen und blättert, ein wenig abseits, in einer Zeitschrift.

Der erste Fehler von Oleg ist, dass er mir beim Gehen hilft, denn als er mich auf die Toilette setzt, kann ich die Waffe stehlen, die in der Tasche seiner Jacke steckt. Was die Russen nicht wissen, ist, dass ich bei der Ankunft in Warschau im Alter von siebzehn Jahren mit einer Bande von Taschendieben herumgezogen bin und die Techniken gelernt habe, die, wie Tomek, der Leiter der Bande, mir damals sagte, mir eines Tages das Leben retten könnten. Ich wusste damals noch nicht, wie recht er behalten würde.

Oleg nimmt den Schlüssel zur Toilette an sich und sagt: »Ich geb dir drei Minuten, beeil dich.«

Er schließt die Tür hinter sich. Zweiter Fehler. Ich beginne stark zu husten, um so das Geräusch des Einrastens zu übertönen, während ich die Pistole lade. Ich ziehe die Spülung und rufe Oleg.

»Ich kann nicht aufstehen. Können Sie mir bitte helfen?«

Er kommt auf mich zu. Um den Lärm, der gleich entstehen wird, zu rechtfertigen, sage ich: »Ich werde ohnmächtig …«, und hebe dabei die Stimme ein wenig.

Ich springe plötzlich auf und knalle seinen Kopf gegen die Wand. Der Schock ist gewaltig und er fällt bewusstlos auf den Fliesenboden. Dann springe ich in den Flur, betrete das Wohnzimmer und schieße auf die drei Männer. Sie haben keine Zeit, um zu reagieren. Das Mädchen bleibt auf der Couch sitzen, zitternd, Angst in ihren Augen.

»Steh auf und komm her!«

Sie tut es und blickt mir zum ersten Mal direkt in die Augen.

»Es ist eine Schande, dein kleines süßes Gesicht zu verderben, aber ich habe keine andere Wahl. Wenn ich die Zeit hätte und wenn Meiling noch am Leben wäre, hätte ich mich sicherlich mit dir amüsiert.«

Ich verpasse ihr einen üblen Kinnhaken, nehme die Waffen der drei Leichen und ihre Pässe an mich, hole meine Jacke und renne die Treppe hinunter, so schnell ich kann. Ich eile zurück ins Hotel, um meine Sachen und meinen

Pass zu holen, bevor die Sowjets ankommen. Ich verlasse Bern in aller Hast, indem ich auf den erstbesten Zug springe. Sicherlich sind mir jetzt schon alle verfügbaren Männer der sowjetischen Botschaft auf den Fersen. In Zürich angekommen, überprüfe ich sorgfältig, ob ich nicht beschattet werde. Ich finde eine kleine Pension, richte mich ein und sende einen codierten Funkspruch, dass ich zurückkomme. Keine Reaktion.

Im Speisesaal mache ich an diesem Tag die Bekanntschaft eines Mannes, der mir sympathisch ist. Wir beschließen, zusammen einen trinken zu gehen. Aus einem Glas werden natürlich mehrere Gläser und der Mann erzählt mir sein abenteuerliches Leben. Er ist Deutscher und in die Schweiz geflohen, weil er ein sogenannter Mischling ist. Das erfuhr er an dem Tag, als die Polizei kam, um seine Brüder zu verhaften. Während dieser Festnahme war er in der Buchhandlung, wo er als Buchbinder arbeitete, sodass er noch fliehen konnte. Aber er hat noch einen Bruder, der Zahnarzt in der Wehrmacht ist. Und seine Verhaftung muss unmittelbar bevorstehen, was ihm Sorgen macht. Als er mir sagt, dass er in Paris stationiert ist, biete ich ihm meine Hilfe an. Ich weiß selbst nicht, warum. Vermutlich hat wohl ein wenig Optimismus bei mir die Überhand gewonnen, als ich mir vorstelle, dass ich in kurzer Zeit am Trocadéro spazieren gehen könnte. Mein neuer Freund dankt mir und reicht mir diskret einen Brief, um ihn seinem Bruder persönlich zu übergeben. Ich verspreche, ihn zu überreichen, sobald ich in Paris bin. Wir trennen uns ohne großes Abschiedsszenarium und am nächsten Tag nehme ich den Zug nach Basel. Eine Stunde später befinde ich mich auf dem Gebiet des Dritten Reichs.

Flucht

Im Zug nach Berlin teile ich mein Abteil mit einem Oberst der Wehrmacht. Er sagt nichts über den Zustand meines Gesichts, da er vermutlich schon Schlimmeres gesehen hat. Er war in Frankreich stationiert, aber da er einen General während einer Abendgesellschaft für Offiziere unterbrochen und kritisiert hatte, war er an die Ostfront versetzt worden. Er ist niedergeschmettert und redet zum Glück nicht viel. Er verbringt seine Zeit damit, mit nostalgischem Blick aus dem Fenster zu schauen und denkt ohne Zweifel an seine Familie, seine Kinder oder seine Konkubine. In Zürich hatte ich mir Zeit genommen, Geschenke für alle zu kaufen, mit dem Geld, das ich vor der Abreise erhalten hatte. Ich war mit einem Spezialkoffer abgereist, nun komme ich mit zwei Koffern zurück. Die sowjetischen Waffen habe ich zerlegt und im Kaffee versteckt, einige Stücke habe ich im Schinken untergebracht und die Kugeln in der Schokolade verstaut. Das sind die Pakete, die für Walter und Maria bestimmt sind.

Angekommen in der Villa im Stadtteil Grunewald, begleiten mich die beiden mir wohlbekannten Gorillas, Hans und Kurt, zum Büro von Alfred Kempf. Auf dem Weg lasse ich sie kurz anhalten, öffne meinen Koffer und gebe beiden je ein Paket mit ihrem Namen darauf. Als sie zögern sie anzunehmen, sage ich zu ihnen: »Ich komme gerade aus der Schweiz und habe ein paar Bolschewiken eine üble Viertelstunde bereitet. Kommen Sie, nehmen Sie es, es ist Kaffee, Schinken und Schokolade, akzeptieren Sie es, Ihre Frauen werden glücklich darüber sein.«

Nach einem Moment des Zögerns nehmen sie die Pakete und vergessen beinahe, dass ich ein Jude bin, der unter Beobachtung steht. Unterwegs stelle ich ihnen ein paar Fragen. »Na, wie geht's dem Chef? Hat Alfred immer noch seinen Thüringer Akzent?«

Die Männer, die mich bewachen, lachen, und Kurt antwortet. »Ja, immer noch, vielleicht sogar noch mehr … Bald wird er nur noch Dialekt sprechen.«

»Und Maria? Lernt sie Fallschirmspringen?«

»Nein, sie ist fast die ganze Zeit in ihrem Zimmer. Man sieht sie kaum.«

»Und Walter? Bearbeitet der weiter seinen Punchingball?«

Hier spüre ich ein gewisses Unbehagen, aber sie haben keine Zeit, mir die neuesten Nachrichten zu überbringen, da wir am Büro des Chefs angekommen sind und Kempf mich an der Tür erwartet.

»Lassen Sie uns allein«, sagt er zu seinen Männern.

Wir gehen in sein Büro und ich stelle den Koffer mit der Sendestation vor den Tisch.

»Ich habe mich geweigert, den Funksender in den Händen des Feindes zu lassen, Chef.«

Dann öffne ich den zweiten Koffer und hole ein Paket mit seinem Namen drauf heraus. Darin gibt es Kaffee,

Schinken, Schokolade, eine Flasche Whisky und Zigaretten.

»Dies ist für Sie, mein Herr. Und die anderen Pakete sind für Ihre Männer. Zumindest die, die ich kenne ...«

Er unterbricht mich barsch. »Sie haben uns in eine schwierige Situation gebracht und die Russen wollen sich rächen. Fünf ihrer Agenten getötet, das ist wirklich ein harter Schlag für sie.«

Ich unterbreche ihn. Ich bin überrascht, dass er über die ganze Sache Bescheid weiß, noch bevor ich einen Bericht gegeben habe, und dass er von fünf Toten spricht, während ich nur drei Leichen zurückgelassen hatte. »Sie hatten unser kleines Spiel durchschaut und von Anfang an erkannt, dass dies eine Mission der Spionageabwehr war ... Sie wollten mich zum Sprechen bringen und mich danach beseitigen. Ich handelte entsprechend.«

»An dem Tag, als Sie zu dem Treffen gingen, sind unsere Männer Ihnen gefolgt. Als Sie das Gebäude in aller Eile verließen, stürzten sie hinein und beendeten die Arbeit, die Sie begonnen hatten. Es gab noch zwei Menschen, die am Leben waren und interessantes Material, das Sie vergessen hatten mitzunehmen. Wie zum Beispiel das Protokoll Ihres Verhörs«, sagt er lächelnd. »Und was haben Sie mit den Waffen gemacht?«

»Ich habe sie mitgenommen und mich ihrer in Zürich entledigt, indem ich sie in den See warf. Schauen Sie, hier sind ihre Pässe. Sicherlich sind es nicht ihre wirklichen Namen, aber so haben Sie zumindest die Fotos.«

»Sehen Sie, ich wusste, dass Sie wiederkommen. Sie haben fantastische Arbeit geleistet. Wir mussten überprüfen, ob die Russen unseren Botschaften glauben, und Sie dienten als Köder. Ihr Tod hätte uns bereits auf das schließen lassen, was wir wissen wollten, aber Sie haben sich selbst übertroffen, indem sie diese Agenten töteten, die doch wirkliche Profis waren. Wenn wir 20 Jahre früher hier säßen und Sie Deutscher wären, würde ich Ihnen das Eiserne Kreuz verleihen und Sie in den Rang eines Offiziers erheben. Wollen Sie einen Schluck Whisky mit mir trinken, Paul? Nur um sicherzustellen, dass Sie nicht versuchen, mich zu vergiften«, sagt er nur halb im Scherz.

»Mit Vergnügen, Herr Kempf«, sage ich lächelnd, »aber verraten Sie mir eines, ich glaube nämlich nicht, dass Sie Nazi sind oder auch nur Antisemit …?«

»Nicht wirklich«, antwortet er, ein wenig irritiert von meiner Frage.

Er braucht mir nicht zu antworten, aber da wir allein in seinem Büro sind, beginnt er zu sprechen. »Ich habe keine Sympathie oder Antipathie für die Juden. Ich bin Protestant. Bestimmte Übergriffe, die von einigen Leuten in Deutschland Ihrem Volk gegenüber begangen wurden, gehen meiner Ansicht nach zu weit. Dies ist des deutschen Volkes nicht würdig. Für mich führt der Nazismus Deutschland in die Katastrophe.«

Ich stehe auf und schlage einen Trinkspruch vor: »Auf ein Deutschland in Frieden und das Ende der nationalsozialistischen Herrschaft.«

Er zögert eine Sekunde, dann steht er auf, schlägt die Hacken zusammen und leert sein Glas in einem Zug. In der Tat ist dieser ehemalige Offizier des Kaisers, der, wer weiß weshalb, zur Abwehr ins Amt VI versetzt wurde, gar kein so schlechter Kerl. Er stellt die Flasche und das Paket in einen Schrank, nimmt die Pakete für seine Männer und sagt, er werde sie verteilen. Ich bitte um Erlaubnis, ein Paket für Maria und Walter mitzunehmen.

»Für Maria, das geht in Ordnung, aber Walter, das ist eine andere Geschichte.«

Plötzlich befürchte ich das Schlimmste.

»Ihr Leibwächter hatte die unglückliche Idee, in einen Kampf mit unserem Ausbilder im Nahkampf einzuwilligen, und das vor dessen Schülern. In Wirklichkeit war es dessen Idee, er ist noch sehr jung und von der Propaganda verblendet. Ihr Freund Walter hat sich zunächst geweigert, aber angesichts der antisemitischen Schmähungen unserer jungen Rekruten und vor allem denen des Ausbilders, der behauptete, dass ein Jude nicht weiß, wie man kämpft und keine Tapferkeit zeigt, stimmte er zu, die Herausforderung anzunehmen. Der Kampf war extrem kurz. In weniger als einer Minute lag unser Lehrer auf dem Boden, in einer Blutlache mit zertrümmertem Schädel und gebrochenen Halswirbeln. Kaum hatten sie sich von ihrer Überraschung erholt, da stürzten sich die Schüler auf ihn, etwa zwanzig, und ich kam gerade noch rechtzeitig, um das Blutbad zu stoppen. Allerdings kann ich nicht dulden, dass einer meiner Männer wegen eines Juden stirbt, eines Feindes unserer Nation. Also habe ich Ihren Freund zum Tode verurteilt und er wird in drei Tagen hingerichtet.«

»Es stimmt, er ist Jude, aber er ist auch Deutscher. Er hat den Ersten Weltkrieg mitgemacht, erhielt das Eiserne Kreuz, hat seinem Land tapfer gedient, drei Jahre der Schlächterei in den Schützengräben, und Sie wissen, was das bedeutet, da Sie es selbst miterlebt haben. Es ist nicht seine Schuld.«

Er schneidet mir das Wort ab, sein Ton ist jetzt trocken und eisig. »Ich muss ein Exempel statuieren. Die anderen Dienste wissen von diesem Vorfall, ich kann nichts tun für Ihren Mann. Hans und Kurt werden Sie hinaufbegleiten. Hiermit ist das Gespräch beendet.«

Er drückt auf einen Knopf und die beiden Männer erscheinen, um mich zurückzubegleiten. Als ich im Begriff bin, das Zimmer zu verlassen, drehe ich mich zu Kempf um und sage: »Wenn Sie es nicht für sich selbst tun, tun Sie es im Namen Ihres Sohnes. Dann wäre er nicht umsonst gestorben.«

Die Bürotür schließt sich, ohne dass ich eine Antwort erhalte.

»Wo befindet sich Walter?«, frage ich Kurt, den ich für den offeneren der beiden Männer halte.

»Er wurde in eine Zelle im Keller neben dem Luftschutzbunker gebracht.«

»Wurde er geschlagen?«

»Ja, aber er hat keinen einzigen Kratzer, er ist unzerstörbar, dieser Jude. Ich frage mich, ob er nicht auch die Kugeln des Erschießungskommandos am Freitag überlebt.«

»Halt den Mund«, sagt Hans zu Kurt, »du redest auch gerade mit einem Juden.«

Ich komme oben an und gehe ohne anzuklopfen in Marias Zimmer. Sie sitzt und liest ein Buch, das ihr vermutlich Herr Kempf gegeben hat. Als sie mich sieht, lässt sie es fallen, steht auf, läuft auf mich zu und springt mir förmlich an den Hals.

»Du bist wieder da! Du bist wieder da! Gott sei gelobt! Ich war so allein, so hilflos. Ich habe so viel an dich gedacht. Die ganze Zeit, jede Minute, jede Sekunde. Nachts habe ich geträumt, dass du mich holen kommst und mich weit weg bringst, weit weg von diesem Albtraum, dieser Welt der Verrückten. Aber ich habe eine schlimme Nachricht für dich.«

»Über Walter?«

»Du weißt Bescheid?«

»Ja. Aber wir haben noch drei Tage, um ihn da rauszuholen. Und ich werde nicht zulassen, dass er erschossen wird. Wir kommen hier irgendwie raus.«

Ich lege mich aufs Bett und sie legt sich zu mir. Ich fange an, sie zu küssen. Als ich ihre Bluse aufknöpfe, hören wir Schritte im Flur. Ich springe aus dem Bett, gebe Maria die drei Pakete für uns und flüstere ihr zu, dass sie sie verstecken soll, weil darin Waffen sind. Ich verlasse das Zimmer und stehe Herrn Kempf von Angesicht zu Angesicht gegenüber. Zwei SS-Männer begleiten ihn.

»Ich habe Sie gesucht«, sagt er. »Wir haben die Hinrichtung Ihres Leibwächters vorverlegt. Er wird morgen früh im Morgengrauen erschossen. Sie wissen, dass dies eine Ehre für ihn ist, er verdient die Enthauptung oder Verschickung in ein Speziallager für Reichsfeinde. Angesichts des Respekts, den ich für die Veteranen des Großen Krieges empfinde, habe ich ihm die Erlaubnis gegeben, Sie zu treffen. Bitte folgen Sie mir.«

Wir steigen die Treppe zum Eingang hinunter, überqueren den Hof der Villa und steigen eine weitere Treppe im rechten Flügel des Hauses hinab. Diese Stufen führen uns zu den Räumen des Wirtschaftskellers. Auf der linken Seite öffnet sich eine Tür zu einem großen Luftschutzbunker. Auf der rechten Seite liegt ein schlecht beleuchteter Flur, der in mehrere kleine Zellen mündet, die mit Metalltüren ausgestattet sind und deren Luken es den Wachen erlauben, die Gefangenen zu überwachen. Wir halten bei der dritten Tür. Man öffnet mir.

»Sie haben zehn Minuten«, sagt ein Wächter in einer SS-Uniform.

Walter trägt einen Dreitagebart, sieht aber trotz des Angriffs, den er erlitten hat, unversehrt aus. Dies ist das erste Mal, dass ich ihn unrasiert sehe. Wenn Walter sich schon gewissenhaft um seine Waffen kümmert, so kümmert er sich noch mehr um seinen Körper und sein Aussehen. Er erhebt sich mit ein wenig Mühe und drückt sich an mich.

»Ich wusste, dass du noch lebst und blöd genug bist, aus der Schweiz zurückzukommen, Paul. Du hättest dir dort ein schönes Leben machen können!«

»Und ich wusste, dass du Scheiße bauen würdest, Walter. Du hättest dich ruhig verhalten können, den kleinen ängstlichen Juden spielen und den Spott und die Beleidigungen über dich ergehen lassen können, aber nein, du musstest ihn mit bloßen Händen kaltmachen. Also, ich bin gekommen, um dich und Maria zu holen. Entweder wir fliehen zusammen oder wir verrecken zusammen. Halte dich heute Nacht bereit. Wir werden rauskommen. Ich habe dir ein kleines russisches Geschenk mitgebracht, wie das, was du in Shanghai im Kartenspiel gewonnen hast …«

Walter lächelt. Er weiß, was ich meine. Seine Augen fangen an zu glänzen. Eines Abends in Shanghai spielte Walter Karten mit Weißrussen, ehemaligen Offizieren des Ataman Semonov. Er hatte sie beim Poker gerupft. Da sie bereits alles, was sie besaßen, für Wodka und andere starke Getränke ausgegeben hatten, beglichen sie ihre Schulden bei Walter mit dem Aushändigen ihrer Schusswaffen, vier schönen, in Russland hergestellten Pistolen.

»Damit lässt sich etwas machen«, meint er. »Oh, noch ein Detail, die Mauer des Anwesens ist gut bewacht. Die Zerberusse der Nazis machen ihre Runden und sie haben einen Hund. Die Ostwand ist die beste, weil es dort Bäume gibt und sie nicht allzu hoch ist. Bleibt das Problem des Stacheldrahts …«

In diesem Moment knarrt die Tür und ein Wachmann kommt herein. Er schreit: »Besuchszeit ist vorbei! Raus!«

Als ich die Zelle verlasse, ruft Walter mir hinterher: »Und um dieses Arschloch, das ich kaltgemacht habe, tut es mir nicht leid, Paul. Ich würde es jederzeit wieder machen.«

Und er bricht in Gelächter aus.

Arschloch. Das ist Walters Lieblingsbeleidigung. Er benutzt sie die ganze Zeit. Ich fange auch an zu lachen.

Ich werde zurück zu meiner Etage gebracht. Es ist bereits 17 Uhr. Uns bleiben nur ein paar Stunden, um uns vorzubereiten. Ich kehre zu Maria zurück und während sie im Flur Wache hält, baue ich die drei Waffen zusammen. Ich nehme eine dicke Wolldecke und wickele sie um mich, unter meinem Hemd. Sie wird dazu dienen, den Stacheldraht abzudecken, der die Oberseite der Mauer rund um das Grundstück schützt. Ich reiße unsere Bettwäsche in lange Streifen und wir knoten sie zu einem Seil zusammen.

Maria verpackt die Schokolade, den Kaffee und das Bündnerfleisch, das ich aus der Schweiz mitgebracht habe. Das wird uns als Reiseproviant dienen oder als Tauschware. Ich nehme auch mit, was mir noch an Reichsmark geblieben ist, und Kleider für Walter, denn die, die er anhat, sind zerrissen und blutbefleckt. Kurz darauf bringen Hans und Kurt unser Abendessen. Die Nacht ist schnell gekommen und der Geruch von feuchter Erde schwebt über dem ganzen Gelände. Wir haben großes Glück. In dieser Nacht haben dunkle schwere Wolken den Himmel von Berlin verdunkelt. Weder Mond noch Sterne können uns verraten. Darüber hinaus beginnt es gegen ein Uhr morgens in Strömen zu regnen. Wir schlafen nicht und ich analysiere die Situation, indem ich verstohlene Blicke aus dem Fenster oder auf den Flur werfe. Wir müssen den richtigen Zeitpunkt wählen. Wir werden keine zweite Chance bekommen. Ich höre, wie die Streife und ihr Hund zurückkommen und zum Schilderhaus am Eingang rennen.

»Das ist gut, bei diesem Wetter wird alles ruhig sein heute Abend«, sagt ein Wächter.

»Ich habe Schnaps und Wein, die mir mein Onkel geschickt hat, der Winzer von Schleißheim. Machen wir uns einen Glühwein?«

Das ist der Moment. Ich binde das Seil an einem der Betten fest und werfe es aus dem Fenster. Ich klettere wie eine Katze hinunter, dann ist Maria an der Reihe. Sie hat keinerlei Erfahrung mit dieser Art von Übungen und klettert langsam nach unten. Zu langsam. Mir scheint es eine Ewigkeit zu dauern. Unten angekommen läuft Maria wie besprochen zu der Mauer und versteckt sich in einem Busch. Mit zwei geladenen Pistolen bewaffnet, gehe ich auf die Treppe zu, die in den Keller führt. Glücklicherweise gibt es keinen Wächter am Eingang. Ich schlüpfe in den Flur. Ich muss den oder die Wächter außer Gefecht setzen und die Schlüssel zu Walters Zelle an mich bringen, ohne Alarm auszulösen. In der Wachstube sitzt nur Kurt. Er liest eine Zeitung, vor sich hat er eine Tasse Kaffee stehen. Ich beschließe, mein Glück mit Chutzpe zu versuchen. Ohne mich zu verstecken, gehe ich langsam auf ihn zu. Er schaut mich verwirrt an.

»Hallo, Kurt! Na, bist du nicht dabei, wenn die anderen Glühwein trinken? Hat man dich bestraft? Der Chef hat mich geschickt, ich darf den Gefangenen noch ein letztes Mal sehen. Schmeckt er übrigens gut, der Kaffee, den ich mitgebracht habe aus der Schweiz?«

»Aber … ich weiß von nichts, ich habe keinen Auftrag in diesem Sinne erhalten. Ich muss telefonieren.«

»Warte doch! Keiner wird etwas davon erfahren. Und ich habe für dich eine Menge Kaffee, Schinken, Schokolade und sogar Chartreuse, diesen französischen Kräuterlikör, den die Benediktiner herstellen, nicht zu reden von den Camel-Zigaretten – eigentlich keine Zigaretten für Soldaten. Lass mich zwei Minuten mit ihm reden. Danach brauchst du nur noch hinauf in mein Zimmer zu gehen und ich gebe dir alles, was ich dir versprochen habe.«

Kurt ist ein guter Kerl, wirklich. Er ist weder sehr jung noch sehr intelligent und er ist froh, dass er auf Amt VI versetzt wurde statt an die Ostfront oder als Wachmann in ein Konzentrationslager. Hier, in dieser geheimen Basis, hat er fast nichts zu tun. Und wir sind die einzigen Gefangenen. Er sagt mir: »Nur zwei Minuten, verstanden? Nicht mehr. Aber beeil dich, Hans wird mich bald ablösen.«

Er bringt mich zu Walters Zelle und sobald er die Tür öffnet, schlage ich ihn mit einem einzigen Hieb nieder. Er bricht mit einem dumpfen Schlag zusammen. Walter lächelt, wie er so auf dem Metallbett liegt.

»Guten Abend, Chef, wohin geht's heute? Ein Gläschen im Hotel Adlon trinken?«

»Hilf mir lieber, ihn in deine Zelle zu schleppen.«

Einmal drinnen, wird Kurt gefesselt und geknebelt. Wir nehmen seinen Schlüsselbund und seine Waffe an uns. Vor dem Verlassen des Kellers trinkt Walter ruhig Kurts noch heißen Kaffee aus. Draußen ist es noch genauso dunkel und immer noch regnet es in Strömen. Wir laufen zu dem Busch, wo Maria auf uns wartet und übersteigen Wand und Stacheldraht ohne Schwierigkeiten. Wir sind wieder in Freiheit, aber für wie lange? Unsere Flucht aus dem Trainingslager war ein wenig zu einfach. Es stimmt, es ist nur ein Trainingslager, kein Gefängnis oder Konzentrationslager, oder noch schlimmer, ein Vernichtungslager. Trotzdem haben wir das Schlimmste noch nicht überstanden. Wir sind in Berlin, im Herzen von Nazideutschland, und in wenigen Minuten wird Alarm gegeben werden. Uns ist die ganze Gestapo und die Polizei auf den Fersen. Wir müssen einen Unterschlupf finden und zwar schnell. Wir wandern die ganze Nacht hindurch, wobei wir die Patrouillen vermeiden, die mit Fernlicht herumfahren, und umgehen die Straßensperren der Gestapo. Wir sind nass bis auf die Haut.

Als der Morgen dämmert, bemerke ich ein kleines allein stehendes Haus. Es scheint unbewohnt zu sein und hat Amtssiegel an den Türen. Wir betreten es durch ein Kellerfenster. Das Haus wurde offensichtlich von oben bis unten durchsucht und es herrscht ein unglaubliches Durcheinander. Die Schubladen sind aus den Kommoden herausgezogen worden und liegen auf einer Couch, die Bücher aus der Bibliothek sind auf dem Teppich verstreut, Kissen und Matratzen aufgerissen worden. Auf dem Küchentisch liegen ein paar Lebensmittel, die noch frisch sind.

»Diese Leute haben vor Kurzem Besuch von der Gestapo erhalten. Wir weisen auf die Finesse der Untersuchungen hin«, sagt Walter sarkastisch. »Nun, Paul, ich glaube, wir haben einen traumhaften Platz gefunden. Erinnerst du dich? Während des Krieges hieß es immer, wo einmal eine Granate gefallen ist, fällt keine zweite.«

Maria ist neugierig geworden und hört Walter andächtig zu, als ob er ein wissenschaftliches Gesetz ausgesprochen hätte, ein Axiom, das imstande ist, Leben zu retten.

»Hör nicht auf ihn, Maria. Ich weiß nicht, wie viele Male ich gesehen habe, wie Unglückliche zerfetzt wurden, weil die Granaten fallen, wo sie wollen und sich nicht darum kümmern, wo ihre Vorgänger platziert wurden.«

»Nein«, sagt Walter, »ich habe recht … Sie fallen nie exakt auf die gleiche Stelle, aber sie können direkt daneben fallen, ein oder zwei Zentimeter entfernt.«

Walter lacht, als wäre es ein unwiderstehlicher Witz gewesen.

»Du bist ein pedantischer Boche, Walter. Du solltest dich lieber waschen und umziehen, Maria gibt dir deine Kleider.

Diffam. frz. Bez. für einen Deutschen

Walter findet jedoch immer noch Grund, sich zu beschweren. »Und natürlich habt ihr Rasiermesser, Kamm, Zahnbürste und Zahnpasta vergessen! Pff … sogar in den Schützengräben hat man uns besser behandelt, aber na ja … Ich werde mal nachsehen, was alles im Haus herumliegt.«

»Oder ruf einfach die Rezeption des Hotel Adlon an, damit sie dir alles bringen, was dir fehlt!«

Er geht. Wir hören, wie er im Bad herumsucht und dann ein Zimmer auswählt. Es folgt das Schließen einer Tür.

»Ist er böse?«, fragt Maria.

»Nein, sein Verhalten ist nur eine männliche Art und Weise auszudrücken, wie froh er ist, noch am Leben zu sein.

»Ihr beide seid wirklich speziell!«

»Vergiss nicht, Maria, kein Lärm, kein Licht, kein Feuer hier. Das könnte fatal für uns sein.«

»Ich bin doch keine Idiotin.«

»Ich weiß, ich wollte dich nur daran erinnern, das ist alles.«

Wir gehen nach oben und nehmen eines der Zimmer. Es ist schon Tag, wir hören die Geräusche der Straße, Kinder, die singend zur Schule gehen. Wir sind völlig erschöpft, aber unglaublich glücklich, dass wir unseren Kerkermeistern entkommen sind. Wir werden tagsüber schlafen und uns nachts fortbewegen.

Maria und ich sitzen auf einer aufgeschlitzten Matratze, die wir umgedreht haben. Dies ist das erste Mal seit unserer Verhaftung, dass wir Seite an Seite liegen können, uns aneinanderschmiegen, zart drücken. Die Wärme spüren, die aus dem anderen strahlt. Ein so intensives und lebenswichtiges Bedürfnis in einer solchen Situation. Langsam küsse ich ihre Lippen und versuche, ihr die Jacke und ihr Hemd, das noch pitschnass ist von der Nacht, auszuziehen, aber sie hält mich am Arm und schiebt mich sanft zurück.

»Paul, ich kann nicht, ich bin schmutzig, ich bin nichts mehr wert.«

Eine Träne schimmert in ihrem Augenwinkel. Ich küsse sie und flüstere ihr leise ins Ohr: »Nein, Maria. Ich liebe dich ganz genauso. Nichts hat sich geändert. Du musst vergessen, was passiert ist. Ich weiß, es ist nicht einfach. Sieh mal, du hast noch dein ganzes Leben vor dir. Du wirst das Ende des Krieges erleben und du wirst Kinder haben, ein schönes Haus und eine Bibliothek mit all den Büchern, die du liebst.«

Sie schmiegt sich ganz eng an mich, als ob sie in mir aufgehen wolle. Sie weint und lacht zugleich. Leise, auf ganz kindliche Art und Weise. Langsam ziehe ich ihr die Jacke und das Hemd aus und entblöße ihre Brüste.

»Ich möchte mit dir leben, Paul. Meine Kinder, mein Haus und die Bibliothek mit dir haben«, sagt sie und lässt sich ausziehen, während sie mich küsst.

»Ich auch«, sage ich, ohne nachzudenken.

Wir lieben uns und schlafen um die Mittagszeit ein. Im Ghetto wurde sie meine Geliebte. Meine Gefühle ihr gegenüber waren anfangs sehr vage. Heute spüre ich, dass ich gerne mit ihr zusammen bin. Ich liebe sie.

Wir wachen gegen 18 Uhr auf. Ein köstlicher Kaffeeduft zieht durch das kleine Haus. Maria steht auf, zieht sich an, wäscht sich in aller Eile in einem Eimer Wasser und rennt hinunter, um zu sehen, was Walter tut. Ich schließe mich ihr an und gehe ins Wohnzimmer. Walter hat Franzbranntwein gefunden und einen provisorischen Herd errichtet. Der Kaffee ist heiß und wir essen Brot mit dem Bündnerfleisch. Jetzt müssen wir uns eine gute Strategie ausdenken, um Deutschland zu verlassen.

»Warum nicht nach Schweden?«, fragt Maria.

»Lieber in die Schweiz«, sagt Walter.

»Nein, ich denke, wir müssen uns etwas anderes einfallen lassen. Ich komme gerade aus der Schweiz und sie haben sicherlich die Grenze abgeriegelt. Bestimmt sind überall Suchanzeigen verteilt worden. Ganz zu schweigen von der Gestapo, die uns sucht. Um nach Schweden zu gelangen, müssten wir uns nach Norden wenden, über Kopenhagen, und einen Schlepper finden, und das alles, während wir den Netzen der Gestapo, der Abwehr und der Polizei zu entgehen versuchen. Ich finde, wir sollten das Schicksal nicht herausfordern. Und habt ihr etwa Kontakte dort? Ich nicht. Dagegen können wir versuchen, Spanien über Frankreich zu erreichen. Maria und ich sprechen Französisch, aber noch wichtiger ist, wir kennen Leute dort. Es ist ein längerer Weg, aber ich denke, er ist machbar.«

»Ach du Scheiße! Na ja, ist gut …«, sagt Walter. »Nun, ich spreche kein Französisch, aber vielleicht habe ich einen Superkontakt dort. Um sicherzugehen, muss ich nach Babelsberg fahren. Ich kenne jemanden, der in einem Produktionsstudio arbeitet.«

»Ist dein Ansprechpartner Militär?«, frage ich.

»Nein, eben nicht. Er ist über jeden Zweifel erhaben, aber ich brauche die Adresse und muss wissen, ob er derzeit in Paris ist. Soll ich gehen?«

»Ja, wenn du aufpasst! Aber erst morgen früh. Heute Abend werden wir Berlin verlassen, um näher an die Filmstudios ranzukommen.«

»Erinnerst du dich noch an den Abend, den wir 1931 in der Hauptstadt verbracht haben? Erinnerst du dich an den alten Monokel? Einer der Pioniere im Berliner Drogenhandel!«

»Glaubst du, er lebt noch, dieser Alte? Er hat sich schon in den zwanziger Jahren aus unserem Gewerbe zurückgezogen, aber für die neue Generation ist er eine lebende Legende. Es stimmt, er würde uns nicht verraten. Sein berühmter Ehrenkodex …«

»Leute vom alten Schlag, so wie er einer ist, sind unzerstörbar.«

»So oder so können wir nicht mehr in diesem Versteck bleiben, es ist zu gefährlich. Wir müssen unser Glück versuchen.«

Ich gehe mit Maria nach oben, um unsere Sachen zu packen.

Monokel

Es ist Abend geworden. Es sind kaum noch Fußgänger oder Autos zu sehen. Wir verlassen das Haus durch den Keller und spazieren durch die Straßen wie drei Freunde, die nach der Arbeit nach Hause gehen. Nach einer Stunde bemerken wir einen schlecht geparkten LKW, dessen Fahrer sich über den Motor beugt. Er führt Selbstgespräche, verflucht und beleidigt seinen Schrottwagen, die Straße und die schlechten Reifen.

»Hilfe gefällig?«, frage ich ihn.

»Nichts dagegen«, sagt der Mann, dessen Hände ölverschmiert sind. »Das verdammte Ventil ist rostig und blockiert alles. Und wie soll ich meine Kartoffeln abliefern, wenn dieser alte Schrotthaufen seinen Geist aufgibt?«

Walter, der Amateurmechaniker, taucht seine Hände in den Motor. Nach zwanzig Minuten schnurrt er wieder.

»Wohin fahren Sie denn jetzt?«

»Nach Hause natürlich! Haben Sie gesehen, wie spät es ist? Höchste Zeit, meine Frau macht sich bestimmt schon Sorgen.«

»Wo wohnen Sie denn? Vielleicht könnten Sie uns einen Gefallen tun und uns ein Stück mitnehmen, wir sind auf dem Weg nach Potsdam.«

»Na, da haben Sie Glück! Ich bin auf dem Weg nach Bornim und fahre über Potsdam. Es ist nicht mehr weit, in einer halben Stunde sind wir da. Steigen Sie ein!«

Maria sitzt auf meinem Schoß, es gibt kaum Platz in der LKW-Kabine. Unterwegs stellt uns der Fahrer Fragen: »Wie kommt das, dass zwei Männer wie ihr nicht in der Armee seid? Ich hoffe, ihr seid keine Deserteure, eh? Man muss dem Vaterland dienen. Ich wollte ja dienen, aber weil ich hinke, haben sie mich nicht genommen.«

Walter antwortet im Dialekt der Berliner Arbeiter: »Ich wäre auch gerne gegangen, aber ich bin Heizer im Krankenhaus und sie brauchen mich. Das ist meine Schwester und der Typ an der Tür, der ist Arzt. Ich glaube, sie werden eines Tages heiraten. In der Zwischenzeit werden wir einen alten Onkel von mir überraschen. Und ihm den Arzt vorstellen!«

»Herzlichen Glückwunsch! Du und deine kleine Schwester, ihr habt's raus, wie man den richtigen Schwiegersohn für die Familie findet, mit Bildung und allem. Nich wie meine Schwester, die mit 'nem faulen Nichtsnutz und Alkoholiker verheiratet ist, aber sie ham ihn letztes Jahr in die Armee eingezogen. Ich hoff', es wird ihm guttun, ein Jahr is' er schon weg und kein einziger Brief an meine Schwester und die Kinder. Soll er doch dort verrecken, sie findet schon 'nen andern. Aber sie is' nicht mehr so jung wie die da«, sagt er und deutet mit dem Finger auf Maria.

In Potsdam angekommen, verabschieden wir uns von unserem Fahrer und Maria sagt zu Walter: »Das ist ja unglaublich! Wie kannst du den Berliner Akzent so täuschend imitieren?«

»Ich spreche eben DEUTSCH, nicht wie du, Österreicherin!«

Wir brechen alle drei in Gelächter aus. Auf dem Weg zu Monokel begegnet uns eine Gruppe von Soldaten der Wehrmacht auf Urlaub. Mein Inneres krampft sich zusammen, aber ich lasse mir nichts anmerken. Sie schauen uns nur an, lächeln und machen Maria das eine oder andere Kompliment. Sie lächelt höflich zurück. Ein paar Minuten später stehen wir vor Monokels fantastischer Villa. Ich klopfe an die Tür und ein alter Diener kommt, um mir zu öffnen.

»Guten Abend, es tut mir leid, so spät noch zu stören, aber wir möchten gerne mit dem Hausherrn sprechen.«

Er starrt uns überrascht an, dann fasst er sich.

»Wen darf ich melden?«

»Paul. Paul den Polen.«

Unter diesem Namen bin ich im Milieu in Deutschland bekannt.

»Ich werde nachsehen, ob der Hausherr zu sprechen ist.«

Er schließt die Tür. Mehr als fünf Minuten vergehen.

»Es sieht nicht gut aus, Chef. Ich glaube, wir sollten uns besser aus dem Staub machen«, sagt Walter.

»Außerdem ist es nicht höflich, Leute auf der Straße warten zu lassen«, sagt Maria konsterniert.

Endlich öffnet sich die Tür.

»Der Herr bittet Sie einzutreten. Folgen Sie mir bitte.«

Die Eingangshalle ist riesig. Die Wände sind mit Holz getäfelt, der Boden ist aus Marmor. Jagdtrophäen hängen an den Wänden und ein riesiger Kronleuchter aus Geweihen erhellt den Raum. In einem gewaltigen Kamin flackert ein Feuer und lässt die Schatten wie Formen und Farben eines expressionistischen Gemäldes tanzen.

»Erlauben Sie, dass ich Ihnen die Mäntel und Waffen abnehme, dann begeben wir uns in den maurischen Saal.«

Das klassische Verfahren. Es weckt in mir süße Erinnerungen. Nur Maria scheint von seiner Aufforderung überrascht zu sein. Nachdem er unsere drei Tokarevs und unsere Mäntel an sich genommen hat, führt uns der Butler in einen großen Raum, der mit antiken Möbeln und Gegenständen aus dem Nahen Osten eingerichtet ist. Ein kleiner lebhafter Mann mit Glatze, der in ein Gewand aus marineblauer Seide gekleidet ist, geht schnell auf mich zu. Er muss über 80 Jahre alt sein, aber er sieht fünfzehn oder zwanzig Jahre jünger aus. Er trägt sein legendäres Monokel.

»Paul der Pole! Der Teufel soll mich holen! Wie lange haben wir uns nicht mehr gesehen? Zehn Jahre? Setz dich!«, sagt er und begrüßt mich mit einer Umarmung. »Und deine Freunde ebenfalls. Aber das ist doch Walter, der Boxer! Immer noch mit dem Polen zusammen ... Ah, wenn ich Männer wie euch vor 40 Jahre gehabt hätte, würde ich jetzt in Kalifornien meinen Ruhestand genießen und mit Marlene Dietrich und Erich von Stroheim in einem schicken Restaurant zu Abend essen. Und wer ist diese reizende Person, die euch begleitet, Paul?«

»Das ist meine Reisegefährtin, Maria. Sie ist aus Wien.«

»Erfreut«, sagt sie, ein wenig verlegen, da sie nichts anderes zu sagen weiß.

»Was möchtet ihr trinken? Ich habe einen fantastischen Pflaumenschnaps. Den müsst ihr probieren.«

Er ist offensichtlich glücklich über unseren Besuch. Aber dann schaut er mich an und wird plötzlich ernst.

»Welcher Wind hat dich hierhergeweht, Paul? Du weißt, dass ich im Ruhestand bin. Sowieso hat das neue Regime die Mafiaorganisationen zerstört, in Deutschland lässt sich nichts mehr machen. Unser Geschäft existiert sozusagen nicht mehr. Wer heutzutage Geld verdienen will, sollte besser einen Parteiausweis haben. So viele Chefs der Mafia klettern in der Parteistruktur nach oben und machen Karriere bei Gestapo, Polizei oder sonst irgendwelchen Ministerien. Die eröffnen Werkstätten und Fabriken und arbeiten mit der Wehrmacht zusammen.«

»Ich bin nicht gekommen, um Geschäfte zu machen, ich bin gekommen, um dich um Rat zu fragen, wie wir das Reich am schnellsten verlassen können.«

Er schaut mir lange Zeit direkt in die Augen, ohne etwas zu sagen, so als wolle er meine Gedanken lesen.

»Wirst du gesucht?«

»Ja.«

»Die Polizei?«

»Nicht nur. Die Gestapo, die Spionageabwehr, kurz, alle möglichen Dienste, die Jagd auf einen Menschen machen können. Und sie suchen aktiv nach uns.«

»Du musst ein schlimmes Verbrechen gegen den Staat begangen haben. Aber was du getan hast, interessiert mich nicht.«

»Ich werde dir sagen, was wir getan haben. Maria, Walter und ich sind Juden.«

Er schaut mir wieder direkt in die Augen, ohne etwas zu sagen. Sein Gesicht ist angespannt. Schließlich bricht er das Schweigen.

»Meine Güte, das hätte ich niemals vermutet.«

Dann, ohne aufzustehen, beginnt er, in der Kommode neben seinem Sessel herumzukramen. Er zieht eine Kopie des »Stürmers« heraus und zeigt uns die Karikatur eines Juden.

»Also, ich finde ja nicht, dass ihr dem da ähnlich seht. Seid ihr sicher, dass ihr Juden seid?« Und er wirft uns ein maliziöses Lächeln zu.

»Religion hat mich nie interessiert«, sagt er. »Und bis zu der Verfolgung durch die Nazis waren wir alle an unseren Ehrenkodex gebunden. Ein heiliger Kodex! Und für mich gilt er immer noch. Was die Rassenfrage betrifft, das ist Humbug. Diese Nazis mit ihren absurden Ideen! Ich habe es laut und deutlich gesagt, bei einem unserer jährlichen Treffen, bei denen die großen Mafiaverbände aller Länder zusammenkamen. Ich habe gesagt, dass diese Nazischurken eine Bedrohung für unser Geschäft darstellen. Aber sie haben nicht auf mich gehört. Viele haben sich ihnen zugewandt, manche haben sich angepasst und nur sehr wenige sind ausgewandert. Und die Mitglieder der unteren Ränge wurden eingezogen und jetzt sterben sie auf den Schlachtfeldern.« Sein Gesicht ist traurig. Er wirkt mutlos.

»Gut, Paul, ich bin einverstanden, dir zu helfen. Wo willst du hin? In die Schweiz?«

»Das würde ich gerne, aber ich komme gerade von dort und ich denke, dass die Grenzsoldaten unsere Steckbriefe haben. Sie haben sicherlich die Kontrollen und Patrouillen verstärkt. Vielleicht nach Spanien. Ansonsten nach Frankreich. Du weißt ja, dass ich gute Kontakte nach Marseille habe.«

Er denkt einen Moment nach, dann sagt er: »Ich werde euren Transfer organisieren. In der Zwischenzeit werde ich veranlassen, dass man eure Zimmer vorbereitet und einen Imbiss in der Küche, weil ihr meine Gäste seid. Andererseits bitte ich euch, eure Zimmer nicht zu verlassen. Mein Sohn, der auf Urlaub ist, kann jeden Moment ankommen. Er ist völlig fasziniert vom Führer und denkt an nichts anderes, als Deutschland dabei zu helfen, eine neue Weltordnung zu errichten. Ich wollte ihn immer vor meinen Geschäften schützen, als er noch jung war, aber leider glaube ich, dass ich Fehler in seiner Erziehung gemacht habe. Aber na ja, er ist nun mal mein Sohn. Man wird euch zu euren Zimmern begleiten, aber ihr könnt gerne noch eure Gläser austrinken.«

In Marias und meinem Zimmer erwartet uns ein Tablett mit Brot, Wurst und einer Flasche Wein. Ein Geschenk des Himmels nach diesen letzten Wochen. Maria ist glücklich und geht ins Bad, um sich zu waschen. Ich trinke langsam und mit Genuss ein Glas Weißwein und denke an den Verlauf der Ereignisse. Unser Zimmer ist direkt oberhalb der monumentalen Treppe. Im Nebenraum ist Walter. Ich stelle mir vor, dass er gerade seine Waffe reinigt. Wir haben dem Diener die Tokarevs abgegeben, aber er hat sicherheitshalber die P 38 behalten, die er dem Zellenwärter abgenommen hatte. Ich muss lächeln. Später werde ich von der donnernd lauten Ankunft des Sohnes geweckt. Er ist stockbesoffen und singt »Erika«. Er ist mit einem Mädchen angekommen, das er anscheinend im Hinterzimmer einer Bar aufgegabelt hat und das anscheinend ebenso betrunken ist wie er. Ich strenge meine Ohren an und höre Gesprächsfetzen zwischen Vater und Sohn.

»Schämst du dich nicht? Während deine Frau und deine Kinder in Charlottenburg auf dich warten, feierst du Feste und schleppst mir so etwas an?«

»Ach halt die Klappe, Alter! Wir leben nicht mehr unter Bismarck. Kannst du nicht sehen, dass die Welt sich ändert? Außerdem ist das nicht deine Angelegenheit. Geh schlafen.«

»Ein Glück, dass deine Mutter nicht mehr am Leben ist, um das mitanzusehen. Ich gehe ins Bett. Aber macht keinen Lärm, mein Haus ist kein Bordell.«

Das Mädchen lacht vulgär. Ein Lachen, das von den Wänden der großen Villa widerhallt. Ich drücke mein Ohr an die Tür, höre ihre Schritte. Das Mädchen kichert. Gedämpftes Singen. Idiotisches Gelächter. Sie gehen in den hinteren Raum. Die Tür schließt sich. Dann lautes Keuchen. Von ihrer Seite zu viel. Von seiner Seite nicht genug. In weniger als zwei Minuten ist es vorbei. Ein letztes anstößiges Lachen. Dann endlich Stille.

Am Morgen, nachdem der Sohn und seine zarte Dulzinea gegangen sind, lädt der Hausverwalter uns ein, mit dem Herrn des Hauses zu frühstücken. Monokel ist in einer sehr armen Familie zur Welt gekommen und hat keine gehobene Erziehung genossen. Er kennt sich nicht aus mit guten Manieren und so versucht er, diesen Mangel mit einer beeindruckenden Zahl von Bediensteten, mit einem Überfluss an feinen Speisen und einem Luxus, der an schlechten Geschmack grenzt, zu kompensieren.

»Nun, meine Freunde, habt ihr gut geschlafen? Ich hoffe es jedenfalls. Wusstet ihr, dass ich die Kissen, auf die ihr eure Köpfe gelegt habt, speziell aus Schweden habe kommen lassen? Vor dem Krieg natürlich. Die Gänsedaunen aus Skandinavien sind viel zarter und weicher als unsere. Apropos Gänse, seht euch mal meine Neuerwerbung an«, sagt er und zeigt auf ein Gemälde an der Wand. »›Die Gänse des Kapitols‹. Und wisst ihr, von wem? Von Nicolas Poussin! Und wisst ihr, was ›poussin‹ auf Deutsch heißt?« Er fängt an zu lachen.

»Ich denke schon, dass wir das wissen«, sage ich und tue so, als gefielen mir seine Geistesblitze.

Aber er hört nicht zu und setzt seinen Monolog fort.

»Nun ja, ›poussin‹ heißt auf Deutsch ›Küken‹. Ist es nicht lustig sich vorzustellen, dass ein Küken *Gänse* gemalt hat? Deshalb habe ich es in den Speisesaal gehängt.«

Walter ist der Einzige, der den Kopf nicht gehoben hat, um das Bild anzuschauen. Er ist zu beschäftigt mit dem Inhalt seines Tellers. Ein hungriger Bauch hat keine Ohren und sein Gehirn hat bestimmt nur die Hälfte von Monokels Rede aufgenommen. Mit vollem Mund antwortet Walter: »Eine Gans, ein Küken. Hmmm, im Ofen geröstet schmeckt das perfekt zusammen mit einem Apfelkompott.«

Maria kann sich das Lachen nicht verkneifen. Nachdem er seinen Kaffee getrunken hat, wird Monokel ernst. Umso besser, er ist glaubwürdiger, wenn er über Geschäfte spricht.

»Ich werde es so regeln, dass ihr morgen früh abreisen könnt. Wenn ich auch schon im Ruhestand bin, habe ich nach wie vor hier und da ein paar Kontakte. Der alte Löwe ist noch nicht tot, auch wenn das seinem Sohn nicht gefällt. Es tut mir leid, aber ich kann euch nicht allzu lange bei mir zu Hause behalten, wir leben in schwierigen Zeiten und alles wird gefährlicher, auch für mich.«

»Wie werden wir reisen?«

»Ich werde euch Papiere und Passierscheine vom RAD* besorgen. In einer halben Stunde wird ein Fotograf herkommen, um eure Bilder zu machen, es ist besser, wenn ihr mein Haus nicht verlasst. Morgen früh wird euch ein LKW abholen. Seine Ladung ist für Paris bestimmt. Und das ist alles, was ich für euch tun kann. Danach müsst ihr selbst sehen, wie ihr weiterkommt.«

»Das ist fantastisch! Unerwartet! Wenn ich meinerseits etwas für dich tun kann, sag es mir. Noch etwas: Walter muss draußen noch etwas erledigen, er muss nach dem Fotoshooting kurz gehen.«

»Wenn es um Walter geht, gibt es keine Probleme. Dieser Mann riecht die Gefahr schon von Weitem. Du hast ihn gut ausgebildet, Paul, er kommt wunderbar alleine zurecht. Aber was noch wichtiger ist, er hat einen großen Vorteil, den du niemals haben wirst. Er ist Deutscher und spricht echtes Deutsch, während du, mein kleiner Paul, zwar perfekt Deutsch sprichst, aber mit einem gewissen Etwas, das schließlich zu neugierigen Fragen führen könnte.«

»Du hast recht, Monokel, aber Maria und ich haben sowieso zu tun. Wir müssen unsere Reise nach Frankreich vorbereiten.«

Eine halbe Stunde später kommt der Fotograf, kurze Zeit danach ein anderer Mann, der uns braune und erdfarbene Uniformen bringt. Wir werden Mitglieder des RAD sein. Maria lacht, so hässlich findet sie den Hut ihrer Uniform. Die Nacht kommt und Walter ist immer noch nicht zurück. Wir sind beunruhigt. Beim Abendessen sind wir nur zu dritt. Monokel redet viel. Über die guten Zeiten, damals, zur Kaiserzeit, über die Weimarer Republik, seine genialen Coups … Dann kommt die Zeit der Verdauungsschnäpse. Er bittet mich, ihm einige französische Weine und Liköre zukommen zu lassen, wenn wir einmal in Paris sind, denn sein Keller ist schon recht leer.

Die Nacht ist weit vorgerückt. Monokel ist zu Bett gegangen. Maria auch, kurz nach ihm. Ich bleibe vor dem Kamin sitzen, um auf Walter zu warten. Ich trinke Portwein, während ich die Zeitungen lese. Die rötliche Glut stirbt langsam und verleiht dem Salon eine düstere Atmosphäre. Der Raum wird zum Vorzimmer des Teufels. Die zuckenden Farben wechseln zwischen Flammen der Hölle und Blut. Gegen zwei Uhr früh höre ich, wie sich ein Fenster öffnet. Walter hat die Schlüssel zum Haus, aber aus Gewohnheit oder Klugheit hat er diesen Weg gewählt. Er setzt sich neben mich und gießt sich ein Glas Portwein ein.

»Erledigt, Chef, ich habe die Adresse.«

»Du hast ja lange dafür gebraucht! Hattest du eine unangenehme Begegnung?«

»Im Gegenteil, ich habe diesen Freund getroffen, den ich seit Ewigkeiten nicht mehr gesehen hatte. Lass mich erst mal dieses Glas austrinken.«

Er trinkt langsam seinen Portwein, während er ins Feuer blickt, das im Kamin verlischt. Dann steht er plötzlich auf, geht an mir vorbei und reicht mir dabei einen Zettel. Er legt ein Holzscheit aufs Feuer und bringt es wieder zum Lodern. Danach setzt er sich hin und fängt an, seine P 38 zu reinigen. Auf dem Papier kann ich lesen: *Reichsbeauftragter für das Deutsche Filmwesen in Frankreich*, gefolgt von einer Adresse in Paris und zwei Telefonnummern, privat und beruflich.

»Na ja, das ist ja nicht irgendwer. Ist es ein ehemaliger Boxer? Oder ein früheres Mitglied der Mafia? Kenne ich ihn?«

»Nein, nichts von allem, ich habe ihn kennengelernt, als ich mich in einem Lazarett erholte. Er war als Pilot verletzt worden und ich erholte mich von dem schweren Kampf mit den beiden Franzosen, die unseren Bunker sprengen wollten. Ich habe sie umgelegt, aber ich konnte nicht verhindern, dass ich einen Stich in den Bauch bekam.«

»War er dein kleiner Freund?«

»Ja, aber nicht lange. Wir waren sehr gute Freunde, aber dann haben sich unsere Wege getrennt. Ich habe ihn 1932 wiedergesehen, bei unserem letzten Besuch in Deutschland. Da arbeitete er bereits für die Filmindustrie, bei der UFA. Erinnerst du dich, als ich damals das weiße Zeug in die Studios geliefert habe? An Peter Lorre, für eine seiner feinen Abendgesellschaften. Er hing damals nicht die ganze Zeit mit Celia herum, und ich …«

Ich unterbreche ihn. »Woher weißt du, dass er uns nicht verpfeifen wird?«

»Ich weiß es einfach, das ist alles. Außerdem habe ich mir schon erlaubt, ihn im Büro der UFA anzurufen. Ich hatte seine Sekretärin am Apparat, er erwartet uns.«

»Und dein Kontakt im Studio? Ist er zuverlässig?«

»Oh ja! Außerdem kennst du ihn. Du erinnerst dich doch an die Freundin von Thea von Harbou*, die mit Fritz* zusammen war?«

»Die Blondine, die immer beschwipst war und sich bei Abendempfängen in der Öffentlichkeit gerne nackt zeigte? Und die behauptet hat, ich hätte sie geschwängert?«

»Nein, die kleine Brünette mit den kurzen Haaren, Theresa, die ein großer Star werden wollte, und mit der du nach Venedig gereist bist. Aber zwei Tage später bist du mit einer Italienerin zurückgekommen, die du wiederum in Berlin verlassen hast, weil du eine dringende Sache in Warschau zu regeln hattest. Du sagtest, sie sei im Bett nichts wert und zudem ohne einen Funken Verstand.«

»Ach ja, jetzt erinnere ich mich. Eine Katastrophe, dieses Mädchen ... Sag nicht, dass du mit diesem Dummerchen in Kontakt geblieben bist!«

»Aber ja doch! Ihr Bruder war mein Kamerad im Schützengraben, er hat mir mehrmals das Leben gerettet, aber er selbst musste schließlich dran glauben. Daher schicke ich seit 1918 regelmäßig einen Brief an seine Schwester. Seine einzige Familienangehörige. Selbst aus China habe ich das getan.«

»Und – ist sie ein Star geworden?«

»Nein, aber sie ist die Sekretärin des Direktors der UFA und darum habe ich sein Büro angerufen. Sie ist mit einem Beleuchter verheiratet und hat zwei Kinder. Danach hat sie mich mit nach Hause genommen. Ihr Mann war nicht da, er war für drei Tage bei den Bavaria Studios. Sie holte ihr Fotoalbum heraus, mit Fotos von ihrem Bruder, gab mir zu Essen und dann ging ich. Ich bin den ganzen Weg bis hier zu Fuß gegangen. Alte Erinnerungen sind aus den Tiefen meines Gedächtnisses aufgestiegen, sind mir im Kopf herumgespukt und haben mir die Eingeweide verdreht … Dies ist die letzte Nacht in meinem Heimatland. Ich bin Deutscher, Chef …«

»Diese Geschichte scheint zu stimmen und mir gefällt die Idee, dass wir uns an den unwahrscheinlichsten Orten verstecken. Im Übrigen habe ich noch andere Kontakte in Paris, falls dies schiefgehen sollte. Was dein Heimatland betrifft, so kann ich nur sagen, dass ich darauf scheiße. Und auf meins genauso. Sollen sie doch alle zum Teufel gehen!«

Wir stoßen an. Das letzte Glas vor der Abreise. Dann kehrt Stille ein. Walter richtet sich bequem im Wohnzimmer ein. Die Stille wird von Zeit zu Zeit durch das Knistern eines Holzscheits unterbrochen. Ich habe Walter eben angelogen. Mein Heimatland, das derzeit zerstört wird, bleibt irgendwo tief in meiner Seele das Land, das mich aufwachsen sah, und wird es immer bleiben. Dort habe ich das erste Mädchen getroffen, das ich liebte, da fließt der Fluss, in dem ich als Kind baden ging. Als ich noch sorglos und unwissend in Bezug auf mein späteres Schicksal war, das mich in so viele Länder führen und das aus mir den machen sollte, der ich jetzt bin.

Früh am nächsten Morgen frühstücken wir in Uniform, in Begleitung von Monokel. Maria schmollt, weil sie sich lächerlich in ihrem Aufzug vorkommt. Walter hat den Rang eines Arbeitsführers, Maria ist Stabsführerin und ich bin nur ein Vormann, kaum mehr als ein Arbeitsmann, das heißt, ein einfacher Arbeiter. Meinen Papieren zufolge bin ich Volksdeutscher in Polen. Monokel genießt diesen Augenblick. Er findet es herrlich, uns in diesen Uniformen zu sehen. Er erzählt uns, wie die Leute von der Schlägergewerkschaft in den zwanziger Jahren einmal Polizeiuniformen angezogen hatten, um die Löhne der Arbeiter einer Fabrik in Berlin zu stehlen. Glücklicherweise wird er unterbrochen durch die Ankunft eines Mannes, der die gleiche Uniform wie wir trägt. Der LKW ist da und wartet auf uns. Wir verabschieden uns von Monokel. Maria und Walter klettern in die Fahrerkabine. Ich sitze auf der Ladefläche hinten mit den Kartons, die nach Paris geliefert werden. Das gefällt mir. So brauche ich mit niemandem zu reden. Ich kann mich hinlegen und versuchen zu schlafen.

Paris, wir kommen!

Continental Films

Trotz der holprigen Straßen und der sehr harten Federung des deutschen LKWs schlafe ich fast sofort ein. In der Umgebung von Frankfurt erleben wir nach Einbruch der Nacht einen Luftangriff. Ich freue mich wie ein Kind beim Anblick eines Feuerwerks. Ich lasse mich einlullen vom Lärm der Flugabwehr, den ich irgendwie melodiös finde. Der Widerschein der Brände, die Explosionen, das Licht der überdimensionalen Suchscheinwerfer, die versuchen, die Tiefen der Nacht zu durchdringen, all das begeistert mich. Eine Bombe für jedes Kind, das im Ghetto gestorben ist. Dies ist keine hochtrabende Philosophie, aber der Gedanke tut mir gut. Am nächsten Tag, während wir gerade volltanken, kommt die Feldgendarmerie angerast. Es sind vier, sie scheinen es eilig zu haben und nervös zu sein. Maria und ich rauchen eine Zigarette ein wenig abseits und ich fühle, wie sich ihre Fingernägel in die Haut meiner Hand bohren. Sie kontrollieren unsere Papiere. Alles ist in Ordnung und die Gendarmen verschwinden so schnell, wie sie gekommen sind. Ich zeige Maria meine Handfläche, die von ihren Nägeln malträtiert worden ist. Sie lacht ein wenig verlegen.

Am gleichen Abend schon sind wir in Paris. Wir fahren über den Place de l'Opéra und Maria staunt. Ich muss zugeben, dass auch ich fühle, wie mein Optimismus zurückkehrt. Walter reinigt seine Waffe. Der LKW hält am Quai d'Orsay, in der Nähe der Lieferadresse für die Kisten. Fast hätte ich vergessen, dass nicht wir die wichtigste Ware für diese Fahrt sind. Wir ziehen uns im LKW um und verschwinden im nächsten Metroschacht. Die Stadt verschlingt uns buchstäblich. Dort, in ihren unterirdischen Gedärmen, sind wir unglaublich lebendig und beabsichtigen auch, es zu bleiben.

Der Geruch der Pariser Metro strömt trotz der Besatzung bereits einen Duft von Freiheit aus. Die schwüle Feuchtigkeit erwärmt unsere Körper. Später, auf den Champs-Élysées, gehen wir auf ein Glas ins Fouquet's, nur um ein paar reiche Leute der Pariser Oberschicht mitzuerleben, die noch leben wie vor dem Krieg. Für sie hat sich nichts geändert, außer der Anwesenheit von ein paar grau-grünen Uniformen unter den Kunden und der Tatsache, dass am Taxistand vor der Bar nicht mehr Autos, sondern Fiaker und Fahrradtaxis bereitstehen. Die Nacht bricht schnell herein, es ist schon richtiger Winter. Die Straßen sind in ein seltsames Blau getaucht. Dann bemerke ich, dass die Glaskugeln der Pariser Straßenlaternen blau angemalt worden sind. Eine Vorsichtsmaßnahme gegen Luftangriffe. Auf einmal ist die Stadt der Lichter ein bisschen weniger licht!

Walter und ich bestellen Cognac und für Maria ein Glas Rotwein. Sie ist glücklich, in Paris zu sein. Sie drückt sich an mich und erzählt uns von ihren Erinnerungen an die Zeit vor dem Anschluss. Ihre letzte Reise nach Paris mit ihrem Vater. Ich wiederum erzähle, wie ich 1918, kurz nach dem Waffenstillstand, in diese gleiche Bar gegangen bin. Sie war damals voller Flieger, die natürlich die Lieblinge der Damen waren. Walter hört nicht zu. Sein Blick ist gefesselt von einem deutschen Soldaten. Ein sehr schönes Exemplar. Leider ist er in Begleitung einer jungen Französin, die offensichtlich sehr verliebt in ihn ist. Wir haben noch zu tun und können schließlich nicht ewig hier sitzen bleiben, also setzen wir unsere Reise fort.

Der Mann, der uns erwarten soll, wohnt nicht weit vom Fouquet's, in der Rue François Ier. In der Avenue Montaigne prüfen Walter und ich unsere Waffen. Eine Haushälterin öffnet die Tür. Eine Deutsche, gut fünfzig.

»Dr. Greven* ist noch nicht nach Hause gekommen«, sagt sie, »aber wir haben Sie erwartet. Bitte nehmen Sie Platz in seinem Büro, er muss bald kommen. Möchten Sie in der Zwischenzeit etwas zu sich nehmen? Was kann ich Ihnen anbieten?«

Walter und ich machen weiter mit dem Cognac. Maria trinkt einen Tee. Das Büro von Dr. Greven ist prunkvoll eingerichtet: persische Seidenteppiche, ein fantastischer Mahagoni-Schreibtisch, ein Gemälde von Guardi, das den Dogenpalast darstellt, und eine schöne Szene von Schlittschuhläufern auf einem zugefrorenen See von Bruegel dem Älteren.

Doch in einer Ecke steht eine patinierte Bronzebüste von Adolf Hitler, gezeichnet »Arno Brecker«, die uns böse anblickt und eine Missstimmung in die harmonische Gesamtheit des Zimmers bringt. Albert Greven lässt nicht lange auf sich warten. Beim Betreten des Zimmers wirft er seinen Hut mechanisch zur Seite. Er landet auf dem Kopf von Adolf. Dann übergibt er seinen Mantel der Haushälterin und schließt Walter in die Arme. Er ist um die fünfzig. Ein recht schöner Mann, groß, mit tiefblauen Augen, blond, in einem Anzug, der eindeutig von einem Pariser Modeschöpfer maßgeschneidert ist. Als Pilot während des Ersten Weltkriegs wurde er verletzt und hinkt daher heute noch leicht. Ein wenig ähnelt er dem Schauspieler Curd Jürgens, nur ist er vornehmer. Nachdem er seine Haushälterin um einen Drink gebeten hat, stellt er sich schließlich vor.

»Willkommen in Paris, meine Freunde. Sagen Sie mir, Mademoiselle, sind Sie Schauspielerin? Sie haben ein Gesicht, das wie fürs Kino gemacht ist!«

Maria errötet und verneint mit einem Kopfschütteln. Er setzt sich und schaut uns einen Moment lang an, ohne etwas zu sagen.

»Es ist Ihnen sicherlich nicht unbekannt, wer wir sind und warum wir gekommen sind«, sage ich.

»Nein, natürlich nicht, und Sie sind in einer schwierigen Situation, aber die Vorsehung hat gewollt, dass Sie Freunde von Walter sind. Ich verstehe, dass Sie nur auf der Durchreise in dieser wunderschönen Stadt sind, aber sprechen wir heute nicht darüber. Ich schlage vor, wir gehen essen, bevor es zu spät ist für einen Ausgang.«

Wir nehmen seinen Vorschlag gerne an. Dann sagt er, an Walter gewandt: »Ich hätte Sie gerne zu Maxim oder Fouquet's eingeladen oder zu dieser wunderbaren Canard au sang im Tour d'Argent, aber es besteht die Gefahr, dass ich zu viele Bekannte treffe und wir hätten keine Ruhe zum Reden. Außerdem sind Sie sicherlich müde. In der Passage des Panoramas werden wir mehr Ruhe haben. Ich hoffe, Sie mögen die italienische Küche?«

Die Trattoria ist zum Bersten voll. Viele Italiener von der Botschaft, die meisten in Gesellschaft schöner französischer Damen, essen hier. Ein Tisch ist für uns reserviert. Die Pasta ist ein Genuss. Der Chianti ebenfalls. Wenn wir auch in einer ruhigen Ecke sitzen, kommt doch ein Mann, um Dr. Greven zu begrüßen. Es ist der italienische Konsul in Paris. Maria hat die Augen halb geschlossen, ermüdet von der Reise und vom Wein. Jedes Mal, wenn sie mich anschaut, betteln ihre Augen mich an, etwas zu unternehmen. Ich mache Walter ein Zeichen, einmal, weil seine Waffe eine verdächtige Beule unter seiner Jacke bildet, und außerdem, damit er seinem Freund Alfred mitteilt, dass wir gehen wollen.

Zurück in seiner großartigen Wohnung verabschiedet sich Dr. Greven für den Abend: »Meine Dame, meine Herren, ich danke Ihnen, dass Sie mir heute Abend Gesellschaft geleistet haben. Ich schlage vor, dass Sie zu Bett gehen, Sie sind sicherlich sehr müde. Morgen werden wir genug Zeit haben, um über Ihre Reise und Ihr Vorhaben zu sprechen. Meine Haushälterin wird Ihnen Ihre Zimmer zeigen. Gute Nacht.«

Im Bett lege ich meine Pistole unters Kopfkissen. Da ich nicht schlafen kann, erzähle ich Maria alte Erinnerungen. Sie bleiben ohne Antwort. Marias Atem geht ruhig und gleichmäßig. Sie ist bereits in Morpheus' Armen. Sie sieht aus wie ein Kätzchen, schwach und hilflos. Ihr Leben, ihre Zukunft liegt in meinen Händen. Ich lasse meine Hand über ihre Scham gleiten. Ihr Körper erwacht, sie umarmt mich, sagt: »Ich liebe dich.« Ich antworte ihr: »Kocham cię.« Aus dem Kätzchen wird eine Wildkatze. Am nächsten Morgen beim Frühstück hat sie kleine Augen, aber ihr Blau ist wolkenlos. Maria wird immer strahlender.

Alfred Greven ist früh aus dem Haus gegangen. Er hat uns seine Visitenkarte hinterlassen mit einer bleistiftgeschriebenen Notiz auf Französisch: *Kommt um 14 Uhr bei mir im Büro vorbei.* Am Abend zuvor hatte Alfred Walter um Fotos von uns dreien gebeten. Walter hat sie ihm zur Verfügung gestellt, ohne über unsere Pläne oder seine Absichten zu sprechen. Er gesellt sich zu uns und isst hungrig alles, was in seiner Reichweite ist. Auch er ist guter Laune. Anscheinend ein recht ansteckendes Symptom in Paris.

»Walter, ich hätte gerne, dass du Wein kaufen gehst, keine billige Sorte, und edle Liköre, und dass du sie an Monokel schickst.«

»Aber Paul, ich spreche kein Französisch! Kann Maria mich nicht begleiten?«

»Klar, aber trödelt nicht und vermeidet den Place Vendôme.«

Walter versteht nicht warum, woraufhin Maria herzhaft lacht. Sie müssen alles auf dem Schwarzmarkt besorgen. Walter schafft das ohne Zweifel. Er würde alles finden, selbst auf dem Mond. Während Walter sich vorbereitet, flüstert Maria mir ins Ohr, wie eine Schülerin, die ein Geheimnis weiß: »Heute Morgen, als ich an Walters Zimmer vorbeigekommen bin, habe ich gesehen, dass die Tür nur angelehnt war. Sein Bett ist unbenutzt.«

Sie lacht ein kleines Kinderlachen. Ich gehe ein paar Minuten nach ihnen. Die Haushälterin grüßt mich zum Abschied ohne Feindseligkeit oder Sympathie. Sie erledigt ihre Arbeit gut. Sie macht sich vollkommen unsichtbar, sodass ich nicht in der Lage wäre, sie zu beschreiben, obgleich ich sie eben erst gesehen habe.

Heute Morgen muss ich zwei Dinge tun. Erstens einen sehr guten Freund aufsuchen, der aus dem Baskenland kommt und mir möglicherweise sagen kann, wie wir am besten die spanische Grenze passieren. Der zweite Punkt ist recht eigenartig. Ich weiß nicht, welcher Teufel mich geritten hat, das zu tun. Ich denke an dieses Treffen in der Schweiz, an den Mann, der mich um Hilfe bat. Ich hatte ihm versprochen, seinen Bruder, der als Zahnarzt bei der Wehrmacht in Paris stationiert ist, zu besuchen, wenn ich hier sein würde. Er hat mir auch einen Brief für ihn mitgegeben. Ich habe beschlossen, es heute zu tun. Ich weiß, dass er in einer Klinik arbeitet, die von der Armee beschlagnahmt worden ist. Also nehme ich ein Fahrradtaxi, das mich zur Avenue de Choisy Nr. 158 bringt. Ein großes Schild gibt an: *Wh. Zahnstation, Eastman Klinik.* An der Pforte verlange ich, Dr. Hofmayer zu sprechen. Man bittet mich, in einem Flur zusammen mit Militärs aller Ränge Platz zu nehmen. Die Patienten im Wartezimmer beachten mich nicht oder sehen mich an und tun dabei, als ob sie mich nicht ansehen. Ich verstehe sie, ich bin gekleidet wie ein Gestapo-Mann in Zivil. Das kleine Hakenkreuz, das Walter mir besorgt hat, hängt noch in meinem Knopfloch. Bald kommt ein Mann in einem weißen Mantel, der eine kleine runde Brille trägt, und bittet mich hinein: »Kommen Sie, setzen Sie sich und sagen Sie mir, wo es wehtut.«

Ich bleibe stehen und rede leise mit ihm.

»Vergessen Sie mein Hakenkreuz, ich bin nicht von der Gestapo, ich komme mit einer Nachricht von Ihrem Bruder.«

»Von welchem? Wer sind Sie?«

»Das spielt keine Rolle. Ich habe Ihren Bruder in der Schweiz getroffen und er gab mir einen Brief für Sie.«

Er nimmt den Brief und scheint die Schrift sofort zu erkennen. Er entfernt sich von mir, um den Brief in Ruhe in der Nähe des Fensters zu lesen. Dann bleibt er einige Sekunden nachdenklich stehen. Er setzt sich auf den Behandlungsstuhl. Er wirkt völlig gebrochen.

»Ich weiß nicht, was Ihnen so zusetzt, die Tatsache, dass Sie jüdisches Blut haben oder die Verhaftung Ihrer Brüder«, sage ich unverblümt, »aber wenn Sie wollen, kann ich Ihnen helfen. Ich habe Freunde, die Sie einige Zeit in Paris verstecken und Sie dann in die Schweiz bringen könnten, um sich Ihrem Bruder anzuschließen. Aber es sollte sehr schnell geschehen, da dieser Brief nicht mehr ganz aktuell ist. Sie können von einer Minute zur anderen kommen, um Sie festzunehmen.«

Er schaut mich an, und antwortet dann, seine Augen auf eine Reihe von hervorragenden zahnärztlichen Instrumenten aus Solinger Stahl gerichtet, trocken: »Möchten Sie, dass ich desertiere? Halten Sie mich für einen Verräter? Ich weiß nicht, wer Sie sind, aber ich bitte Sie, meine Praxis zu verlassen oder ich rufe die Wache.«

»Sehr gut, wie Sie wollen. Aber wenn Sie Ihre Meinung ändern, finden Sie sich morgen um 18 Uhr im Fouquet's ein. Ich werde nicht lange warten. Auf jeden Fall habe ich Sie gewarnt …«

»Raus hier!«, befiehlt er mir in herrischem Ton.

Ich lasse es mir nicht zweimal sagen. Nach dem Verlassen der Zahnklinik gehe ich zur nächstgelegenen Kneipe, um ein Glas Cognac zu trinken. Ich fühle mich nicht sehr wohl. Ich habe meine Zweifel. Musste ich das überhaupt tun? War ich vielleicht nicht überzeugend genug? Wie hätte ich an seiner Stelle reagiert? Vielleicht hätte ich niemals mit diesem Mann Kontakt aufnehmen sollen. Nach dem zweiten Glas bemerke ich, dass mich die Menschen um mich herum anstarren. Mein Knopfloch trägt noch stolz sein Hakenkreuz. Ich lege das Geld auf den Tisch, nehme das Hakenkreuz ab und werfe es vor allen Franzosen, die mich anschauen, zu Boden und zermalme es mit meinem rechten Fuß, so wie man eine Kakerlake zerquetscht. Danach verlasse ich den Ort fluchtartig. Als ich wieder an der Klinik vorbeikomme, sehe ich einen Krankenwagen und eine Menschenmenge am Eingang. Träger holen die Leiche des Zahnarztes aus dem Gebäude. Er hat wohl Selbstmord begangen, indem er sich Gift gespritzt hat. Dies erfahre ich von einem der Gaffer. Es hilft mir nicht dabei, Antworten auf meine Fragen zu finden.

Ich beschließe, die Suche nach meinem baskischen Freund auf später zu verschieben. Ich bin spät dran und Alfred erwartet mich in der Avenue des Champs-Élysées Nr. 104, dem Sitz der Continental Films. Eine französische Sekretärin bittet mich, in einem kleinen Raum zu warten. Im angrenzenden Raum telefoniert eine deutsche Sekretärin mit der Tobis Film GmbH in Berlin. Plötzlich öffnet sich die Tür des Direktors und Alfred geleitet einen seiner Besucher zur Tür, bevor er mich in sein Büro bittet.

»Ich nehme an, Sie haben meinen Besucher erkannt«, sagt er mit einem Lächeln.

»Nein, tut mir leid, ich habe nicht darauf geachtet.«

»In Deutschland haben wir ihn vor dem Krieg oft im Radio gehört. Tino Rossi, wissen Sie. Er wird wieder in einem Film für Continental spielen.«

»Schade, dass Sie nicht Peter Lorre haben, ich mochte ihn gerne als Schauspieler. Er hätte einen guten Job für Sie gemacht. Und Erich von Stroheim? Sie haben ihn zweifellos in ›Die große Illusion‹ gesehen?«, sage ich mit der Andeutung eines Lächelns.

»In der Tat, es ist eine Schande, dass sie Europa verlassen haben, aber es ist dieser politische Wahnsinn, der daran Schuld trägt. Und ich befasse mich nicht mit Politik. Ich möchte Filme machen, Qualitätsfilme, keine Propagandafilme. Ich habe die Chance bekommen, der Leiter der Continental zu werden und ob es Dr. Winkler* oder sogar Goebbels gefällt oder nicht, ich will Qualitätsfilme herstellen, französische Filme in Frankreich, diesem wunderbaren Land, das ich so liebe. Übrigens, was haben Sie an Ihrem ersten Tag in Paris getan?«

»Nichts Besonderes, ich habe nur gerade einen Zahnarzt getötet.«

»Oh! Das ist sehr gut«, sagt er scherzhaft, »Sie quälen uns immer so sehr. Das ist die gerechte Strafe dafür. Sie sollten öfter welche töten. Aber wenden wir uns ernsteren Dinge zu.«

Es sieht nach, ob die Tür fest geschlossen ist und setzt sich auf den Stuhl direkt neben mir. »Spanien ist doch Ihr Ziel, nicht wahr?«

»Eine ausgezeichnete Schlussfolgerung.«

»Ich weiß, das ist nicht sehr schwer zu erraten. Aber die Dinge sind komplizierter für Sie geworden, da wir nun aus Sicherheitsgründen die Kontrolle über die Freizone übernehmen mussten. Ich werde drei Passierscheine für Sie machen lassen, mit deren Hilfe Sie in den Süden von Frankreich reisen können, aber mehr kann ich nicht tun. Zwei Tage lang sind Sie noch meine Gäste und reisen dann übermorgen ab. Am Morgen Ihrer Abreise erhalten Sie Ihre Dokumente sowie die Zugfahrscheine.«

»Vielen Dank, Dr. Greven, aber warum tun Sie das?«

»Sie haben das Glück, Walter als Freund zu haben, und dies ist eine Gelegenheit für mich, Menschen, die mir sympathisch sind, zu helfen. Außerdem kenne ich Sie auch, ich weiß, wer Sie sind und dass einige unserer Dienste Sie suchen.«

»Ich kenne Sie auch ein wenig.«

»Wie das?«

»Sie waren in Berlin mit einem gewissen Bruno Balz* befreundet, dem ich Kokain verkauft habe. Sie sehen, wir haben nicht nur einen gemeinsamen Freund, sondern mehrere.«

Er lächelt, aber ich merke, dass ihm das nicht gefallen hat. Und doch beharre ich weiter auf diesem Thema.

»Deutschland ist verrückt geworden mit seiner Jagd auf Juden, auf Homosexuelle, auf Kommunisten, auf Freimaurer, auf Schwarze, auf Kranke, auf Zigeuner, auf Slawen, und bald auf Blinde, auf Rothaarige, auf Glatzköpfige und auf Albinos. Für die Deutschen gehören wir alle in Lager gesteckt, nicht wahr?«

»Gut«, sagt er. »Sie müssen mich nun entschuldigen, ich habe noch zu tun. Wir werden uns heute Abend sehen. Und ja, es stimmt, ich kenne Bruno tatsächlich. Er leistet derzeit sehr gute Arbeit.«

»Bis heute Abend, Alfred, aber was Bruno betrifft, habe ich mich nicht auf seine Arbeit bezogen ...«

Der Grund, warum ich ihm all dies sage, ist, ihm nicht die ganze Macht zu überlassen. Durch seine Kontakte hat er die Möglichkeit gehabt, unsere Dossiers bei der Gestapo durchzusehen. Daher kann er uns jederzeit verpfeifen. Durch meine Bemerkungen habe ich ihn wissen lassen, dass ich ihn auch in eine schwierige Situation bringen könnte, wenn ich wollen würde. Und jetzt weiß er es.

Zurück in der Wohnung finde ich Walter und Maria lachend im Wohnzimmer, sie rauchen Craven-Zigaretten vom Schwarzmarkt und trinken englischen Whisky.

»Und? Wie steht's mit den Sachen für Deutschland? Habt ihr alles Nötige gefunden?«

»Klar, Chef«, sagt Maria schelmisch und noch ganz aufgeregt von den Ereignissen des Tages. »Nicht nur, dass wir alles gefunden haben. Du wirst nie erraten, wie wir die Flaschen verschickt haben.«

»Mit Adolf Hitlers persönlichem Flugzeug?«

»Fast«, antwortet Walter. »Mit dem gleichen Fahrer, der uns nach Paris mitgenommen hat. Er kehrt heute Abend mit leerem LKW zurück. Während du da hinten am Pennen warst, hatte ich schon ein Treffen mit ihm vereinbart, für den Fall eines Falles. Und er war da. Wir haben alles in eine Holzkiste mit Wehrmachtsstempel getan. Darüber hinaus habe ich ihm gesagt, dass er in Potsdam, nachdem er die Sachen abgeliefert hat, eine große Belohnung erhält. Ich habe ein kleines Paket speziell für ihn dazu getan, mit Wein, französischen Zigaretten, Schinken und Käse.«

»Und, Paul, merkst du nichts?«, fragt Maria plötzlich.

Sie steht auf und dreht sich um sich selbst. Sie hat sich ein neues Kleid gekauft.

»Es ist von Molyneux. Gefällt es dir?«

»Ich konnte sie nicht daran hindern, Chef, sie wollte dir unbedingt eine Überraschung bereiten.«

Sie tänzelt auf mich zu und hält mir ihren Hals unter die Nase.

»Und magst du mein neues Parfüm? Es heißt ›Vol de Nuit Guerlain‹.«

»Maria, es ist Krieg, und du redest über Kleider und Parfüm!«

Ihre Augen füllen sich mit Tränen und ohne zu antworten, stürzt sie in unser Zimmer.

»Chef, sie ist doch noch ein Kind. Sie will einfach nur leben und vergessen, dass uns der Himmel jederzeit auf den Kopf fallen kann. Und ihr dann die Leviten zu lesen, wo wir gerade so schön beim Trinken und Schlemmen waren …«

»Ich weiß, Walter. Ich weiß auch nicht, was über mich gekommen ist. Ich werde mich gleich entschuldigen, aber ich habe noch eine Frage. Dieser deutsche Sänger, dieser Bruno, den Alfred gekannt hat, was hast du für Informationen über ihn?«

»Nichts Besonderes, außer dass er verhaftet worden ist. Das hat er meiner Freundin in Potsdam erzählt. Er wurde dann in ein Lager geschickt, ist aber entlassen worden, weil er Beziehungen hat. Er hat einen Freund, der Schauspieler ist, denke ich, oder ein bekannter Maler, das weiß ich nicht mehr. Warum fragst du?«

»Einfach so, Walter, einfach so.«

»Und wie war dein Tag, Chef? Hast du Alfred getroffen?«

»Nichts Besonderes. Am Vormittag habe ich einen Zahnarzt darüber informiert, dass er jüdisches Blut hat und Gefahr läuft, verhaftet zu werden, danach beging er Selbstmord. Eine Stunde später ging ich dann zu Continental. Übermorgen reisen wir ab. Aber dein Alfred, der weiß zu viel über uns, und das gefällt mir nicht.«

»Nein, er würde nie etwas sagen, du kannst ihm vollkommen vertrauen. Er wird uns schützen, soweit es ihm nur möglich ist. Er geht schon Risiken ein, indem er uns beherbergt.«

»Ich weiß, Walter, ich weiß. Ich bin nur ein wenig müde und beunruhigt durch die Geschichte heute früh. Du kommst, um jemandem zu helfen, und führst so seinen Tod herbei, das ist entmutigend, aber ... Das Dringendste ist jetzt, mich bei Maria zu entschuldigen.«

Ich öffne die Tür zu unserem Zimmer. Maria sitzt auf einer Ecke des Bettes und weint still. Ich setze mich dicht neben sie und sie stößt mich nicht zurück.

»Maria, entschuldige bitte. Ich bin gerade ein wenig müde, aber ich schwöre, ich liebe dein Parfüm, und was dein neues Kleid betrifft ...«

Sie hebt den Kopf und unterbricht mich. »Wirklich? Magst du mein Parfüm? Ich habe es doch für dich gekauft. Und was ist mit meinem Kleid? Gefällt es dir nicht?«

Ihr Gesichtsausdruck ist herrlich kindlich. Einen Augenblick lang kommt es mir vor, als sei sie erst zehn Jahre alt. Mich berührt der fast unmittelbare Übergang von Traurigkeit zu Glück und Freude zutiefst. Ich möchte sie einfach nur an mich ziehen.

»Dein Kleid gefällt mir wirklich sehr, es ist toll!«

Sie steht auf und gibt mir eine kleine Modenschau. Natürlich sehe ich weniger das Kleid an als die endlos langen Beine, die dafür sorgen, dass sich ihre Formen bei jedem Schritt äußerst einladend wiegen.

»Aber Paul! Du sollst doch mein Kleid anschauen, nicht meine Beine!«

Ich nehme sie mit meinen Armen gefangen.

»Paul, mein Kleid … du wirst es zerknittern!«

»Das hoffe ich doch!«

Nachdem wir uns ausgetobt haben, höre ich das Geräusch einer Waffe, die poliert wird. Das Geräusch des Verschlusses. Das der Feder. Walter ist wild auf die technische Perfektion.

»Glaubst du, er hat gehört, was wir gemacht haben?«, fragt mich Maria erschrocken.

»Walter, hast du was gehört?«, frage ich sehr laut.

»Was hätte ich hören sollen, Chef?«, antwortet Walter amüsiert.

Ich lächle, im Gegensatz zu Maria, die vor Scham errötet. Ich tröste sie, indem ich sie in die Arme nehme und flüstere: »Ich liebe dein Parfüm, Maria, es passt wunderbar zu dem Geruch deines Körpers.«

Später im Salon treffen wir Walter, der sich von der Haushälterin einen Tee servieren lässt.

»Chef, Alfred hat angerufen. Heute Abend lädt er uns ins Maxim's ein, um sieben Uhr. Wir sollen uns dort mit ihm treffen, weil er noch Verabredungen im Büro hat und von dort aus direkt hingeht.«

»Einverstanden, dann geht ihr beide, du und Maria. Ich habe noch etwas zu tun und werde sobald wie möglich nachkommen.«

»Gut, Chef.«

»Paul, nimm mich bitte mit«, sagt Maria.

»Okay, dann kommst du mit mir.«

Ich prüfe meine Waffe, lasse sie in den Gürtel gleiten und ziehe mir meine Lederjacke an.

»Chef, nimm meins, weil du deins verloren hast«, sagt Walter und zeigt auf sein Hakenkreuz.

»Nein danke, dort, wo ich hingehe, brauche ich es nicht. Es würde sich eher schlecht machen.«

Wir nehmen die Metro, dann ein Fahrradtaxi. Schließlich kommen wir in der Rue d'Aboukir an. Eine Vielzahl von Kneipen, Bars und Restaurants teilen sich die Straße. Alle gehören den Mafias von Südfrankreich, Marseille und Korsika. Ich erkenne das Viertel kaum wieder, das ich kurz vor dem großen Krieg so häufig besucht habe. Ich suche Gesichter, Bekannte … nichts. Leere, kein einziges bekanntes Gesicht, das die Zeit vielleicht gezeichnet haben könnte, indem sie hier ein paar Falten hinzugefügt und dort ein paar Haare weggenommen hat.

Ich beschließe daher, die Taktik zu ändern. Wenn ich auch die Gesichter nicht erkenne, so erkenne ich doch noch leicht die Männer aus dem Milieu. Verbrechermienen, verstohlene Blicke, das Gebaren … Die neuen Generationen sehen den alten zum Verwechseln ähnlich. Maria folgt mir, ohne etwas zu verstehen. Ich gehe hin und her, schaue, beobachte, betrachte, überquere die Straße, um eine Minute später wieder zurückzugehen. Maria muss mich für einen verrückt gewordenen Jagdhund halten. Endlich bemerke ich drei Männer, die eine Bar betreten. Diese Jungs sind offensichtlich keine Chorknaben. Maria und ich folgen ihnen und setzen uns an einen Tisch neben ein paar alte Männer, die Karten spielen. Ich ziehe meine Packung Craven-Zigaretten heraus und lege sie deutlich sichtbar auf den Tisch. Dann, statt zu warten, dass der Kellner kommt und unsere Bestellung aufnimmt, gehe ich zum Barbesitzer, der gerade mit den drei Typen diskutiert.

»Guten Abend«, sage ich in einem respekteinflößenden Ton, »ich hätte gerne einen Cognac und für die hübsche Dame, die mich begleitet, ein Glas Weißwein. Ich muss sagen, diese Gegend hat sich ganz schön verändert seit den Tagen, in denen Lucien aus Marseille den Ton angegeben hat. Zum Glück gibt es immer noch junge Leute wie die da, trotz Anwesenheit der Boches. Na, ihr Bürschchen, kann ich euch was zu Trinken anbieten?«

Sie starren mich an und fragen sich, was ich wohl von ihnen will. Dann blickt mich der Chef der drei, zumindest der mit dem größten Maul, an und sagt: »Lucien? Was für ein Lucien? Kenn ich nicht ... aber wenn du zu viel Knete hast, können wir dir beim Ausgeben helfen. Jean, bring uns deinen besten Champagner, es sei denn, der Herr ist zu knapp bei Kasse für diese Art von Getränk.«

Sie akzeptieren also meine Einladung und setzen sich zu uns an den Tisch. Durch die Reaktion der beiden anderen Jungs und das Gesicht, das der Barbesitzer gemacht hat, als er den Namen Lucien aus Marseille hörte, weiß ich, dass ich mich nicht geirrt habe. Diese Jungs werden mich zu meinem Ziel führen. Aber erst muss ich noch beweisen, dass ich vertrauenswürdig bin. Die Zeiten sind hart. Die Boches, die Polizei, die Profiteure aller Art und die Spitzel sind in Paris zahlreicher als die Kanalratten.

»Ich habe mich noch nicht vorgestellt, Jungs, ich heiße Paul, Paul der Pole. Und das ist meine Begleiterin Maria, Maria die Tschechin, ein nettes Persönchen, nicht? Aber Vorsicht, ich will sie für mich behalten.«

Ich hatte Maria schon vorher gesagt, sie solle den Mund halten, ganz gleich, was ich sage. Ihre Rolle soll ausschließlich dekorativer Natur sein, wie eine schöne Vase.

Das Großmaul, das dem Schauspieler Andrex gleicht wie ein Ei dem anderen, spricht zuerst: »Und was machst du hier? Wir kennen dich hier nicht im Viertel. Woher kommst du? Und was suchst du? Jedenfalls danke für den Champagner! Und wenn du willst, dass wir dir die Schönheiten von Paris und die guten Restaurants zeigen, sind wir die Richtigen, du musst uns nur einladen.«

»Weißt du, du erinnerst mich an diesen Schauspieler, Andrex. Dieses Viertel kannte ich schon, als du noch in die Windel geschissen hast. Also, was ich hier mache ... Ich bin auf der Suche nach Lucien aus Marseille oder Ali dem Marokkaner, das sind alte Schulfreunde, wenn du weißt, was ich meine.«

Die drei Jungs sehen sich an und wissen nicht, ob ich ein Agent Provocateur bin oder wirklich einer von ihnen. Einer der Jungs sagt zu Andrex: »Maurice, das könnte wahr sein, wir könnten darüber reden mit Lu...«

»Halt die Klappe, du Idiot! Trinken wir auf ... auf die Schönheit von Paris«, sagt Andrex.

»Die Schönheit von Paris, da scheiß ich drauf«, sage ich. »Mit den Boches und all den anderen Bastarden, ganz zu schweigen von der Armut ... Trinken wir auf Lucien aus Marseille.«

Maurice, alias Andrex, zögert. Die anderen blicken ihn an, ohne zu wissen, ob sie auf Lucien anstoßen sollen oder nicht. Schließlich erhebt Maurice sein Glas.

»Da Sie darauf bestehen, trinken wir auf einen gewissen Lucien, den wir nicht kennen.«

»Aber klar kennst du ihn, hör doch auf mit deinen Geschichten. Ich schlage dir vor, einen deiner Jungs zu ihm zu schicken und ihm zu sagen, dass ich ihn suche. Du riskierst nichts. Wenn er mich kennt und du dich weigerst, mich mit ihm in Kontakt zu bringen, wird er dir eine üble

Viertelstunde besorgen, das weißt du. Und wenn ich ein Agent Provocateur bin, dann sagt er das deinem Jungen, lässt Verstärkung kommen, und dann werde ich eine üble Viertelstunde erleben.«

»Maurice«, sagt der dritte, der bis dahin seinen Mund noch nicht geöffnet hatte, »was er sagt, ergibt Sinn, ich denke, wir könnten das doch tun?«

»Seit wann denkst du, Dummkopf?«, sagt Maurice in gereiztem Ton. »Jedenfalls hatte ich das von Anfang an vor und du wirst die Sache übernehmen. Geh schon.«

»Wenn er einen Beweis will«, sage ich, »bestell ihm einfach von mir: die Narbe auf der linken Wange des Captain Carrez und die Blutwürste von Louis Auvergne. Er weiß schon Bescheid.«

»Was ist das für Kauderwelsch?«, fragt Maurice.

»Erinnerungen an die Schützengräben. Du musst wissen, dass wir eine Menge krumme Dinger zusammen gedreht haben. Lucien war ein hervorragender Kundschafter und er war sehr gut im Nahkampf mit dem Messer, fast so gut wie ich …«

»Bist du immer noch hier, du?«, sagt Maurice zu seinem Mann. »Geh, sag ihm Bescheid.«

Der Junge rennt sofort los, wie ein Hase, wenn sich der Jäger nähert.

»Ich sehe, dass Ihr Glas leer ist, und das der Dame ebenfalls. Ich zahle Ihnen ein Glas, aber wenn alles, was Sie erzählt haben, Lügenmärchen sind, dann … Dann gnade Ihnen Gott.«

»Nein, er lügt nicht«, sagt nun der Barbesitzer, der sich keine Silbe unseres Gesprächs hat entgehen lassen. »Lucien hat mir tausendmal von den Schützengräben erzählt, von Captain Carrez, Louis Auvergne und vor allem von seinem Waffenbruder Paul dem Polen. Also dann … die nächste

Runde geht auf mich. Und Sie waren schon einmal bei mir, aber das ist mindestens zwanzig Jahre her. Sie waren oft weiß gekleidet, mit einem schönen Panamahut, und Sie rauchten kubanische Zigarren …«

»… in einem goldenen Etui, dass mit Smaragden verziert war, darauf ein Monogramm, das des Bruders des Zaren Nikolaus II., das ich im Tausch gegen ein wenig weißen Stoff von einem Herzog oder einem russischen Prinzen erhalten habe, das weiß ich nicht mehr. Aber ich erinnere mich weder an Ihr Etablissement noch an Sie selbst.«

»Maurice, Maurice, das ist wirklich Paul, der Freund von Lucien«, ruft er dann aus. »Aber ja, ich habe mich verändert, ich hatte einen Schnurrbart, und in meiner Ehe habe ich fast dreißig Kilo zugenommen, meine Frau kocht zu fettig, diese Hexe. Und dann mussten wir wegen der Korsen umziehen. Wir haben das Viertel zwischen uns aufgeteilt. Übrigens ist dieser Nichtsnutz von Maurice mein Sohn. Er ist nicht gerade ein Licht, aber er ist kein schlechter Kerl. Glücklicherweise hat ihn Lucien unter seine Fittiche genommen, sonst wäre er bereits in La Santé im Kittchen oder bei Doriot*.«

Dann, zu seinem Sohn gewandt, sagt er: »Pass auf, Maurice, Paul ist Spitzenliga, nicht nur so eine kleine Makrele oder ein Schwarzhändler.«

Der Barbesitzer kommt auf mich zu, ich stehe auf und umarme ihn.

»Fühlen Sie sich wie zu Hause, mein Haus ist Ihr Haus. Und du, Maurice, entschuldigst dich gefälligst bei Monsieur Paul.«

»Ich … ich wusste nicht … aber ich …«

Ich schüttele ihm die Hand.

»Kein Problem, Maurice, ihr seid noch dabei, das Geschäft zu lernen, und das braucht Zeit und Erfahrung.«

Es dauert nicht lange, bis Lucien ankommt. Er muss ganz in der Nähe wohnen. Er kommt herein, hält einen Moment lang inne, um mich zu betrachten, und dann, mit einem Lächeln im Gesicht, steht er stramm und grüßt mich militärisch. Ich erwidere die Geste, glücklich, ihn wiederzusehen. Zwanzig Jahre ist unser letztes Zusammentreffen her. Aber es kommt mir vor, als seien wir erst gestern auseinandergegangen. Er setzt sich an unseren Tisch und nickt Maria höflich zu, ohne sie wirklich zu beachten. Sie müssen alle denken, dass sie eine Edelnutte ist, und sie denkt sicher, dass es lauter Flegel sind.

»Also, das hätte ich ja nun wirklich nicht erwartet«, sagt Lucien. »Welcher Wind hat dich denn nach Paris geweht? Weißt du, alle sind derzeit sehr vorsichtig. Wir versuchen einfach nur zu überleben. Die neue Bande, die das Land regiert, ist sehr mächtig und die Fäden werden von den Boches gezogen. Als ich von Louis Auvergnes Blutwürsten hörte, wusste ich, das konntest nur du sein. Wissen Sie, Mademoiselle, während eines deutschen Angriffs hatten wir einen Graben an die Deutschen verloren, und Louis Auvergne, der immer Pakete bekam, hatte in dem Debakel ein vollständiges Paket mit Blutwürsten verloren. Und weil wir kaum zu essen hatten, schlug Paul einen Handstreich vor, um sie zurückzuerobern. Captain Carrez hatte uns streng verboten, unser Rattenloch zu verlassen. Aber wir wussten, dass er an diesem Abend zum Stab gehen musste.

Sobald es Nacht war, schlichen Paul, Louis und ich in die feindlichen Gräben. Es war so dunkel und regnete so stark, dass wir die Deutschen völlig überraschten. Wir töteten vier von ihnen mit dem Messer. Aber Louis hat dort sein Leben gelassen. Dafür haben wir die Blutwürste zurückerobert, die der Aufmerksamkeit der Boches entgangen waren. Und am Abend, in unserem Schützengraben, hat eine

frz. Soldaten des Ersten Weltkriegs

ganze Gruppe von Poilus teuflisch gut geschlemmt. Oh, là, là! Das war …«

»Lucien, ich möchte gerne mit dir unter vier Augen … Wir können uns ja ein andermal über die alten Zeiten unterhalten, einverstanden?«

»Klar«, antwortet er.

Auf eine Geste von ihm leert sich die Bar augenblicklich. Maurice, die Kartenspieler, sogar der Barbesitzer lösen sich in Luft auf. Lucien steht auf, verschließt die Tür und lässt dann den eisernen Vorhang der Bar herunter. Es bleiben nur Lucien, Maria und ich.

»Ich brauche deine Hilfe, Lucien, ich will nach Spanien gehen, ich und zwei meiner Leute. Ich fahre übermorgen.«

»Wirst du von der Polizei gesucht? Wer hat es auf dich abgesehen? Kann ich das ausbügeln?«

»Nein, das kannst du nicht. Ich habe die Gestapo auf den Fersen, und den deutschen Sicherheitsdienst auch, und Gott weiß, wen sonst noch. Ich kann hier nicht bleiben.«

»Stimmt, das ist nicht mein Ding. Aber die Zeit ist zu kurz, so schnell kann ich dir keine Papiere besorgen.«

»Vergiss die Papiere, alles, was ich brauche, ist Kontakt mit Schleusern. Das liegt doch wohl in deiner Linie, oder?«

»Bevor ich antworte, warum bleibst du nicht bei uns? Ich kann ein Versteck in Paris für dich finden und wir können zusammenarbeiten. Darüber hinaus habe ich Kontakte bei der Résistance, die wiederum in Verbindung mit London stehen. Wie wär's damit? Mit deiner Erfahrung und deiner Kaltblütigkeit wärst du eine Bereicherung für unsere Bewegung. Es stimmt zwar, dies ist nur der Anfang und wir sind nur sehr wenige, aber jeden Tag machen wir einen kleinen Schritt vorwärts. Komm zu uns!«

»Hör zu, Lucien, du weißt ja, dass ich Pole bin und Jude, mein Land ist besetzt, mein Volk vernichtet, und das Mädchen, das neben mir sitzt, ist österreichische Jüdin. Ihr Vater ist in ihren Armen gestorben, nach Misshandlungen durch die Deutschen. Ich habe furchtbare Dinge in Polen gesehen und ich habe mein Bestes getan. Jetzt möchte ich Frankreich verlassen und Maria in Sicherheit bringen.«

»So ist das also. Ich hatte sie für eine Französin gehalten, dein kleines Mädchen. Außerdem hatte ich völlig vergessen, dass du Jude bist. Aber du hast recht, in letzter Zeit sind viele Juden verhaftet worden und alle gehen nach Drancy. Von dort aus nehmen sie den Zug nach Osten … aber wohin im Osten? Niemand weiß etwas. Wir haben uns gerade über die Stalags für Juden unterhalten. Die französische Polizei verhaftet sie und das ist alles, danach ist es Angelegenheit der Deutschen. Alle kümmern sich einen Dreck um die Juden. Und wenn eine Wohnung frei wird, gibt es sofort einen neuen Mieter, der froh ist, billig eine neue Unterkunft gefunden zu haben. Du solltest dich mal bei Drouot umsehen, all die Möbel, die dort versteigert werden, stammen nicht nur vom Dachboden meiner Tante Bertha …«

Abk. für »Stammlager«, größere Kriegsgefangenenlager der Weltkriege

»Kannst du mir helfen oder nicht, Lucien? Ich habe einen Termin und bin schon spät dran.«

Er schätzt mich ab, er durchbohrt mich buchstäblich mit seinem Blick, er misst mich von unten bis oben. Ich glaube nicht, dass er mich verdächtigt, er hat einfach seit Beginn des Krieges gelernt, seine Sinne klug zu benutzen. Dann zieht er ein kleines Notizbuch aus seiner Innentasche, reißt ein Blatt heraus und schreibt mir mit Bleistift einen Namen und eine Adresse auf.

»Hier, das ist alles, was ich für dich tun kann.«

»Erinnerst du dich? Es war zwei Wochen vor dem Waffenstillstand, ich hatte diesen deutschen Offizier, der dich fast mit bloßen Händen erwürgt hätte, mit seiner eigenen

Luger getötet. Gleich darauf sagtest du zu mir, dass du mir eines Tages den Arsch retten würdest. Nun, dieser Tag ist gekommen, Lucien.«

»Du mich auch, Paul, und irgendeine Schnalle soll dich bezirzen und dir dann deine Eier abschneiden! Es ist wahr«, sagte er mit Blick auf Maria, »dieser Paul ist nicht nur wie die Pest, sondern auch ein echter Scheißkerl.«

Wir trinken noch zwei Gläser und verlassen dann Lucien, um zu Walter und Alfred zu gehen. Wir kommen eine gute Stunde zu spät, aber da das Restaurant voll ist, sind sie erst bei der Vorspeise.

»Hallo Paul. Guten Abend, Maria. Haben Sie einen schönen Spaziergang durch Paris gemacht? Sie haben gerade Cocteau verpasst. Er war in Begleitung von zwei Freunden, trank ein Glas, begrüßte mich und ging dann, um mit Albert zu sprechen. Zweifellos untersucht er seine künstlichen Paradiese, wie Baudelaire es so treffend sagt.«

»Ja, danke«, antwortet Maria auf Französisch. »Wir haben Freunde von Paul wiedergesehen. Und Sie, hatten Sie einen guten Tag? Jean Cocteau war hier, wie schade, dass wir ihn verpasst haben! Er ist ein wunderbarer Mann, ich hätte ihn gerne kennengelernt.«

»Es ist bedauerlich, dass Sie drei uns so bald verlassen müssen. Cocteau zu treffen wäre interessant für Sie gewesen, meine Liebe, und für Paul, der ihm Traumpulver hätte verkaufen können. Was meinen Tag angeht, sehen Sie, der war schrecklich. Nichts als Probleme. Wissen Sie, ich liebe die französische Kultur, aber die Unorganisiertheit der Franzosen und ihre Mentalität führen dazu, dass alles immer wieder neu verhandelt werden muss, immer fehlt noch irgendetwas, immer gibt es Verspätungen.«

»Aber gerade das macht die Größe Frankreichs aus, diese Kunst der Improvisation.«

Walter, der kein Wort Französisch spricht, wirft Maria vernichtende Blicke zu und explodiert dann.

»Also, wenn jetzt auch noch die Deutschen anfangen, untereinander Französisch zu sprechen, dann ist der Krieg für sie verloren!«

Alfred lacht. Und ich füge hinzu: »Ein erstes Mal war er bereits verloren. Und so wird es auch dieses Mal sein, es ist nur eine Frage der Zeit.« Wir sprechen nicht mehr viel. Wir sind von Nazis und Unterstützern des neuen Europa umgeben. Albert, der Oberkellner, bringt uns die Karte. Während ich esse und den Raum um mich herum beobachte, fühle ich mich mehr in Berlin als in Paris. Ich esse, so schnell ich kann, als ob dies den Abend beschleunigen würde, als ob es die Zeiger der Uhr schneller drehen lassen könnte. Ich träume von einem Ort ohne Krieg, ohne Uniformen, ohne Angst vor einer Festnahme durch die Gestapo. Einem Ort, wo es nur Maria und mich gibt, und ein gutes Hotel mit Restaurant und Blick aufs Meer. Der Rest des Abends verläuft ohne Besonderheiten. Wir diskutieren über Literatur, Sport und Gastronomie.

Sobald wir im Bett liegen, bittet mich Maria: »Weißt du, Paul, morgen wäre ich gerne nur mit dir zusammen, meinst du, dass das möglich ist? Wir könnten spazieren gehen und unsere letzten Momente in Paris genießen. Nur du und ich ausnahmsweise.«

»Vorausgesetzt wir vergessen die Soldaten, die Offiziere, die Militär-LKWs, die Menschen, die stundenlang Schlange stehen, um die rationierten Lebensmittel zu kaufen, und vor allem müssen wir vergessen, dass uns die Polizei auf den Fersen ist – ja, warum eigentlich nicht? Du hast mich auf eine Idee gebracht. Morgen nehme ich dich mit an einen Ort, wo wir ein wenig entspannen können. An einen ruhigeren Ort.«

Sie drückt sich fest an mich und schläft sofort ein. Sie scheint glücklich zu sein. Am nächsten Morgen gehe ich zum Postamt, um eine codierte Nachricht an Moyshe nach China zu senden. Dann fahren Maria und ich nach Versailles, um im Park des Schlosses spazieren zu gehen. In der Nacht hat es geschneit und der Morgen ist kalt, aber wir fühlen uns so gut miteinander, dass die Winde uns nichts anhaben können. Maria lächelt: »Schade, dass wir keine Kamera bei uns haben, wir könnten Aufnahmen machen, auf denen nichts an den Krieg erinnert. Eines Tages, wenn der Krieg vorbei ist, zeige ich dir den Park von Schönbrunn, den Tiergarten – nicht den von Berlin, sondern unseren – und so viele andere Orte, die ich so gerne mit meinem Vater besucht habe. Und du, wenn der Krieg vorbei ist, zeigst du mir dann die Orte, die du in Polen geliebt hast?«

»Es gibt kein Polen mehr für mich, Maria, aber ich habe gerne in dem Wald hinter meinem Elternhaus gespielt und im Fluss Sanna oder in den Flüssen und Seen der Umgebung gebadet. Aber zum Glück gibt es überall auf der Erde Seen und Flüsse und es ist nicht nötig, dafür nach Polen zu gehen. Bei mir zu Hause riecht die Erde nach Blut.«

»Ich möchte überall hingehen, wo du hingehst, Paul.«

Ich weiß nicht warum, aber dieses Gespräch ist mir unangenehm. Um es zu beenden, küsse ich Maria. Wir gehen noch ein wenig in dem Städtchen Versailles spazieren und setzen uns in eine Kneipe, wo wir einen Ersatzkaffee trinken, der mit Fusel verlängert ist. Die Kneipe ist in der Nähe einer Kaserne und eine Gruppe von jungen Leuten trinkt auf die Gesundheit einer der ihren, der sich gerade bei der LVF verpflichtet hat, der Legion der französischen Freiwilligen gegen den Bolschewismus. Er muss bald nach Osten abreisen, um die Bolschewiken zu verprügeln. Ich schaue ihn an. Er ist ein kleiner Franzose, nicht wirklich hartgesotten, mager, mit guten Manieren, ein Versailler, wahrscheinlich Monarchist, oder ein Kerl aus der Bourgeoisie, hypnotisiert von der Volkspartei. In meinem Herzen spüre ich eine gewisse Freude, wenn ich diesen Dummkopf betrachte, der nicht lange überleben wird. Das ist alles, was sie an die Front schicken können.

Maria hasst diesen Ort, der ihr unseren Tag verdirbt, aber ich bin zufrieden, bis der Kellner, zweifellos ein ehemaliger Arbeitsdienstler, der wahrscheinlich durch gute Beziehungen freigestellt wurde, sich auf Deutsch an uns wendet, um zu fragen, ob wir noch etwas zu uns nehmen möchten. Er hat die Stimme erhoben, damit jeder merkt, dass er diese Sprache kann. Ich antwortete kurz: »Nein danke!« auf Französisch.

Wir zahlen und fahren zurück zu Alfreds Haus. Alfred und Walter sind im Wohnzimmer zusammen mit ein paar Leuten. Zwei junge Französinnen, die zwei Offiziere der Luftwaffe begleiten, sind dabei. Die Offiziere, in Alfreds Alter, sind vermutlich Veteranen, ehemalige Kameraden von ihm, die sich wieder verpflichtet haben, um dem Reich zu dienen. Die Mädchen sind einfache Nutten, Kraniche ohne Eleganz. Eine stammt aus Meudon, die andere aus Porte de Clignancourt. Walter stellt uns vor: »Dies ist Frau Maria, Österreicherin, Stabsführerin des RAD, und das ist Paul, ein Geschäftsmann aus dem Generalgouvernement. Seien Sie unbesorgt, er ist Volksdeutscher.«

Alfred lässt sich kein bisschen dieser Szene entgehen. Er genießt sie auf das Höchste. Man kann sich vorstellen, dass er sich selbst auch gerne in gefährliche Situationen begibt. Er findet es herrlich zu sehen, wie wir lügen, improvisieren, eine Rolle spielen. Schließlich ist Alfred ein Filmmensch. Wir begeben uns zu Tisch, und Alfred, Walter, die Ausbilder der Luftwaffe und sogar Maria beginnen eine Diskussion über den Großen Krieg. Maria spricht über die Heldentaten ihres Vaters, dann konzentriert sich die Diskussion auf die Schlacht um England. Es ist die Rede von einer neuen Art Jagdbomber, die den Aktionen der Royal Air Force ein Ende machen wird. Während des Nachtischs sind wir bei der Landung der Alliierten in Nordafrika, bei den deutschen Truppen, die nach Tunesien geschickt wurden, und bei den extrem harten Kämpfen, in die die Wehrmacht derzeit in Stalingrad verwickelt ist. Ich rede nicht. Diese Art von Diskussionen langweilt mich zutiefst. Ich sitze zwischen den beiden Begleiterinnen der Offiziere an der anderen Seite des Tisches. Sie verstehen kein Wort von dem, was erzählt wird.

»Wie heißen Sie?«, frage ich die feinere der beiden.

»Sprechen Sie denn Französisch, Monsieur? Ich heiße Claudine. Und ich glaube, Sie sind Geschäftsmann, nicht wahr? Darf ich fragen, in welchem Bereich Sie Ihr Geschäft betreiben, Paul?«

»Diamanten und Edelsteine.«

»Nicole, er handelt mit Diamanten!«, sagt sie ganz aufgeregt.

Dann streift sie sinnlich die Haare beiseite, die ihren Hals bedecken und zeigt mir einen Anhänger, der mit Diamanten und Rubinen geschmückt ist. »Was halten Sie von diesem kleinen Geschenk, das ich von einem Freund erhalten habe? Ist es wertvoll?«

Ich schaue mehr auf ihr Dekolleté als auf ihren Anhänger. Ihre Brüste scheinen breit, fest und ein wenig schwer.

»Ja«, sage ich, »das ist ein schönes Stück. Der Freund, der es Ihnen geschenkt hat, hat Geschmack.«

Sie lächelt mich glücklich an und beginnt voll Appetit, ihre in Wein gekochten Birnen zu essen. Ich lasse meine Hand unter den Tisch gleiten, lege sie auf ihren Oberschenkel, schiebe ihr Kleid langsam beiseite und fasse mit der Hand in ihr Höschen. Aus Trotz, aus Lust, aus Langeweile, ich weiß es nicht. Ich streichele ihr Geschlecht. Meine Finger sind voll Appetit. Nach ein paar Minuten wird sie scharlachrot im Gesicht, stößt einen kleinen Schrei aus und verschüttet ein wenig Kompott auf den Tisch. Ich tue überrascht. Niemand hat etwas bemerkt, außer Alfred, diesem alten Fuchs, der beschließt, mir zuzutrinken: »Auf Paul, unseren Geschäftsmann, der wie kein anderer zupacken kann …«

Alle heben ihr Glas mir zu Ehren, auch Maria, dieses verliebte und naive Mädchen. Nachdem die Offiziere mit ihren Tussis gegangen sind, verbringen wir unsere letzte Nacht in Paris damit, bei einem Cognac unsere Reise durchzusprechen. Walter berichtet, dass wir Nachricht von Moyshe dem Narren haben. Er hat unsere Meldung erhalten und wir werden in Spanien erwartet.

Wir haben jetzt einen Vornamen, Juan, eine Telefonnummer und den Namen einer Import-Export-Firma, Gonzalez Internacional, in Barcelona. Am nächsten Tag begleitet uns Alfred zum Bahnhof, gibt uns unsere Tickets sowie vollkommen authentische Passierscheine. Maria und ich steigen in den Zug, um unsere Koffer unterzubringen, während Walter noch auf dem Bahnsteig bleibt, um mit Alfred zu reden. Schließlich kommen sie zu uns. Alfred drückt Maria die Hand, dann nähert er sich mir.

»Viel Glück, Paul. Passt auf euch auf, ich konnte euch nur einen kleinen Schubs geben, aber ich habe mein Bestes getan.«

»Ich weiß, Alfred, und ich bin sehr gerührt. Vielen Dank noch einmal. Sie sind ein guter Mensch.«

»Es kann ja sein, Paul, dass eines Tages ich einen kleinen Schubs brauche.«

»Und dann werde ich da sein, Alfred, machen Sie sich keine Sorgen. Und Walter auch. Aber passen Sie auf sich auf, der Krieg ist für Deutschland verloren. Hitler hatte versprochen, Stalingrad in ein paar Tagen zu nehmen, aber die Sechste Armee kämpft schon monatelang vergeblich darum, die Stadt zu erobern. Die Nachrichten von der Front sind übrigens nicht gut, wenn man glaubt, was Ihre Fliegerfreunde erzählen, die von dort kommen.«

»Ich produziere Filme, Paul, richtige französische Filme, und ich habe mir nichts vorzuwerfen, außer der Tatsache, dass ich Deutscher bin und …«

Alfred hat keine Zeit, seinen Satz zu beenden, weil der Stationsvorsteher den Zug abpfeift, und die Lokomotive beginnt zu rütteln. Ich winke mit weit ausgestreckten Armen, um mich zu verabschieden, und Maria und Walter tun das Gleiche, dann begeben wir uns in unser Abteil.

Eines Tages werde ich ihn wiedersehen, nach dem Krieg, und dann werde ich es sein, der ihm eine helfende Hand reicht.

Marseille

Einige Tage vor unserer Abreise nach Marseille landen die Alliierten in Nordafrika und Hitler ordnet die Besetzung der Freizone auf Anraten des OKW* an. Unser Zug ist daher zur Hälfte mit deutschen Soldaten und Offizieren gefüllt. Die Kontrolle unserer Papiere geht problemlos vonstatten. In Lyon drängen sich junge Mitglieder des SOL* in unseren Wagen. Sie haben gerade eine politische Kundgebung besucht und befinden sich auf der Rückfahrt nach Marseille oder Nizza, noch ganz überdreht von der Propaganda, die man ihnen intravenös verabreicht hat.

Walter schaut sie an und sagt: »Typisch Franzosen. Großes Maul, stolz, aber im Kampf nichts wert.«

»Mach mal halblang, Walter, schließlich habt ihr den Großen Krieg verloren.«

»Scheiße! Die Revolution war schuld, dass wir den Kampf beenden mussten, nicht die Froschfresser.«

Gerade in diesem Augenblick geht im Flur ein Offizier der Wehrmacht vorbei. Er ist schön, jung, schlank, sportlich, trägt eine tadellose Uniform und sieht dazu intelligent aus.

Maria sagt: »Es stimmt, was Walter sagt, schau ihn an und schau die anderen an. Es ist kein Vergleich …«

Walter triumphiert. Ich antworte ihnen: »Wisst ihr was, ihr beiden? Ihr seid zwei deutsche Juden, redet aber wie Nazis. Ihr stinkt mir mit eurem Ästhetizismus und euren zweifelhaften Vergleichen. Du vergisst, Walter, dass man dich jeden Tag in der Schule verprügelt hat. Und du, Maria, hast vergessen, was man deinem Vater angetan hat, ganz zu schweigen von deiner Verhaftung in Berlin. Ich würde ebenso auf deinen hübschen Blonden abdrücken, der eben hier vorbeigegangen ist, wie auf diese Idioten vom SOL. Ich, der kleine polnische Jude, der Ganev, bevorzuge eines von Korczaks Waisenkindern gegenüber all euren arischen SS-Offizieren mit ihren schicken Uniformen.«

Maria nimmt meine Hand und sagt: »Es tut mir leid.«

»Ich möchte schlafen, Maria, weck mich, wenn wir in Marseille ankommen.«

Dort eingetroffen, begeben wir uns nach Le Panier, in diese unergründliche Casbah mit ihren engen, verwinkelten Gassen, die ich vor mehr als zwanzig Jahren so gut kannte.

Ich habe den Eindruck, dass sich hier in Marseille nichts geändert hat, außer dass es neue Chefs gibt, es ist die neue Generation, die durch die Straßen schlendert und in den Bars hockt. Die Adresse, die ich habe, ist die einer Taverne, eines Stammlokals der Ganoven in diesem Viertel. Aber die Kneipengänger sind nicht auf das lokale Umfeld beschränkt, vielmehr kann man dort einen Querschnitt der gesamten Bevölkerung dieser Gegend finden, viele Ausländer, politische Flüchtlinge, Araber, Muskelpakete, Matrosen, Mädchen und alte Männer, die Belote spielen.

Wir setzen uns an einen Tisch und ich bestelle Drinks. Alle haben unsere Koffer bemerkt, die wir bis hierher geschleppt haben.

Ein kleiner Alter, der am Nebentisch Karten spielt, lächelt uns zu, dann wendet er sich an Walter: »Ihr seid also auf Urlaub hier? Ihr wollt wohl ein wenig frische Meeresluft atmen, nehme ich mal an«, sagt er sarkastisch.

Walter, der nichts verstanden hat, rührt sich nicht, und Maria, die wir angewiesen haben zu schweigen, schaut ihn an und lächelt. Ich nähere mich ihm und sage: »Guten Abend, Opi! Ja, die frische Luft wird uns guttun, ihr kennt doch vermutlich dieses Viertel? Ich habe es früher gekannt, aber habe es schon vor langer Zeit verlassen. Man kommt immer wieder zu seiner ersten Liebe zurück, nicht wahr? Ich suche den langen Jules, weißt du, wo er ist?«

Er schaut mich ungläubig an.

»Dieses Viertel kenn' ich wie kaum einer. Ich bin vor fast fünfzig Jahren hierhergekommen und es gibt keinen, den ich nicht kenne, aber dich, dich habe ich noch nie hier gesehen. Was willst du von diesem Jules?«

»Nichts ... ein Freund von mir, Lucien aus Paris, sagte mir, ich sollte ihn aufsuchen.«

»Er is' nich hier.«

»Und wann wird er hier aufkreuzen?«

»Keine Ahnung.«

Er tut jetzt so, als ob er mich ignoriert und wendet sich wieder seinen Karten zu. Offensichtlich ist dies ein unpassender Moment, um in Marseille zu landen. Auch die Deutschen haben beschlossen, die Luft im Süden Frankreichs zu atmen und es ist, als ob wir in ihrem Gepäck mitgekommen wären. Wir warten. Die Zeit vergeht langsam. Gäste kommen und gehen. Wir bewegen uns nicht von der Stelle. Schließlich verlassen die alten Männer die Kneipe, ohne uns auch nur einen Blick zuzuwerfen. Am Ende des Tages kommt der Besitzer zu uns und bittet uns zu gehen, da er schließen will.

»Ich möchte mit dem langen Jules sprechen.«

»Kenn ich nich', ich mach jetz' zu. Macht, dass ihr wegkommt!«

Er ist nervös. Der Kellner, ein völlig alberner Junge, steht neben ihm und lässt seinen Bizeps spielen, um uns zu beeindrucken. Dann nähert er sich den Koffern mit der Absicht, sie auf die Straße zu werfen. Walter lässt ihm keine Zeit, auch nur eines der Gepäckstücke anzufassen. Im Bruchteil einer Sekunde findet sich der Einfaltspinsel mit dem Kopf auf der Theke, während Walter ihn mit einem Armhebel festhält. Daraufhin nähere ich mich dem Kneipenbesitzer, nehme ihm vorsichtig das Tablett aus der Hand, auf dem leere Gläser gestapelt sind und lasse es fallen. Der Lärm ist ohrenbetäubend. Der Wirt verzieht keine Miene.

»Nun, ich sagte, ich wollte den langen Jules sehen. Vielleicht kann dein Kellner ihn mir holen?«

Er setzt sich an den Tisch. »Nein, er wird nicht kommen. Er hatte Probleme vor ein paar Monaten und ist untergetaucht. Und wer seid ihr überhaupt? Man kennt euch hier nicht. Niemand will mit euch reden. Los, geht, ich übernehme die Rechnung heute, aber zieht ab, es ist spät.«

»Solange ich ihn nicht treffe, bleibe ich hier und du auch. Du wirst deinen Kellner also bitten, ihn jetzt für mich zu holen, okay? Und wenn er nicht kommt, dann hast du ein echtes Problem mit uns. Verstehst du? Wir sind erschöpft und sind zu müde, um noch länger zu warten.«

Der Mann zögert, dann ruft er seinem Kellner zu, schnell loszulaufen. Da Walter ihn immer noch in der Zange hat, sage ich ihm auf Deutsch, dass er ihn loslassen soll. Der Kellner richtet sich auf und massiert seine linke Hand, die ihm offensichtlich wehtut. Dann verschwindet er rennend in der Gasse.

»Sie sind Deutsche? Aber wissen Sie, wir hier sind Freunde von Deutschland und ich kann es beweisen. Ich kenne Leute, die das bestätigen werden. Wir wollen die neue Ordnung ebenso wie Sie.«

»Aha, das ist gut«, sage ich, »und wen darf ich um diese Bestätigung bitten?«

Der Wirt zögert wieder. Ich beschließe weiterzumachen, da ich einmal in Schwung bin. »Wie auch immer, man wird sich um euch kümmern. Ihr werdet reden und wenn ihr nicht redet, ist es auch nicht schlimm, aber dann werdet ihr nie wieder reden.«

»Im Allgemeinen ist es die französische Polizei, die Ermittlungen anstellt. Entschuldigung, aber ich wusste nicht, dass Sie sich auch für unsere lokalen Angelegenheiten interessieren. Fragen Sie Monsieur Sabiani*, er wird Ihnen sagen, dass ich okay bin. Ich bin ein französischer Patriot. Aber wir müssen zusammenarbeiten.«

»Simon Sabiani?«

»Ja, genau!«

»Und Jules ist auch Patriot?«

»Nein, nein. Er ist nur einer unserer Gäste, er hat ein paar Mädchen hier im Viertel, die für ihn arbeiten.«

»Und für wen arbeitet er?«

»Werden Sie ihn festnehmen? Wissen Sie, er ist kein Schwätzer, und er versteckt sich, weil er Spielschulden hat. Er hat doch nicht mit einem Ihrer Landsleute gespielt, hoffe ich? Jedenfalls können Sie ihn ruhig festnehmen, das wird kein großer Verlust sein hier im alten Hafen.«

»Du hast mir noch nicht geantwortet, für wen arbeitet er?«

»Offensichtlich nicht für Carbone*, auch nicht für Spirito*, seine Ware hat nicht genügend Qualität. Aber auch nicht für die Araber, das ist alles, was ich weiß. Für wen er genau arbeitet, das weiß ich nicht, das müssen Sie ihn schon selbst fragen.«

»Aber du hast doch eine Idee!«

»Antoine* oder Mémé* vielleicht, aber – ich habe nichts gesagt.«

In diesem Moment kommt der Kellner zurück, fünf Schwergewichte und einen langen blassen Kerl mit ausgemergeltem Gesicht im Schlepptau, dessen Augen vor Zorn blitzen. Ich sage zu ihm: »Bist du der lange Jules?«

»Vielleicht … Und Sie, wer sind Sie? Und was wollen Sie von mir?«

»Also, zunächst einmal sagst du deinen kleinen Schlägern, dass sie sich draußen die Zeit vertreiben sollen, der Kellner und sein Chef ebenso. Wir unterhalten uns ein wenig und dann kannst du weitermachen mit der Besichtigung deiner Stuten. Dann kann der Wirt endlich den Vorhang runterlassen und deine großen Jungs können weiter ihre geschlechtskranken Huren ficken.«

»Wie heißt du?«

»Paul der Pole.«

»Kenn ich nich.«

»Also, du tust, was ich sage, oder ich hole mein Schießeisen raus und wir veranstalten den 14. Juli kurz vor Weihnachten!«

»Schon gut, du siehst mir recht zivilisiert aus, lass uns vom Geschäft reden.«

Der Wirt, der uns noch vor zwei Minuten für deutsche Agenten gehalten hat, ist inzwischen anderer Meinung. Weder die französischen noch die deutschen Polizisten würden sich so unterhalten, wie wir es eben getan haben. Sobald die Kneipe leer ist, bewacht Walter die Tür, mit Maria an seiner Seite.

»Lucien hat mir gesagt, ich sollte vorbeischauen, um dich zu besuchen. Lucien aus Paris.«

»Ich kenn ihn gut, aber woher kennst du ihn?«

»Sieh mal, du bist noch ein wenig jung … Lucien und ich, wir kennen uns schon seit über zwanzig Jahren, wir waren zusammen im Krieg und haben zusammen Geschäfte gemacht. Ich kannte Marseille schon, da bist du noch mit der Trommel um den Tannenbaum gelaufen. Kurz, ich muss mit deinen Chefs sprechen.«

»Du sagst, du kennst Marseille? Dann warte noch ein bisschen und wir werden sehen, ob das stimmt. Mein Chef ist wütend auf dich, die Männer, die ich bei mir habe, sind seine Männer und er selbst wird nicht mehr lange auf sich warten lassen. Ein Fremder kommt einfach so daher und setzt uns unter Druck – so was passt uns nicht in den Kram.«

In diesem Augenblick kommt ein Mann an, umgeben von fünf Handlangern. Walter und ich haben die Waffen gezogen. Wir schauen uns eine Sekunde lang an, dann ruft der Neuankömmling aus: »Paul der Pole!«

»Guten Abend, Barthélemy*.«

Er schließt mich in die Arme: »Erinnerst du dich an die Party, die wir in der Bar des Colonies organisiert haben, an dem Abend, als ich das Geschäft übernahm? Du hattest dich gerade mit Antoine und Lucien unterhalten.«

»Das war 1928 … Wie die Zeit vergeht! Aber ich glaube, du hast es weit gebracht seit damals. Ich habe deine Karriere aus der Ferne verfolgt, du bist mein Junge. Aber was für ein Schelm er ist, unser Lucien! Er hätte mir schließlich sagen können, dass Jules für dich arbeitet. Du kennst ja die Probleme, die ich mit Carbone und Spirito hatte. Ich hätte nicht einfach so kommen können, um direkt mit dir zu sprechen, nicht einmal in deinem eigenen Territorium.

Ich denke, Spirito ist mir immer noch böse und würde mir seine Leute auf die Fersen hetzen. Und Lucien hat das geahnt.«

»Na, lassen wir das, ich werde dich an einen sichereren Ort bringen. Wir müssen vorsichtig sein, hier wimmelt es nur so von Deutschen. Außerdem haben sich Carbone und Spirito mit den Teutonen eingelassen. Komm, verschwenden wir keine Zeit.«

Wir verlassen Le Panier, überqueren die Pont de la Fausse Monnaie und betreten eine Villa nicht weit vom Club des Dauphins. Sie sieht unbewohnt aus, alle Möbel sind mit weißen Laken bedeckt.

»Heute Nacht werdet ihr hier schlafen, danach sehen wir weiter. Ihr könnt euch die Zimmer aussuchen, die ihr wollt, die Besitzer sind vorübergehend abwesend, eine Reise nach Algerien. Jules bringt euch etwas zu essen, und du, Paul, kommst mit mir und erzählst mir, was ihr von mir wollt.«

Wir machen es uns im Wohnzimmer gemütlich, während Maria die Zimmer erforscht. Walter, der immer auf der Hut ist, setzt sich mit den beiden Männern von Barthélemy in den Raum nebenan.

»Erinnerst du dich an Jacquot und an den Griechen vom Hafen?«, fragt er.

»Ja, ich erinnere mich, das waren noch goldene Zeiten. Du weißt ja, dass wir nie zusammen Geschäfte gemacht haben, weil du dich auf das Gewerbe mit den Mädchen und auf die Kontrolle über einige Geschäftszweige konzentriert hast, während ich richtig im Geschäft war mit Carbone und Spirito. Ich bin diesen beiden, besonders Spirito gegenüber, immer misstrauisch gewesen. Und ich tat gut daran. Anfangs war alles einfach. Ich war derjenige, der sie auf die Idee brachte, das Morphium zuerst in Frankreich zu veredeln. Außerdem besorgte ich ihnen erste Kontakte in

Amerika unter Umgehung der Italiener. Und ich beschaffte Ware für sie, die sie in Deutschland und Polen verkaufen konnten.

Dann begann ich mit Kokain zu handeln, das über Marseille aus Südamerika nach Europa kam. Ich denke, du kennst diese Geschichte mit den Päckchen. Ich habe den Typen wirklich vertraut. Aber eines Tages schalteten sie einen meiner Kuriere aus, der das Zeug aus Kolumbien brachte und verkauften es selber in Paris. Zu dieser Zeit war ich bereits wieder in China und musste dafür sofort zurückkehren, um die Dinge wieder richtigzustellen. Als ich nach Paris kam, versuchten direkt zwei von Spiritos Männern mich umzulegen. Da fällt mir ein: Haben die nicht auch versucht, dich und deinen Bruder Antoine kaltzumachen? Dahinter steckte auch Spirito ...Wo war ich stehen geblieben? Ab diesem Zeitpunkt herrschte Krieg zwischen unseren Organisationen. Ich schickte einige meiner Männer zu seiner Niederlassung nach Saigon mit dem Ergebnis, dass drei seiner Jungs in Indochina für immer aus dem Verkehr gezogen waren. Sie hinterließen uns eine beachtliche Menge Grundstoff für Morphium. Es war versandfertig verpackt und von der Menge zehnmal so viel wie das, was sie von mir gestohlen hatten. Ein Teil davon wurde nach China geschafft. Der Rest wurde in San Francisco zu Heroin verarbeitet.«

»Einen Teil der Geschichte kannte ich schon. Was den Rest betrifft, ist mir durch deine Erzählung ein Licht aufgegangen. Jetzt weiß ich, warum sie so wütend auf dich waren. Und er hat danach keine Männer bezahlt, um dich zu beseitigen?«

»Doch, natürlich, aber die Jungs aus Shanghai, die das erledigen sollten, starben plötzlich, und der Chef der Mafia in Polen, der diesen Auftrag ausführen sollte, telegrafierte mir, um mich zu fragen, was er tun sollte. Er hatte keine

Lust, einen Krieg mit uns anzufangen. So ließ er die Sache auf sich beruhen. Jedenfalls habe ich mich schließlich mit Carbone getroffen und wir haben uns geeinigt: Er würde kein Kokain mehr anrühren und ich kein Heroin.«

»Die Zeiten ändern sich, Paul, und sie arbeiten jetzt mit den Deutschen zusammen. Bei uns laufen die Dinge noch so einigermaßen, aber man muss sich entscheiden, entweder Pétain und die Kollaboration oder eben London. Ich habe mich für London entschieden.«

Jules kommt herein mit einem riesigen Laib Brot, Wurst, Käse und Weinflaschen. Er legt alles auf den Tisch, und Maria, die Kaffee in der Küche gefunden hat, setzt Wasser auf, um uns welchen zu kochen. Jules ist sehr nervös.

»Meine Männer sind dem Kneipenwirt gefolgt«, sagt er. »Er ist direkt zu Sabianis Haus gegangen, um mit ihm zu sprechen. Nach einer Weile kam ein Auto voller Deutscher. Wenn du nicht schon von der deutschen Polizei gesucht werden würdest, wären sie spätestens jetzt hinter dir her.«

»Alle Polizisten des Reichs sind hinter mir her.«

»Jedenfalls sind sie danach zu einem Fest gefahren, das Carbone und Spirito geben. Ich könnte mir vorstellen, dass diese beiden Kumpel froh wären, dich wiederzusehen.«

»Na, dann lasst uns nicht viele Worte machen und zum Kern der Sache kommen. Ich habe keine Eile, sie zu treffen, ich möchte nach Spanien. Kannst du das organisieren?«

Er lächelt kurz, bevor er mit seinem korsischen Humor sagt: »Ich bin nicht der Gottvater, aber ich habe Kontakte zu seinen Engeln und morgen werde ich dir eine göttliche Antwort geben.« Er steht auf. »Ich muss gehen. Morgen hole ich dich ab. Ich lass dir den langen Jules und zwei meiner besten Männer hier für deine Sicherheit.«

»Dank dir, Barthélemy, und grüße deinen Bruder von mir.«

»Tu ich. Sag mal, ist dir klar, dass du Gefahr läufst, von der Guardia Civil in Spanien verhaftet zu werden und in einem Lager zu landen?«

»Keine Sorge, das werde ich schon regeln.«

»Ja, stimmt, eine Sekunde lang habe ich vergessen, dass du Paul der Pole bist. Und dein Begleiter und das Mädchen, sind das polnische Juden wie du?«

»Nein, er ist deutscher Jude und sie ist österreichische Jüdin.«

»Dein Leibwächter sieht aus wie ein Boxer. Ich wünschte, ich hätte mehr Leute dieses Kalibers, wir werden sie in den kommenden Monaten brauchen.«

Wir umarmen uns zum Abschied und Barthélemy verschwindet zusammen mit den Männern, die im Garten der Villa auf ihn gewartet haben. Der lange Jules, immer noch genauso blass, sieht uns dumm an, steht mitten im Wohnzimmer und weiß nicht, was er tun soll.

»Setzen Sie sich«, sagt Maria zu Jules. »Ich schneide gleich das Brot, die Wurst und den Käse. Möchten Sie auch einen Kaffee? Wissen Sie, ich liebe Ihren südfranzösischen Akzent, aber manchmal habe ich Schwierigkeiten, Sie zu verstehen.«

Jules dreht sich zu mir um. Er wartet eher auf einen Auftrag von mir, als auf die Einladung einer Frau einzugehen.

»Aber ja, Jules, kommen Sie, setzen Sie sich und sagen Sie Ihren Männern, dass sie mitessen sollen. Nicht nötig, vor der Tür auf der Lauer zu liegen, man hört ja doch jeden, der kommt.«

Jules brüllt seinen Männern etwas zu, die auch sofort auftauchen und sich an den Tisch setzen. Walter kommt ebenfalls und schaut sie mit unverhohlenem Misstrauen an.

»Was fehlt dir, Walter? Hast du keinen Hunger?«

»Nein, das ist es nicht«, sagt er auf Deutsch, »Es ist nur, dass ich diesen dreckigen Franzosenbengeln gegenübersitze, richtiges Ungeziefer. Nein, schau sie dir doch mal an, sie benehmen sich wie Muskelprotze, aber kämpfen können sie nicht. Die sind nur dafür da, um die Damen beim Sonntagsball zu beeindrucken.«

Maria lacht und sagt zu Walter: »Kann sein, aber der Bengel mir gegenüber ist doch ganz hübsch. Und außerdem, Walter, warst auch du früher mal ein Bengel und jetzt bist du ein mürrischer alter Mann geworden.«

Wir fangen an zu essen. Die Stille wird nur durch Kaugeräusche unterbrochen. Nach ein paar Minuten beschließt Jules, das Gespräch anzufangen: »Entschuldigen Sie, Monsieur Paul, aber die Sprache, die Sie vorhin mit Ihrem Leibwächter gesprochen haben, war das Jüdisch oder Deutsch?«

»Das war Deutsch.«

Maria übersetzt Walter lachend, was Jules gesagt hat. Walter isst weiterhin genüsslich seine Wurst und den Käse, ohne sichtbare Reaktion, dann sagt er zu Maria, er würde den Männern des langen Jules gerne die jüdischen und deutschen Kampftechniken mit bloßen Händen zeigen. Maria übersetzt seinen Vorschlag auf Französisch.

Jules antwortet: »Ja, wenn Sie möchten, morgen früh. Im Garten hinter dem Haus können Sie Ihr Talent zeigen, aber ich glaube, Sie haben keine Chance. Schon gar nicht gegen Armand.« Armand ist der kleine Engelskopf, der Maria gefällt.

Armand und Alain, der zweite seiner Männer, sehen einander an und Alain sagt zu Maria: »Der Leibwächter hat überhaupt keine Chance, er ist zu alt und hatte sicher nicht eine so gute Ausbildung wie wir. Aber gut, wenn er sich wirklich lächerlich machen will, versprechen wir, ihm nicht allzu sehr zuzusetzen. Aber nur, weil wir uns nicht gerne anschreien lassen von Jules und schon gar nicht von Mémé.«

Jules ist jetzt im Schwung und ist sich seines Sieges sicher. »Wir könnten wetten, Monsieur Paul? Sagen wir tausend Francs auf diesen Kampf? Aber ich rate Ihnen davon ab. Armand war Boxer und Profi-Ringer, er hat alle seine Kämpfe in einer unserer Höhlen gewonnen.«

Ich betrachte Walter einen Augenblick, dann sage ich: »Richte sie bitte nicht allzu übel zu morgen. Das ist ein Befehl.«

Walter setzt seine Mahlzeit fort, ohne den Blick vom Teller zu heben. Er wiederholt nur immer wieder kaum hörbar: »Arschloch!«

»Gut«, sage ich. »Entschuldigen Sie uns bitte, Jules, meine Begleiterin und ich gehen schlafen, wir sind viel gelaufen heute. Bis morgen.«

Der lange Jules, der kein Mann von großen Reden ist, wünscht uns zaghaft eine gute Nacht. Eigentlich versteht er nicht, warum er bei uns bleiben soll. Er hinterfragt niemals die Aufträge von Mémé, aber Wache zu schieben, um Ausländer zu beschützen, ausländische Juden – das muss er als Bestrafung empfinden. Jules' Männer bleiben im Erdgeschoss. Walter, mein professioneller und gewissenhafter Leibwächter, schiebt eine Couch vor die Treppe, um sie zu verbarrikadieren und so zu verhindern, dass die beiden ins Obergeschoss gelangen. Er macht es sich darauf bequem, um seine Waffe zu reinigen.

Jules und seine zwei Männer beobachten die Geschicklichkeit, mit der Walter seine Waffe reinigt. Das gibt ihnen einen kleinen Dämpfer. Er kann seine Pistole mit geschlossenen Augen völlig auseinandernehmen und wieder zusammenbauen. Alain bemüht sich vergeblich, es ihm nachzumachen. Jules und Armand müssen ihm zu Hilfe kommen.

Dann zieht Walter einen Dolch heraus und schleift ihn akribisch. Die drei Kerle von Mémé lassen sich keine Bewegung entgehen, sie würden die Messerklinge gerne sehen und versuchen, sich durch Zeichen mit Walter zu verständigen. Walter sieht sie an, zeigt auf einen kleinen Engel auf der Spitze eines geschnitzten Eichenholz-Kleiderschranks, wirft blitzschnell den Dolch und enthauptet den Engel. Die drei Männer blicken einander an, etwas beunruhigt.

Einer der drei flüstert: »Er hat bestimmt in einem Zirkus gearbeitet. Ich habe mal einen gesehen, der seine Messer rund um ein Mädchen geworfen hat, ohne sie damit zu treffen.«

»Ach was, das ist nur Bluff. Morgen wird Armand ihm eine gute Lektion erteilen. Eine Dresche, an die er sich noch lange erinnern wird, nicht wahr, Armand?«

Armand scheint nachzudenken. Im Obergeschoss, von wo aus ich die Szene beobachte, fühle ich, wie eine Hand mich packt und nach hinten zieht. Maria will mich für sich.

»Sieh mal, Paul, unser Zimmer hat eine Terrasse. Es ist nicht sehr kalt, gehen wir einen Moment nach draußen, ja?«

Ich hole mein Zigarettenetui aus der Tasche und biete mechanisch auch Maria eine an, obwohl sie selten raucht. Sie nimmt eine.

Sie steht in der Mitte der Terrasse, das Gesicht dem Meer zugewendet, und im Dunkeln sehe ich ihre Umrisse. Ich nähere mich ihr und küsse sie auf den Hals, dann legt sich meine linke Hand auf ihre Hüfte.

»Denkst du, Liebling, dass dieser verdammte Krieg eines Tages enden wird?«

»Ja, eines Tages wird er enden, da bin ich mir sicher.«

Heute Abend habe ich keine große Lust zum Reden. Sobald ich meine Zigarette fertig geraucht habe, ziehe ich Maria zum Bett. Sie lässt sich ohne jeden Widerstand mitziehen und wir lieben uns. Danach bleiben wir noch lange liegen und hören, aneinandergekuschelt, der Brandung des Meeres zu. Walter weckt uns um fünf Uhr früh, weil er einen Lastwagen gehört hat. Er hält nicht bei uns. Das Motorengeräusch entfernt sich wieder. Wir legen uns nicht wieder hin und Maria macht sich daran, Kaffee und Frühstück vorzubereiten. Jules kommt, nachdem wir gegessen haben. Er ist immer noch so blass und ich frage mich, ob dieser Mann jemals lächelt.

»Unser Chef hat gesagt, er würde heute Morgen gegen zehn Uhr kommen«, verkündet Jules. »Wir haben also Zeit, unseren kleinen Kampf auszutragen. Armand gegen Ihren Leibwächter. Und ich schlage vor zu wetten, sagen wir um ...«

Ich lasse ihn nicht ausreden. »Ich weigere mich, auch nur irgendeinen Einsatz zu machen.«

»Aha! Sie geben also zu, dass Ihr Leibwächter ohne Messer oder Pistole nichts gegen einen der unseren ausrichten kann.«

Seine Männer lachen, sie finden sehr klug, was ihr Anführer gerade gesagt hat.

»Keinesfalls, ich glaube, ihr habt keine Chance. Aber ich schlage euch Folgendes vor: Wenn ihr gewinnt, gebe ich euch hundert Louis d'or, und wenn ihr verliert, stifte ich die Verbände. Maria, siehst du bitte mal nach, ob es irgendwo im Haus Verbandsmaterial gibt?«

Walter hört nicht zu. Für ihn ist das Frühstück, übrigens ebenso wie alle anderen Mahlzeiten, eine heilige Handlung. Außerdem versteht er kein Wort Französisch. Eine halbe Stunde später sind wir alle im Garten. Walter und Armand stehen sich in dem kleinen Musikpavillon gegenüber.

Maria ist sehr nervös. Sie sagt auf Deutsch: »Paul, sieh doch nur, Armand ist so ein Muskelkoloss, er ist zwanzig Jahre jünger als Walter. Armer Walter, pass auf dich auf!«

»Sei still, Maria!«, antwortet Walter. »Du verstehst nichts davon, ich werde ihm einfach eine kleine Tracht Prügel verabreichen.«

Jules durchsucht Walter und ich Armand. In diesem Augenblick kommt Mémé mit drei Männern an. »Armand gegen den Mann von Paul. Ich wette auf Walter«, sagt Mémé.

Ich gebe das Signal und Armand geht in Positur. Walter bleibt aufrecht stehen, teilnahmslos, die Beine leicht auseinander. Armand greift an. Er platziert mit voller Kraft einen Schlag gegen Walters Bauch, der sich nicht bewegt. Armand ist wie erstarrt. Es muss ihm so vorkommen, als hätte er auf einen Felsen geschlagen. Er hat keine Zeit zu einem neuen Versuch, weil Walter ihm mit einem Aufwärtshaken antwortet und das mit solcher Kraft, dass er ihn gegen einen Pfeiler des hölzernen Pavillons schleudert, der dem Aufprall nicht standhalten kann. Der Musikpavillon fällt in sich zusammen wie ein Kartenhaus, direkt auf die beiden Männer. Nur Walter bleibt stehen. Ihm fehlt überhaupt nichts. Jules und die Männer von Mémé kümmern sich um Armand. Er ist k. o. Ende des Kampfes. Maria läuft auf Walter zu, um ihn zu fragen, ob ihm nichts fehlt.

»Doch, sieh mal, das Holz vom Pavillon hat meinen Hemdärmel zerrissen. Schlechte französische Konstruktion.«

Barthélemy spricht mich an: »Du weißt deine Leute auszuwählen, Pavel. Dein Mann hat in einer Sekunde einen starken regionalen Boxchampion k. o. geschlagen.«

»Boxchampion, ja, aber dein Armand hat Schmeling nicht mehrmals während der Ausbildung besiegt. Mein Walter schon. Er ist ein echter Profi.«

Jules und Alain stützen Armand, der einen Zahn verloren hat und aus der Lippe blutet. Walter, fair wie immer, nähert sich, um ihnen zu helfen, aber Armand schreit ihn an: »Ich werde dich noch um die Ecke bringen, dreckiger Boche, das wirst du sehen! Bald wirst du nicht mehr lachen …«

Sie bringen ihn in die Küche. Maria will ihm eine Kompresse auflegen, da schreit er wieder: »Du Drecksweib, du kommst nicht in meine Nähe, mach, dass du wegkommst, du Nutte!«

Maria besteht nicht weiter darauf. Barthélemy fährt fort: »Was deine Anfrage betrifft, ich habe ein Gebet zu Gott geschickt und meine Bitten wurden erhört, wir werden gemeinsam beten.«

»Hör auf mit dem Quatsch und komm zur Sache.«

»In einer Stunde fahren wir ab und ich lasse euch in Gottes Hand, der euch zum Paradies bringt. Oder in die Hölle, wenn ihr Pech habt.«

»Die Hölle, da komme ich gerade her und ich habe keine Eile, dorthin zurückzukehren. Das Paradies interessiert mich ebenso wenig, denn ich bin sicher, dich dort nicht vorzufinden. Hast du noch etwas anderes zur Auswahl?«

Barthélemy lächelt und wünscht uns Glück. Er verlässt das Haus mit all seinen Männern. Wir sollen auf die Ankunft eines Mannes namens Jean-Charles warten. Eine Stunde vergeht, noch eine, und kein Jean-Charles in Sicht. Während wir mit Maria in der Küche Kaffee trinken, kommt Walter und sagt: »Es ist sonderbar, Chef, seit fast einer Stunde gibt es keinen Verkehr mehr auf der Corniche.« Küstenstraße, aus dem Frz.

Ich steige die Treppe hinauf zum Dachboden und da verstehe ich die Situation. Die Deutschen sind benachrichtigt worden und werden in ein paar Minuten in das Haus eindringen. Offensichtlich warten sie noch auf Verstärkung oder auf einen Offizier des SD vor Beginn der Operation.

»Das ist dein Barthélemy, der hat uns verpfiffen«, sagt Walter, während er die Ladungen seiner Pistole zählt.

»Ich weiß nicht. Jedenfalls werden wir nicht allein den Kampf gegen die deutsche Armee aufnehmen, wir müssen ein Versteck finden.«

»Der Keller?«, meint Maria. »Oder der Dachboden, die Dächer?«

»Es gibt sehr dichtes Gebüsch beim Eingangstor.«

Wir rennen dorthin, um uns zu verstecken. Dornen zerkratzen uns alle drei bis aufs Blut.

»Aber wenn sie mit Hunden kommen?«, fragt Maria ängstlich.

»Der Himmel möge geben, dass sie erkältet sind!«

Fünf Minuten später beginnt der Angriff auf das Haus. Da wir uns unmittelbar vor dem Eingangsbereich verstecken, sehen wir die SD-Leute in Zivil, Soldaten der SS und die Männer der Feldgendarmerie. Keine Franzosen bei diesem Unternehmen. Wir fallen in das Ressort der Besatzer. Ohne weitere Umstände schlagen sie das Tor ein und umstellen das Haus, dann brechen sie die Haustür auf und dringen eilig ins Innere ein. Maria drückt sich an mich. Wir bleiben in unserem Busch, ohne uns zu bewegen, etwa zwanzig Minuten lang. Sie durchsuchen das Haus von oben bis unten. Man hört ein paar Maschinengewehrsalven. Sie schießen auf eine Zwischenwand oder auf den Boden, um sicherzugehen, dass es keine geheimen Verstecke gibt. Dann kommt ein Offizier wütend aus dem Haus und schreit einen Adjutanten an: »Offensichtlich sind sie uns doch noch entkommen!«

In diesem Moment sehen wir Armand, begleitet von einem Übersetzer der Gestapo. »Ich schwöre Ihnen, meine Herren. Vor zwei Stunden waren sie noch da. Wahrscheinlich ist dieser Kerl, der sie abholen sollte, gekommen, aber ich kenne ihn nicht und ich habe keine weiteren Informationen. Aber ich weiß, dass sie nach Spanien wollen. Sie sind gefährlich!«

Der Offizier befiehlt ihm, in einen überdachten LKW einzusteigen und lässt ihn wissen, dass sie das Gespräch in ihren Räumlichkeiten fortsetzen werden. Wir wissen, was das bedeutet. Nach einer Weile verlassen sie das Haus und der Verkehr auf der Corniche normalisiert sich wieder.

»Ich hätte ein bisschen härter zuschlagen sollten«, sagt Walter. »Ich habe ja gleich gesagt, dass er ein Arschloch ist.«

Wir kriechen wieder aus dem Busch hervor, nachdem wir noch eine ganze Weile gewartet haben. Maria ist ganz zerkratzt und ihre Bluse überall zerrissen. Sie haben unser Gepäck mitgenommen und so wickelt sie sich eine Art Schal aus einem Vorhang im Haus. Alle drei sehen wir aus wie Landstreicher. Während wir über die weiteren Pläne diskutieren, hören wir das Tor quietschen. Walter kippt einen Tisch um, zieht Maria in Deckung und richtet seine Waffe auf die Vordertür, während ich durch den Dienstboteneingang hinaus und um das Haus herum gehe. Ein Mann in den Fünfzigern, mit gebeugtem Rücken, einer Baskenmütze auf dem Kopf und in einer schwarzen Matrosenjacke ist gerade ins Haus eingetreten. Er bleibt wie angewurzelt stehen, als er den kalten Stahl vom Lauf meiner Pistole auf seiner Schläfe spürt.

»Suchen Sie etwas Besonderes?«

»Gott sei gelobt! Ich dachte, man hätte Sie an Ort und Stelle getötet. Ich war gerade in der Straße angekommen, als ich sah, dass die Deutschen die Umgebung abgesperrt haben. Ich habe mich versteckt und konnte die Szene lediglich beobachten. Ich hörte die Schüsse, dann kamen sie mit Koffern heraus, aber weder mit Leichen noch mit Gefangenen. Ich weiß, dass Sie Juden sind und man hat mich gebeten, mich um Sie zu kümmern. Aber verzeihen Sie, dass ich mich noch nicht vorgestellt habe, ich bin Jean-

Charles. Könnten Sie bitte so gut sein und die Waffe runternehmen?«

Er zittert wie Espenlaub und ich stecke meine Waffe weg. Maria und Walter kommen zu uns.

»Vielleicht ist er ein Provokateur, den die Deutschen geschickt haben?«, sagt Maria.

»Nein, Maria, wir können ihm vertrauen.« Dann, an Jean-Charles gewandt, sage ich: »Trotzdem möchte ich, dass Sie Barthélemy eine Nachricht von mir übermitteln. Ich möchte, dass Sie ihm sagen, wer uns verpfiffen hat.«

»Das wissen Sie?«

»Ja. Sagen Sie ihm, es ist Armand, aus der Bande vom langen Jules. Er wird schon wissen, wer gemeint ist.«

»Sehr gut, ich werde es ihm weiterleiten. Aber jetzt kommt, wir müssen los, diese Gegend wird sehr gefährlich. Sie sind dabei, die Grenze zu schließen und es gibt überall Kontrollen, auf den Straßen und in den Städten, vor allem in Marseille. Wir können nicht länger hier herumtrödeln.«

Wenige Minuten danach sind wir schon unterwegs. Ich werde nie erfahren, ob Armand getötet wurde oder nicht. Schließlich spielt das auch keine Rolle mehr. Das Wichtigste ist, dass wir immer noch am Leben sind. Und Spanien ist nicht mehr weit.

Der Weg in die Freiheit

Wir brauchen drei Tage, um die Pyrenäen zu erreichen. Drei Tage, in denen wir regelmäßig das Transportmittel wechseln: verschiedene Lastwagen oder Autos, manchmal gehen wir zu Fuß, und bei einer Gelegenheit legen wir eine Strecke im Zug zurück. Eines Abends, als wir gerade zu Fuß unterwegs sind und versuchen, ein Dorf vor Einbruch der Dunkelheit zu erreichen, muss sich Maria plötzlich übergeben.

»Ist was, Maria?«

»Ich weiß es nicht«, sagt sie, ohne mich anzusehen.

Wir gehen bis zu dem Bauernhaus, wo wir bleiben sollen, und nach dem Abendessen, das der Bauer für uns vorbereitet hat, gehe ich hinaus in den Hof, um eine Zigarette zu rauchen. Der Himmel ist klar, aber die Kälte ist trocken und kalt. Maria kommt zu mir.

»Paul, ich muss zu einem Arzt, dies ist nicht das erste Mal, dass ich mich übergebe, seitdem wir Marseille verlassen haben.«

Ich bin schließlich auch nicht von gestern. Wenn Maria wirklich nicht weiß, was sie hat – ich bin mir da ziemlich sicher.

»Wie lange bist du schon überfällig?«

»Seit Polen, eigentlich schon zwei Wochen, bevor wir Polen verlassen haben. Aber denkst du etwa …?«

Ich bin erleichtert, dass dies nicht bei ihrer Vergewaltigung in Berlin geschehen ist und fühle mich von einem seltsamen Gefühl überwältigt. Eine Vaterschaft war bisher für mich immer ein abstrakter Gedanke. Ich konnte mir niemals vorstellen, selbst Familienvater zu sein. Die einzigen ernsthaften Begegnungen, die ich mir bisher vorstellen konnte, gingen eher in Richtung einer 9 mm Kugel, einem Gefängnis oder einem Strick … oder so was in der Art.

Die Tatsache, mir vorzustellen, dass ich Leben gebe, anstatt es zu nehmen, macht mich glücklich. Allerdings nehme ich mich sehr schnell wieder zusammen. Maria ist jung, schön und intelligent und abgesehen von der Tatsache, dass ich zu alt für sie bin, bin ich ein Verbrecher.

Ein Fleck auf dem unbeschriebenen Blatt von Marias Zukunft. Sie besitzt Bildung, ist gut erzogen. Die einzige Bildung, die ich genossen habe, ist die der Krochmalna-Straße, der Bordelle von Warschau, der Spelunken von Hamburg, die der Schützengräben und des Drogenhandels und der Schattenseiten von China. Wie könnte Maria mit mir glücklich sein? Welche Zukunft könnte ich meinem Kind bieten? Und welche Bildung? Ich habe Maria nicht belogen, als ich ihr sagte, dass ich sie liebte, aber welches Gewicht hat dieses Wort, wenn ich es auf die Waage lege? Und selbst wenn wir es schaffen, aus diesem Schlamassel heraus zu kommen, aus dieser Blote, durch die wir alle waten – würde sie mich noch auf die gleiche Weise anschauen wie jetzt, die Augen voller Liebe? Ich glaube es nicht, nein. Mit

jidd. für »Kot«

Meiling ist alles einfacher gewesen. Einer hat sich des anderen bedient. Wir waren aus dem gleichen Holz geschnitzt.

»Ja, Maria. Ich glaube nicht, dass du krank bist. Wenn ich mich nicht irre, bist du schwanger.« Ich ziehe sie zu mir heran und küsse sie. Wir drängen uns fest aneinander.

»Paul, ich liebe dich. Du bist mein ganzes Leben und ich verspreche dir, dass ich sehr gut auf unser Kind aufpassen werde. Ich will es nicht verlieren. Ich liebe dich, mein Schatz.«

»Ich liebe dich auch. Komm, lass uns hineingehen, es ist zu kalt draußen.«

Am nächsten Tag erreichen wir Toulouse. Jean-Charles geht mit uns direkt zum Katholischen Institut. Wir warten in einem Raum, der von einem riesigen Kruzifix eingenommen wird. Jesus scheint uns zu mustern. Ein Mann von etwa fünfzig Jahren tritt ein, betrachtet uns einen Augenblick lang und murmelt ein Wort, das wohl ein Gruß sein soll. Noch bevor wir antworten können, geht er wieder. Der Klang seiner Schritte verhallt, je weiter er sich entfernt.

»Ich bin hungrig und durstig«, sagt Walter. »Meinst du nicht, es gibt vielleicht Messwein hier und ein wenig Matze?« Er spielt humorvoll auf das ungesäuerte Brot an, das die Juden beim Passahfest zu teilen pflegen.

»Kannst du nicht ein wenig Respekt zeigen?«, tadelt Maria.

»Ja, natürlich, aber nicht, wenn ich hungrig bin.«

Glücklicherweise haben sie keine Zeit mehr, sich zu streiten. Jean-Charles kommt mit Neuigkeiten. Es ist außer Atem, aber auf seinem Gesicht ist ein breites Lächeln zu sehen.

»Hier trennen sich unsere Wege. Andere Leute werden sich nun um euch kümmern. Ihr werdet in guten Händen sein. Gott schütze euch, meine Kinder.«

Überrascht, fange ich nun erst an zu verstehen.

»Jean-Charles, Sie sind …«

»Ich bin Pastor einer kleinen Gemeinde in der Nähe von Marseille«, sagt er mit einem kleinen Lächeln. »Und jetzt muss ich euch verlassen.«

Er schüttelt uns die Hände, und als er den Raum verlässt, sage ich: »Jean-Charles … Verzeihung, Pater … Danke für alles!«

Aber er schließt die Tür, ohne sich umzudrehen. Ich kenne diesen Mann kaum, aber ich weiß, dass er gut und gerecht ist.

Ein junger rothaariger Mann mit Sommersprossen im Gesicht führt uns zum Bischofssitz, wo uns unser Kontakt erwartet.

»Ich bin Dr. Camille Soula*«, stellt er sich vor, während er uns bittet einzutreten. »Man hat mich vor einigen Tagen davon unterrichtet, was Ihnen zugestoßen ist, und wir haben Sie erwartet. Freunde werden Ihren Grenzübergang nach Spanien arrangieren. Wir haben bereits einer Reihe Ihrer Mitgläubigen geholfen. Aber die Zeit drängt, der Grenzübergang wird immer schwieriger. Ich werde Ihnen erklären, wie wir vorgehen. Sie werden getrennt. Jemand holt Ihre Frau ab, eine der lieben Frauen der Barmherzigen Schwestern, die sich in zwei Tagen einer Delegation von Nonnen in Spanien anschließen sollen.«

Völlig verängstigt unterbricht Maria das Gespräch. »Paul, ich möchte euch nicht verlassen, ich will bei euch bleiben, bei dir«, sagt sie auf Deutsch.

»Nein, Maria, dies ist der beste Weg für den Grenzübergang. Dieses Manöver hat sich bereits bewährt. Mach dir keine Sorgen, wir müssen tun, was sie sagen. Denk an uns, an unser Kind. In ein paar Tagen werden wir wieder zusammen sein, in einem neutralen Land ohne Krieg. Alles wird gut. Aber du wirst ihre Anweisungen befolgen, nicht wahr?«

»Ist sie schwanger? Seit wann?«, fragt Walter.

»Ja, Maria ist schwanger. Seit Warschau, denken wir.«

Er ist sofort still, aber er hat einen seligen Ausdruck im Gesicht, den er während der gesamten Zeit beibehält, in der uns der Doktor die Anweisungen gibt. Dr. Soula, der kein Deutsch versteht, fragt mich: »Ist alles in Ordnung? Mein Vorschlag hat Sie hoffentlich nicht schockiert. Hat Ihre Frau irgendwelche Vorbehalte dagegen, die Grenze mit den Barmherzigen Schwestern zu überqueren?«

»Nein, Herr Doktor. Meine Frau hat nur Angst davor, für ein paar Tage von mir getrennt zu sein. Aber das ist überhaupt kein Problem, verzeihen Sie. Bitte, fahren Sie fort.«

Walter wendet sich mit weit geöffneten Augen an Maria und sagt: »Oh! Hat er wirklich eben *meine Frau* gesagt? Mazel tov, Maria!«

hebr./jidd. für »viel Erfolg«, kann auch »Glückwunsch« heißen

Der Doktor fährt fort: »Was die beiden Herren betrifft, wird die bischöfliche Kanzlei Sie vorübergehend zu Diakonen ernennen. Sie sollten sich so weit wie möglich von Toulouse entfernen, sobald es dunkel wird. Aber Sie haben Glück, Pater Ginoux wird Sie begleiten. Sie brauchen ihm nur zu folgen. Viel Glück!«

Dr. Soula verlässt uns und geht an zwei Männern vorbei, die kurz nach uns angekommen sind. Der Stämmigere der beiden, der weniger nach Priester als nach Matrose aussieht, geht auf uns zu und stellt sich kurz vor: »Ich bin Pater Ginoux, aus dem Dorf Dorres. Ich komme nicht oft nach Toulouse, aber Ihr Kommen fällt mit einem Geschäft zusammen, das ich hier erledigen musste. Daher bringe ich Sie zu einem anderen, sichereren Orte. Dies ist der Mann, der sich um Ihre Frau kümmern wird, Pater René de Naurois*, Kaplan der Barmherzigen Schwestern. Sie können ihm völlig vertrauen. Er ist ein wunderbarer Mann, der Pfeiler unserer Organisation. Es wird Sie zur Mutter Oberin bringen.«

»Es freut mich, Sie kennenzulernen«, sage ich zu den beiden Männern. »Entschuldigen Sie die Frage, Pater, aber werden Sie meine Frau beim Grenzübergang begleiten?«

»Ich weiß es noch nicht. Wir werden Sie benachrichtigen, wenn es so weit ist, aber ich werde alles in meiner Macht Stehende tun, um sicherzustellen, dass alles gut geht.«

Er hat einen entschlossenen Blick und das gefällt mir. Er bemerkt die Ausbeulung in meiner Jackentasche und weiß, was es ist, aber er macht keinen Kommentar. Es ist Zeit für Maria zu gehen. Ich küsse sie ein letztes Mal.

»Maria, du wirst sehen, alles wird gut gehen. In ein paar Tagen werden wir uns in Spanien wiedersehen.«

»Pass gut auf dich auf. Ich liebe dich.« Dann läuft sie zu Walter und drückt ihn an sich.

»Hab keine Angst, Maria, ich werde gut auf deinen Mann aufpassen. Ich verspreche dir, dass ihm nichts passieren wird, vor allem jetzt nicht, wo ich ein Mann Gottes bin!«, sagt er mit einem so strahlenden Lächeln, dass es die Engel im Himmel in die Flucht schlagen würde.

Ich begleite Maria und Pater Naurois noch ein Stück auf den Flur und nutze die Gelegenheit, um ihm eine Frage zu stellen, die mir seit ein paar Minuten durch den Kopf geht.

»Pater, vergeben Sie mir meine Neugier, aber etwas sagt mir, dass Sie nicht immer ein Mann Gottes waren.«

Zu meinem großen Erstaunen antwortet er mir auf Deutsch. »Sie irren sich, Monsieur Paul. Wir sind alle Kinder Gottes. Aber um Ihre Frage klarer zu beantworten, ich glaube, die Männer Gottes müssen sich der Barbarei und den abscheulichen Taten widersetzen. So wie Sie es tun, nehme ich an, angesichts der Waffe, die Sie bei sich tragen. Und um noch konkreter zu werden, sollen Sie wissen, dass ich in der Artillerie gedient habe.«

»Gott beschütze Sie, Pater.«

»Und so auch Sie, mein Sohn.«

Ich gehe zurück, um mit Walter und Pater Ginoux zu sprechen, der die Situation der Juden in Polen erfahren will. Ich berichte ihm, wie die Lage im Ghetto aussieht, über die Vernichtungspläne der Nazis und ihren Entschluss, die Welt von unserem Volk zu befreien. Ich weiß in diesem Moment noch nicht, dass von der halben Million Menschen, die mir während der Monate des Jahres 1941 im Ghetto begegnet waren, nur noch fünfzigtausend übrig sind, und dass auch diese bald ermordet werden.

Die Zeit drängt. Pater Ginoux bittet uns, Roben anzuziehen, und gibt jedem von uns ein Brevier. Walter sieht mit seiner Statur und seinem Boxergesicht mit gebrochener Nase wirklich nicht wie ein Gottesmann aus, nicht einmal in der Soutane. Aber diese Verkleidung gefällt ihm.

»Walter«, sage ich zu ihm, »ich glaube, letzten Endes gefielst du mir besser mit der Gestapo-Verkleidung.«

»Na, na ... das einzige Problem mit der Soutane ist, dass ich meine Waffe nicht leicht ziehen kann. Ich könnte die Seiten von meinem Brevier herausschneiden, um die Pistole darin zu verstecken. Was meinst du?«

»Ich glaube, dazu hast du keine Zeit.«

Pater Ginoux kommt, um unsere Ausweispapiere zu überprüfen und unsere Ernennungen zu Diakonen zu regeln, dann machen wir uns sofort auf den Weg. Als wir durch Les Angles kommen, bemerken wir eine Gruppe von Männern der Feldgendarmerie im Gespräch mit deutschen Gebirgsjägern auf dem Weg nach Mont-Louis. Walter lächelt, als er ihren bayerischen Akzent hört.

In Font-Romeu begegnen wir Männern des Grenzschutzes, die im Urlaub sind. Am Abend kommen wir in dem kleinen Dorf namens Dorres an und verbringen die Nacht im Pfarrhaus, das am einzigen Platz, direkt neben der Kirche, gelegen ist. Wir sind nicht die einzigen, die dort versteckt sind. Zwei junge Männer, die bereits im Hinterraum untergebracht sind, beobachten uns, ohne ein Wort zu sagen. Wir grüßen einander nur. Es ist nicht nötig, Verdacht zu schöpfen. Während ich mich meiner Soutane entledige, höre ich, wie die beiden Männer leise miteinander reden, auf Jiddisch, vermischt mit polnischen Worten. Süße Musik in meinen Ohren. Ich begrüße sie in unserer Sprache und wir fangen eine Unterhaltung an. Es sind Jurastudenten aus guten Familien aus Białystok. Ich wüsste gerne, was dort geschieht, in Polen, aber beide haben das Land kurz vor der Besetzung verlassen, um nach Paris zu gehen, und schließlich bin ich es, der ihnen die neuesten Nachrichten bringt.

Sie haben seit über einem Jahr keinerlei Informationen von ihren Familien oder Freunden erhalten. Ich sage ihnen, sie können das Kaddisch sprechen. Angesichts der Barbarei, die ich im Ghetto erlebt habe, ist die Chance, dass ihre Familien überlebt haben, gleich Null. Die beiden Studenten sind betroffen und eine belastende Stille erfüllt den Raum. Ein wenig später kommt Pater Ginoux zu uns und sagt, dass wir die Grenze heute Nacht überqueren werden.

»Chef, warum sollen wir zusammen mit diesen Reicheleutekindern gehen? Wir fragen einfach, wo die Grenze ist und ziehen alleine los, findest du nicht?«

»Nein, wir werden mit ihnen zusammen gehen. Auf jeden Fall brauchen wir ein Absteigequartier in Spanien, es wird das gleiche sein wie Marias, denke ich. Wir müssen wissen, wo wir sie abholen können, wenn sie die Grenze überquert hat.«

Als es so weit ist, verlassen wir das Pfarramt und folgen einem Pfad, der sich durch die Berge schlängelt. Ohne eigentlich zu wollen, bilden wir eine Art Prozession. Pater Ginoux geht voraus und Walter bildet die Nachhut. Etwas weiter oben begibt sich der Pater auf einen Friedhof und bittet uns, auf ihn zu warten. Auf sein Zeichen hin nehmen wir unsere Wanderung wieder auf bis zu einer Eisenbahnspur, wo ein anderer Mann auf uns wartet. Er informiert uns, dass wir in Spanien sind. Eine Stunde später kommen wir endlich in Puigcerdà an. Die jungen Leute sind glücklich und brechen in ein erleichtertes Gelächter aus. Ich bin immer noch besorgt und denke an Maria.

Pater Domenech empfängt uns in Puigcerdà und fragt uns, ob unsere Papiere in Ordnung sind. Unsere sind okay, nicht aber die der beiden Jungen.

»Sagen Sie, Pater, wissen Sie, wann die Barmherzigen Schwestern zu uns stoßen?«

»Es tut mir leid, mein Sohn, aber ich habe überhaupt keine Ahnung.«

»Wäre es möglich, dass wir zwei oder drei Tage hierbleiben, um auf meine Frau zu warten, die mit den Schwestern kommt? Wenn Sie herausfinden könnten, wie die Wanderung der Schwestern verläuft, wäre das wunderbar. Außerdem würde ich gerne nach Barcelona telefonieren.«

»Ich werde alles Nötige veranlassen, um Ihre Wünsche zu erfüllen.«

»Vielen Dank, Pater, Gott schütze Sie.«

Wir übernachten auf dem Hof eines Bauern, eines rauen Kerls, der gegen die Anhänger Francos in einer anarchistischen Einheit gekämpft hat und sofort Gefallen an uns findet. Er ist sehr stolz, uns sein Arsenal zu zeigen: zwei Gewehre und eine Astra-Pistole, versteckt in einem hohlen Balken in seiner Scheune. Am nächsten Nachmittag kommt ein Auto mit Moyshes Kontakt, Juan von der Firma Gonzalez Internacional, angefahren. Er ist ein dicker Mann mit runder Brille und fettigem Haar. Er spricht Englisch mit einem starken spanischen Akzent und gestikuliert die ganze Zeit, was ihn einigermaßen lächerlich erscheinen lässt.

»Ich hatte die größte Mühe, Ihre Fotos zu bekommen«, sagt Juan. »Aber Sie zahlen gut und Ihr Sekretär, Señor Moyshe, hatte welche bei der Hand. Er schickte einen Spezialkurier quer durch China, um diese Fotos Ihrem portugiesischen Kontakt in Macau zu bringen. Ein Offizier, der nach Hause zurückkehrte, brachte sie dann direkt nach Lissabon, wo ein Vertrauensmann sie abholte, um sie mir dann hierher zu bringen. Wie auch immer, hier sind die Pässe, echte honduranische Pässe sowie Ihre Einbürgerung, die direkt von der Botschaft kommt. Ich gebe Ihnen hier auch zwei Telefonnummern, falls der Zoll die Echtheit der Dokumente überprüfen will. Und das ist noch nicht alles. Zu den Pässen gehören drei Visa, für Brasilien, England und Panama. Und natürlich eine Aufenthaltsgenehmigung für Spanien. Außerdem sendet Ihnen Señor Moyshe zwei Umschläge, einen mit US-Dollar, den anderen mit Peseten und Escudos.«

»Vielen Dank, Juan. Sie sind fantastisch, aber ich brauche noch einen Pass für eine dritte Person, die in zwei oder drei Tagen kommen wird.«

»Aber … Señor Paul, Ihr Sekretär hat mir nichts davon gesagt. Es ist unmöglich, solche Dokumente in so kurzer Zeit zu finden … na ja … ich werde sehen, was sich machen lässt. Rufen Sie mich an, wenn die Person da ist und Sie Fotos von ihr haben.«

Er braucht lange, um sein Auto zu starten, das den Eindruck erweckt, die Hölle von Guernica mitgemacht zu haben. Dann verschwindet er am Ende der Straße in einer

Rauchwolke. Am selben Abend kommt Pater Domenech zu Besuch mit Nachrichten von Maria.

»Ihre Frau wird die Grenze nach Andorra morgen Abend passieren. Möchten Sie, dass sie zu Ihnen nach Puigcerdà kommt oder treffen Sie sie vielmehr in Barcelona?«

»Weder noch, danke. Wir holen sie lieber selbst in Andorra ab. Wir haben jetzt eine Aufenthaltsgenehmigung und gültige Reisepässe.«

Pater Domenech sagt, er werde die Barmherzigen Schwestern anweisen, Maria in der romanischen Kirche von Saint Cornely und Saint Cyprien zu lassen, auf dem Hauptplatz von Ordino, wo sie einen kurzen Halt vorgesehen haben. Am nächsten Tag besorgen wir ein Auto und machen uns auf den Weg nach Andorra. Gleich bei der Ankunft wird uns klar, dass dieses kleine neutrale Land so wie alle neutralen Länder Europas eine Heimstatt für Schmuggler, Menschenhändler, Flüchtlinge und Spione aller Art ist. Die Schwestern verspäten sich fast drei Stunden und wir beschließen, uns als Überraschung vor Maria zu verstecken. Endlich sehen wir sie, als Nonne gekleidet, in einen langen schwarzen Mantel gehüllt, der sie vor der Kälte schützt. Walter lacht bei ihrem Anblick, bleibt aber zurück, während ich mich zeige. Maria springt förmlich auf mich, was nicht ganz zu ihrer Ordenstracht passt.

»Mein Liebster, ich habe dich so sehr vermisst!«

»Gib mir dein Gepäck und lass uns nicht auf dem Kirchplatz bleiben. Siehst du? Wir sind jetzt wirklich in einem neutralen Land. Wir sind außer Gefahr.«

Ich habe mich geirrt. Walter kommt in größter Eile angelaufen.

»Wir müssen uns beeilen! Da sind Männer, die Maria folgen, und es sind keine Amateure!«

»Wie viele sind es?«

»Zwei Autos … sechs bis acht Männer.«

»Ich schau mir die Sache mal an«, sage ich zu Walter. »Ich weigere mich, wie ein Angsthase davonzulaufen. Ich finde, wir haben das zu oft getan in letzter Zeit. Bleib bei Maria und haltet euch startbereit. Ich geh mal eine Zigarette rauchen.«

Die Männer bleiben auf Distanz. Meine Pistole ist geladen und ich nähere mich ihnen langsam. Ich fummele in meinen Taschen herum, so als ob ich Streichhölzer suche und mache eine Geste zu der Gruppe, als würde ich um Feuer bitten. Sie schauen einander an und wissen nicht recht, wie sie reagieren sollen. Dann löst sich einer der Männer aus der Gruppe und geht auf mich zu. Als er meine Zigarette anzuzünden versucht, bemerke ich eine Inschrift auf seinem Feuerzeug, die aber teilweise von seiner Hand verdeckt ist. Ich nehme es in die Hand, um meine Zigarette selbst anzuzünden und sehe, dass die Inschrift auf Polnisch ist. Ich danke ihm in meiner Muttersprache, bevor ich sage: »Entweder sind Sie ein Pole, der im Ausland kämpft, oder Sie sind ein verrotteter Deutscher … und dann sind Sie tot.«

Ich zücke schnell meine Waffe schnell und drücke den Lauf gegen seinen Bauch. Er ist eine Sekunde lang fassungslos, dann sagte er auf Polnisch: »Wir dachten, dass ihr von der Gestapo seid. Ein Auto bleibt hier nie unbemerkt und wenn es vor einer Kirche in der Kälte wartet, dann ist etwas faul. Einer unserer Männer hat gehört, dass Sie Deutsch sprechen, und so sind wir gekommen. Sind Sie von der OSS?«

»Nein, ich bin Pole«, sage ich und senke meine Waffe. »Aber mein Freund ist Deutscher und ich spreche fließend Deutsch. Meine Frau, die gerade die Grenze passiert hat, ist auch keine Polin. Wir sind alle drei Juden.«

Er denkt einen Moment nach und ruft dann seine Freunde. Nach einer langen Diskussion verstehen sie, dass ich niemand bin, der im Sold der Deutschen steht.

»Da du Pole bist, warum machst du nicht bei uns mit? Wir rekrutieren für die Anders-Armee. Wenn du Patriot bist, komm mit uns. Jeden Tag überqueren Polen die Grenze und wir kümmern uns um alles.«

»Danke, Jungs, aber ich führe den Krieg auf meine Weise. Jedenfalls wünsche ich euch viel Erfolg.«

Wir verlassen Andorra noch am selben Tag und kommen in Barcelona an, wo wir eine Suite im Hotel Majestic nehmen. Endlich bin ich wieder ein *Mensch*. Das Erste, was Maria und ich tun, als wir das Zimmer betreten, ist, uns auf das große Bett zu werfen, wo wir liegen bleiben, ohne uns zu bewegen oder auch nur zu berühren. Wir atmen und schmecken die Luft der Freiheit. Wir haben überlebt. Wir müssen keine Angst mehr haben vor einer Verhaftung durch die Gestapo, einer Kontrolle oder auch nur einer Anzeige. Ironischerweise haben wir die Freiheit bei Franco wiederentdeckt.

Maria geht zum Fenster. »Sieh mal, Paul«, sagt sie, »die Menschen stehen nicht Schlange, um Lebensmittel zu kaufen und es gibt keine Deutschen auf der Straße.«

»Oh doch … es gibt Deutsche in der Stadt …«

»Was? Du hattest mir nichts davon gesagt, dass die Deutschen auch Spanien besetzt haben«, sagt sie, indem sie mich mit ihren schönen blauen Augen ungläubig anstarrt. Meine naive Maria. Plötzlich spüre ich ein starkes Begehren nach ihr. Sofort.

»Ich fürchte, so ist es, Liebling. Die Deutschen sind in der Stadt«, sage ich lächelnd. »Es muss Hunderte von deutschjüdischen Flüchtlingen geben, die versuchen, in die USA oder nach England zu kommen, einschließlich unseres Walters, der sich auf die Suche nach kubanischen Zigarren gemacht hat. Der Ort wimmelt von Nazispionen der Abwehr und der Gestapo, ohne noch das Personal ihres Konsulats zu erwähnen, und auch …«

Maria lässt mir keine Zeit, meinen Satz zu beenden. Sie wirft sich auf mich, bewaffnet mit einem Daunenkissen.

»Du machst dich über mich lustig, du wirst sehen, du wirst es schon sehen …«

Der Kampf dauert weniger als zwei Minuten. Dann lassen wir unsere Waffen fallen und beginnen einen anderen … Nach der Schlacht liegen wir aneinandergeschmiegt und horchen auf. Draußen im Flur singt eine Frau auf Katalanisch. Ihr Lied ist voller Sehnsucht. Ihre warme und fesselnde Stimme erfüllt unser Zimmer mit einer sanften Melancholie.

Später gehen wir hinunter an die Hotelbar. Maria will einen Rundgang durch die Läden machen, bevor sie schließen, also gebe ich ihr etwas Geld und sie macht sich, trippelnd vor Ungeduld, auf den Weg. Sie scheint glücklich, wieder frei zu sein. Ich nutze ihre Abwesenheit, um mit Walter zu sprechen. Er ist gerade zurückgekommen mit einem Sortiment von Zigarren aus Kuba und Santo Domingo sowie einer langen telegrafischen Nachricht, die Moyshe der Narr über Juan an mich geschickt hat. Wir müssen sobald wie möglich zurück nach China. Es steht schlecht mit dem Geschäft. Wir haben Leute verloren und unsere Kontakte mit den chinesischen Generälen sind nicht mehr zuverlässig. Dai Li, der Cohen ersetzt, weil dieser derzeit Gefangener der Japaner in Hongkong ist, erscheint normalerweise äußerst pünktlich und von ausgewählter Höflichkeit. Aber seit meiner Abreise hat er mir keine einzige Nachricht mehr geschickt. Es gibt keinen Kontakt mehr zwischen ihm und meiner Organisation. Zumindest findet keine Kommunikation mehr zwischen ihm und Moyshe statt.

»Das ist dringend, wir müssen zurückkehren. Ich möchte, dass du so schnell wie möglich unsere Rückkehr nach China regelst.«

»Kein Problem, Chef. Ich besorge drei Schiffsfahrkarten.«

»Nur zwei. Maria kommt nicht mit.«

»Lassen wir sie hier, Chef?«

»Nein, ich möchte dich bitten, ein Visum für sie zu besorgen, für die USA oder England. Es muss da eine jüdische Organisation geben oder eine, die sich mit zivilen Flüchtlingen befasst.«

»Weiß sie das schon?«

»Noch nicht. Ich werde es ihr heute Abend sagen.«

Dann tritt Maria ein, strahlender als je zuvor. Sie hat sich ein Abendkleid angezogen, das sie in einem Geschäft entdeckt hat, nicht weit von unserem Hotel, und das ihren Rücken bis zu den Hüften frei lässt. Sie setzt sich lächelnd neben mich. Sie gehört ganz mir. Sie liebt mich und sie trägt unser Kind, aber ich kann sie nicht bei mir behalten. Heute muss ich eine der schwersten Entscheidungen meines Lebens treffen. Ich bin überwältigt von einem Gefühl der Schuld, so stark, wie ich es noch nie zuvor empfunden habe.

Walter täuscht Müdigkeit vor und entfernt sich als echter Gentleman. Maria, voll von der Energie ihres jungen Alters, denkt nur daran, Spaß zu haben, zu tanzen, Musik zu hören, spazieren zu gehen und mich zu lieben. Sie will einfach leben. Da steht sie vor mir, mit Augen, die vor Angriffslust und Verheißung nur so funkeln. Sie hat sich für mich schön gemacht – ganz allein für mich. Im Geist hat sie wahrscheinlich unser zukünftiges Leben gebaut: ein schönes Zuhause, unsere Kinder, die im Garten spielen, unsere gemeinsamen Reisen, Abende am Kamin, gemeinsame Freunde und ein glückliches Alter, umgeben von Kindern und Enkeln.

Ich bin drauf und dran, all dies zu zerstören. Ich nehme Maria mit zu einem kleinen Restaurant und beschließe, nach dem Abendessen mit ihr zu sprechen. Aber sie spürt, dass etwas nicht stimmt.

»Hast du ein Problem, Paul? Du siehst heute so bekümmert aus.«

»Ja, Maria. Der Grund ist, dass wir Spanien in den kommenden Tagen verlassen.«

»Na und? Ich komme doch mit dir, ich werde dir bis ans Ende der Welt folgen, mein Geliebter, und ich ...«

»Maria, du kommst nicht mit mir. Ich habe Walter gebeten, eine Möglichkeit für dich zu finden, um nach England oder in die USA zu gehen. Dort, wo ich hingehe, tobt immer noch ein Krieg und ich will dich nicht neuen Gefahren aussetzen. Du weißt, was für eine Art von Mensch ich bin. Und außerdem bin ich so viel älter als du.«

Tränen perlen von ihren Wangen.

»Nein! Nein! Nein!«, schreit sie. »Du bist nicht alt, und ich pfeife darauf, wie alt du bist oder was du tust. Ich liebe dich und ich trage dein Kind. Wenn du irgendwohin musst, wo ich nicht mit kann, dann geh. Ich warte und du kommst mich holen, wenn du all deine Geschäfte erledigt hast!«

»Maria ... Ich werde sicherstellen, dass ihr beide, du und das Kind, wenn du es behalten möchtest, ein gutes Auskommen habt. Ich werde dafür sorgen, dass du nie finanzielle Probleme haben wirst. Ich kümmere mich um alles. Aber du musst der Wahrheit ins Auge sehen. Ich bin nicht für dich gemacht. Du verdienst einen Mann, der deiner würdig ist. Finde einen anderen, den du lieben kannst und fang' dein Leben von vorne an.

Als ich dich traf, waren wir in der Hölle, aber du musst das alles hinter dir lassen, eine neue Seite aufschlagen und versuchen zu leben. Wenn du bei mir bleibst, wirst du immer in der Hölle zu Hause sein. Du wirst immer eine potenzielle Zielscheibe sein und unser Kind auch. Da ist nichts als Tod und Zerstörung. Du wirst in der Angst leben, mich und unsere Familie zu verlieren. Du wirst schlaflose Nächte verbringen, Tage, an denen du aus dem Fenster starrst und auf meine Rückkehr wartest. Wenn ich dann wieder da bin, kann es sein, dass ich im nächsten Augenblick schon wieder gehen muss. Du wirst niemals Frieden finden, Maria. Nie. Denk auch an die Zukunft unseres Kindes. Stell dir den Tag vor, an dem seine Freunde sich nach ihm umdrehen, mit dem Finger auf ihn zeigen und seinen Vater Ganoven schimpfen, Gangster, Mörder. Ich habe mehr Schlechtes als Gutes in meinem Leben getan, aber ich bin nicht so egoistisch, Maria, dass ich dir all das zumuten möchte.«

Tränen fließen über ihre Wangen. »Paul, nein, bitte«, fleht sie mit gebrochener Stimme. »Sag solche Dinge nicht, nicht mir. So etwas kannst du doch nicht denken, ich bitte dich. Denk an unser Kind, es braucht einen Vater. Ich mache mich so klein, dass du nicht einmal weißt, dass ich da bin. Ich werde deine Lebensweise lernen, das macht mir keine Angst. Du kannst alles tun, was du möchtest, du wirst sehen, ich werde mich im Hintergrund halten. Ich werde glücklich sein. Paul, bitte …«

»Das kommt überhaupt nicht infrage, Maria. Du musst jetzt erwachsen werden und ein neues Kapitel beginnen. Komm, es ist schon spät, lass uns zum Hotel zurückkehren. Ich werde immer dein Freund sein, Maria, immer. Du kannst auf mich zählen.«

Wir gehen. Maria weint den ganzen Weg bis nach Hause. Sie hält mich ganz fest, so, als ob sie diese letzten Augenblicke mit mir bis aufs Letzte auskosten wollte. Als ob sie versuchte, sich alles zu nehmen, was sie nur nehmen kann. Am

Abend, vor dem Einschlafen, liebt sie mich verzweifelt, mit einer Traurigkeit, die sich mit ein klein wenig Hoffnung vermischt. Ich denke an Meiling, die über so eine Situation lachen würde. Ich denke auch an das Kind, das Maria trägt und das seinen Vater niemals kennenlernen wird.

Am Morgen kommt Walter in unsere Suite. Er hat unsere Abreise organisiert und vor allem eine Hilfsorganisation gefunden, die sich um Maria kümmern und sie gut versorgen wird.

»Paul, wir reisen morgen nach Lissabon ab, und dich, Maria, werde ich zu Leuten bringen, die dich aufnehmen. Sie werden gut für dich sorgen.«

Sie fängt an zu weinen. »Morgen schon?«, schreit sie panisch.

Es folgt eine kurze, unangenehme Stille.

»Die Menschen, mit denen ich Kontakt aufgenommen habe, erwarten dich heute, Maria. Du musst dich jetzt vorbereiten. Es ist besser für dich, glaub es mir. Dort, wo wir hingehen, gibt es keinen Frieden.«

Völlig verloren läuft sie zu mir, um mich mit aller Kraft zu umarmen. »Nein, bitte, Paul! Nicht jetzt, nicht jetzt! Ich will nicht, ich will nicht weggehen!«

Ich beruhige sie und sie findet sich schließlich damit ab, ihren Koffer zu packen. Ich begleitete sie bis zum Hoteleingang und lasse einen Umschlag mit Geld in ihre Tasche gleiten, zusammen mit einer Liste von Kontakten, damit sie mit mir in Verbindung bleiben kann.

Der Abschied ist herzzerreißend. Sie küsst mich, hört nicht auf zu sagen, dass sie mich liebt und wenn nötig, ihr ganzes Leben auf mich warten wird. Ich sehne mich nach dem Augenblick, im dem das wartende Auto um die Ecke der Straße biegt und sie in ein normales Leben entführt. Nach diesem endlosen Abschied stürze ich mich in die

Hotelbar und trinke eine halbe Flasche Whisky auf ex. Ich habe Bauchschmerzen, ich bin ein gebrochener Mann.

Maria hat an jenem Tag mein Herz und einen wesentlichen Teil von mir mitgenommen. Und auch heute, nach all diesen Jahren, liebe ich sie noch immer. Aber wenn sich unsere Geschichte noch einmal wiederholen würde, müsste ich das Gleiche tun. Ein Ganev bleibt ein Ganev bis an sein Lebensende.

Zwei Tage später sind Walter und ich in Lissabon. Im Januar 1943 besteigen wir ein Schiff Richtung Indien, die erste Station unserer Reise. Aber Maria hört nicht auf, meine Gedanken zu beherrschen. Und auch ein Vierteljahrhundert später empfinde ich noch immer dieselbe Schwermut, dieses innere Unwohlsein, Tag für Tag. Es quält mich – und das wird es wohl auch bis zum Ende meines Lebens.

Hier enden die Aufzeichnungen des Fayvel S.

Nachwort

Maria wurde von einer jüdischen Hilfsorganisation für Flüchtlinge übernommen. Sie verbrachte den Rest des Krieges in England. Während eines Aufenthalts in Wien im Jahr 1947, wo sie ihre letzten Familienangelegenheiten regelte, traf sie einen rumänischen Flüchtling, der die Hölle der Konzentrationslager überlebt, aber davon eine lebenslange Behinderung zurückbehalten hatte. Sie heiratete ihn und richtete sich mit ihm und dem Kind, das sie von Paul bekommen hatte, in London ein. Als Literaturdozentin an einer Londoner Universität sowie an der Freien Universität Brüssel pendelte sie den Rest ihres Lebens zwischen diesen beiden Städten hin und her. Nach dem Tod ihres Mannes emigrierte sie nach Israel, um zu ihrem einzigen Sohn zu ziehen. Sie starb an einem Herzinfarkt vier Tage nach ihrer Ankunft dort. Bis zu Pauls Tod blieb sie ihm im Herzen treu. Nur mit ihm hatte sie Momente wahren Glücks erlebt. Ihr Sohn lebt immer noch in Bnei Brak. Er ist ein angesehener Rabbi und sehr bekannt für sein talmudisches Wissen.

Von Spanien aus kehrten **Walter** und Fayvel nach China zurück. Nach der Kapitulation Japans ließen sie sich in Shanghai nieder. An einem schönen Sommermorgen im Jahr 1947, als Walter an einen schattigen Tisch auf der Terrasse eines Cafés in der ehemaligen Französischen Konzession gerade sein Frühstück beendet hatte, bemerkte er zu spät einen Militär-LKW, dessen Fahrer die Kontrolle über das Fahrzeug verloren hatte. Er traf ihn mit voller Kraft, bevor seine Fahrt von einer Platane gestoppt wurde. Walter, der dem Tod bereits Hunderte Male entronnen war, begegnete ihm an diesem Morgen. Er liegt auf dem kleinen jüdischen Friedhof in Shanghai begraben. Die Platane steht immer noch, in einer Ecke der ehemaligen Foch-Allee, und in den Abendstunden treffen sich junge Liebespaare unter ihren majestätischen Ästen auf ein Rendezvous.

Chaim starb am 22. April 1943 während des Aufstands im Warschauer Ghetto. Er und seine Jungs hatten den Männern der ŻZW bei der Verteidigung des Muranowski-Platzes gute Unterstützung geleistet. Als die Aufständischen die polnische und die jüdische Fahne auf einem Gebäude hissten, hatte dies Himmler und Goebbels äußerst verärgert. Goebbels befahl daraufhin General Stroops Truppen, diese Bloßstellung des Dritten Reichs zu stoppen. Die Schlacht um den Muranowski-Platz dauerte drei Tage, bevor die Fahnen in einer Flut von Feuer, Eisen und Blut für immer verschwanden. Chaim war einer der letzten Verteidiger des Gebäudes. Vor dem Aufstand hatte er seine Frau und seinen Sohn auf der arischen Seite in Sicherheit gebracht. Sie emigrierten 1945 nach New York. Sein Enkel ist ein Kardiologe von internationalem Ruf.

Moyshe der Narr blieb bei Fayvel, bis dieser alle Operationen in China abgeschlossen hatte. Dann emigrierte er nach Israel und lebte in Tel Aviv. Im Jahre 1952 überfiel ihn beim Schwimmen im Meer ein Krampf. Er schrie um Hilfe. Seine kläglichen Rufe erreichten das Ufer nicht. Man fand seine Leiche erst drei Tage später.

Fayvel verließ Shanghai im Jahr 1948 und zog nach Hongkong. Kurze Zeit darauf siedelte er um nach Europa, um Maria näher sein zu können. Das erste Mal nach dem Krieg trafen sie sich in Paris, wo er in ein schönes Appartement in der Avenue Foch gezogen war. Wegen seiner Geschäfte reiste er weiterhin sehr viel, traf Maria aber mehrmals pro Jahr. Auf diskrete Weise unterstützte er ihre und die Bedürfnisse seines Sohnes. Nach seinem Tod wurde er auf einem kleinen jüdischen Friedhof in Paris, im Schatten einer Kastanie, begraben. Der Grabstein trägt keinen Namen, keine Inschrift, so wie er es gewünscht hatte. Niemand kam, um ihm den Kaddisch zu sprechen.

Danksagung

Ein großes Dankeschön dem Leipziger Liesmich-Verlag, insbesondere an Laura Hofmann für ihr kreatives und sorgfältiges Lektorat, Manja Schönerstedt für ihre wirklich gelungene Covergestaltung, Julia Vaje für ein gewissenhaftes Korrektorat und nicht zu vergessen dem Verlagsleiter Karsten Möckel, der immer alle Fäden in der Hand hielt und das Projekt zielsicher vorantrieb.
Ebenso danke ich Gisela von Brunn für die Erstübersetzung sowie Karsten Brandt, der diese gemeinsam mit Laura verfeinert hat und seine Telefonleitung dafür viele Stunden lang zum Glühen brachte.

Philippe Smolarski

Personen- und Sachverzeichnis

A. K.

Abkürzung für Armia Krajowa (Polnische Heimatarmee), die größte militärische Widerstandsorganisation im besetzten Polen. Unterstand als militärischer Arm des polnischen Untergrundstaates der Exilregierung in England. Die A. K. wurde im Warschauer Aufstand von 1944, einer 63 Tage dauernden militärischen Auseinandersetzung mit den deutschen Besatzungstruppen, fast vollständig aufgerieben.

Anders-Armee

Vom polnischen General Władysław Anders angeführte Armee, die ursprünglich dem sowjetischen Oberkommando unterstellt war und aus Polen bestand, die seit 1939 in die Sowjetunion deportiert worden waren. Ab 1942 Teil des 2. Polnischen Korps unter Führung des Britischen Nahostkommandos.

Antoine, siehe Guérini, Antoine und Barthélemy

Balz, Bruno (1902-1988)

Als Texter von mehr als tausend Liedern arbeitete er oft zusammen mit dem Komponisten Michael Jary. Zusammen komponierten sie viele Lieder für Zarah Leander, die für die UFA arbeitete. Von 1936 an wurde Balz mehrmals wegen Homosexualität festgenommen, aber jedes Mal wieder freigelassen. Im Jahr 1941 wurde er von der Gestapo mitgenommen und gefoltert, aber Michael Jary rettete ihn, indem er die Nazis von Balz' Nützlichkeit für den Krieg und die Propaganda des Reichs überzeugte. Sein Partner war Jürgen Draeger, ein Schauspieler und Maler.

Barthélemy, siehe Guérini, Antoine und Barthélemy

Betar

Zionistische Jugendorganisation, gegründet 1923 in Riga, Lettland.

Carbone, Paul (1894-1943)

Geboren auf Korsika, war Carbone einer der Bandenchefs in Marseille. Er arbeitete aktiv mit den deutschen Besatzern zusammen und starb bei einem Sabotageakt der Résistance, die einen Zug zum Entgleisen brachte. Mit seinem Sozius François ››Spirito zusammen war er der Wegbereiter der »French Connection«, die Heroin aus Frankreich in die USA schmuggelte.

Centos

Abkürzung für Centrala Towarzystw Opieki nad Sierotami (Zentrale Vereinigung zum Schutz der Waisen). Sie befasste sich auch damit, Unterkünfte zu finden und Kleider und Essen an die Armen zu verteilen.

Czerniaków, Adam (1880-1942)
Polnischer Jude, Ingenieur und Senator vor dem Krieg, wurde 1939 zum Präsidenten der jüdischen Gemeinde in Warschau ernannt. Die Deutschen ernannten ihn im Oktober desselben Jahres zum Leiter des ››Judenrats und beauftragten ihn mit der Verwaltung des Ghettos. Im Juli 1942 forderten die deutschen Behörden von ihm die Pläne der Wohnungen und die Liste der Bewohner des Ghettos für eine geplante Massendeportation von Juden in das Vernichtungslager Treblinka. Durch seine Kontakte mit illegalen Bewegungen im Ghetto und in dem Bewusstsein des Schicksals seines Volkes versuchte Czerniaków vergeblich, das Vorhaben zu bremsen. Von den Ereignissen überrollt, wählte er am 23. Juli den Freitod.

Dai Li (auf Pinyin) oder Tai Li (1897-1946)
Geboren in der gleichen Gegend wie Chiang Kai-shek, studierte er an der berühmten Huangpu-Militärakademie, wo Chiang Rektor war, und wurde Chef der Armeen des Guomingtang. 1932 gründete er das chinesische Büro für Forschung und Statistik, das nichts anderes war als das Büro des Geheimdienstes und der politischen Polizei. Eine Zeitlang war er Leiter der Blue Shirts Society, einer Art Anti-Mafialiga der extremen Rechten. Mittels seiner großen Intelligenz schaffte er es, mit seinen Agenten die kommunistischen Organisationen zu infiltrieren, Agenten in Mandschukuo zu platzieren und sogar, gewisse japanische Organisationen in China auszuspionieren. Im Jahre 1942 arbeitete er direkt mit dem amerikanischen Geheimdienst zusammen. Er starb bei einem Flugzeugabsturz im Jahr 1946.

Die Dreizehn, siehe Gruppe 13

Doriot, Jacques (1898-1945)
Faschist und Kollaborateur. Er ist der Gründer der faschistischen Französischen Volkspartei (Parti Populaire Français, PPF).

Fischer, Ludwig (1905-1947)
Rechtsanwalt und Mitglied der NSDAP seit 1926, wurde 1939 Gouverneur von Warschau. Die Schaffung des Ghettos und der antisemitischen Gesetze gehen auf ihn zurück, auch war er der Anstifter von Massenhinrichtungen, Deportationen und allen Arten von Grausamkeiten gegen die Juden. Auch die programmatische Zerstörung von Warschau im Jahr 1944 ist sein Werk. Er wurde in Polen verurteilt und am 8. März 1947 gehängt.

Frenkel, Pawel (Frenkiel) (1920-1943)
Mit achtzehn Jahren wurde er Mitglied des ››Betar, der Bewegung der radikalen zionistischen jüdischen Jugend. Später wurde er einer der Führer der Jüdischen

Militärunion, des ››ŻZW. Er wurde 1943 während des Aufstands im Warschauer Ghetto getötet.

Fritz, siehe Lang, Fritz

Funkspiel

Funkspiel war eine Methode der Gegenspionage, die die Gestapo verwendete, um direkt mit ihren Gegnern in Verbindung zu treten, ihnen falsche Informationen zukommen zu lassen und illegale Sender ausfindig zu machen.

Gancwajch, Abraham (von Fayvel Avrum oder Ganz genannt) (1902–1943?)

Geboren in Częstochowa in Polen, war einer der Führer des Hashomer Hatzair, einer Bewegung der sozialistisch-zionistischen Jugendbewegung. Nach dem Überfall auf Polen verband er sich mit dem ››SD, und gründete im Dezember 1940 die ››Gruppe 13. Gancwajch tauchte dann kurz als Leiter einer jüdischen Widerstandsorganisation namens Żagiew auf, die aber tatsächlich von der Gestapo finanziert wurde. Was dann mit ihm geschah, bleibt ein Rätsel. Einige Quellen sagen, dass er mit seiner Familie in Pawiak in Warschau im Frühjahr 1943 getötet wurde, andere sagen, dass er den Krieg überlebte und entweder der NKWD beitrat oder nach Israel ausgewandert ist.

Greven, Alfred (1897–1973)

Arbeitete als Filmproduzent bei der UFA, bis Goebbels ihn im April 1940 nach Paris versetzte, um Continental Films zu leiten. Er finanzierte und produzierte eine Reihe von Filmen, von denen einige zu Klassikern des französischen Films geworden sind: »Le Corbeau« (dt. »Der Rabe«), »La Main du diable« (dt. »Die Teufelshand«), »Au bonheur des dames« (dt. »Das Paradies der Damen«). Als Freund der Franzosen und Feind der Nazis schaffte er es bis 1944, die Zensur seiner Filme zu umgehen, trotz seiner Auseinandersetzungen mit Dr. ››Winkler oder Goebbels, und beschäftigte insgeheim Juden. Er rettete auch einige, indem er ihnen Papiere verschaffte.

Gruppe 13

eine jüdische Kollaborationsorganisation, mit Sitz in der Leszno-Straße 13 (daher der Name). Diente offiziell der Bekämpfung von Preistreiberei und Schwarzhandel, war aber de facto die Antenne der Gestapo im Ghetto. Mehrere Hundert Mitarbeiter befassten sich unter dem Chef A. ››Gancwajch mit Spitzeldiensten für die Deutschen, mit Eintreiben von Schmiergeldern, Denunziationen u. Ä., halfen aber auch Menschen aus dem Ghetto, finanzierten Fürsorge- und Kulturaktivitäten oder unterstützten mittellose Intellektuelle.

Guérini, Antoine (1902-1967) und Barthélemy, genannt Mémé (1908-1982)
Der Clan Guérini, ursprünglich aus Korsika, war auf Prostitution spezialisiert. Während der Besatzungszeit schlug er sich auf die Seite des Widerstands, an dem er aktiv teilnahm. Nach der Befreiung kauften die Brüder Guérini die Geschäfte der ehemaligen Gangster auf, die tot oder auf der Flucht waren, aber ein Clankrieg beendete ihren Aufstieg. Antoine wurde in seinem Auto erschossen. Barthélemy, Pascal und François Guérini wurden wegen Mordes an einem Einbrecher angeklagt. Barthélemy, zu zwanzig Jahren Gefängnis verurteilt, erkrankte an Mastdarmkrebs und saß nur zehn davon ab. Er starb kurz nach seiner Freilassung.

Harbou, Thea von (1888-1954)
Schauspielerin, Schriftstellerin, Drehbuchautorin und Regisseurin. Sie heiratete Fritz ➤➤ Lang, von dem sie sich 1933 wieder trennte.

Judenrat
Der Judenrat war die deutsche Verwaltung innerhalb des Ghettos. Er bestand aus jüdischen Persönlichkeiten, die als Mittler zwischen der jüdischen Bevölkerung und den Nazis dienten, mit den Nazibehörden zusammenarbeiteten und bei den Deportationen mitwirken mussten.

Kehillah
Die Kehillah war eine örtliche jüdische Gemeinde, sowohl weltlich wie religiös, die in Zentraleuropa zwischen den beiden Kriegen organisiert wurde.

Kempetai
Militärpolizeilicher Teil der japanischen Armee, von den Alliierten als »Japanische Gestapo« bezeichnet.

KPP
Abkürzung für Komunistyczna Partia Robotnicza Polski (Kommunistische Arbeiterpartei Polens, KPP), hieß ab 1925 Komunistyczna Partia Polski (Kommunistische Partei Polens, KPP), zwischen 1918 und 1938 eine kommunistische Partei in der Zweiten Polnischen Republik. Seit 1921 wurde sie von der Komintern gesteuert.

Lang, Fritz (1890-1976)
Filmregisseur, seine bekanntesten Filme sind »Metropolis« und »M – Eine Stadt sucht einen Mörder«. Er verließ Deutschland 1933 und ging nach Paris, danach lebte er in den USA.

Le Panier

Le Panier ist eines der ältesten Stadtviertel von Marseille, bekannt für seine engen Gassen, die Banden und illegalem Handel Schutz boten. Die deutschen Besatzer ließen es im Februar 1943 abreißen, aus Furcht, dass das Viertel Widerstandskämpfern Unterschlupf bieten könnte. Dreißigtausend Menschen wurden vertrieben und Tausende verhaftet.

Ma Kun »Zwei-Pistolen« Cohen, eigentlich Morris Abraham Cohen (1887–1970)

Spion und Abenteurer, geboren in Radzanów in Polen. Er stammte aus einer armen jüdischen Familie, die emigrierte und sich in London niederließ. Mit zwölf Jahren wurde er wegen Taschendiebstahls festgenommen. Einige Jahre später wurde er nach Kanada geschickt, wo er sich mit Chinesen anfreundete, deren Gemeinschaft und vor allem deren Spielhöllen er oft besuchte. Mehrfach verteidigte er Chinesen, die von Europäern erpresst werden – was zu dieser Zeit sehr selten war – und wurde in dieser Diaspora eine Art Held. Später half er Sun Yat-sen, Waffen für die junge Republik zu kaufen. Dann, eingeladen nach China, wurde er von 1922 bis 1925 der dessen Adjutant und später Leibwächter. Nach Suns Tod arbeitete er für verschiedene Leute, Bankiers, Kriegsherren und selbst den Sohn des Präsidenten. Er wurde sogar General der chinesischen Armee. Im Jahr 1937 kämpfte er gegen die Japaner und lieferte dem britischen Geheimdienst Informationen. Während einer Mission in Hongkong im Jahr 1941 wurde er von den Japanern verhaftet. Nach dem Krieg kehrte er nach China zurück, um seine Dienste anzubieten, aber ohne Erfolg. Er lebte in Montreal und dann in England. Sein Grab befindet sich auf dem jüdischen Friedhof in Manchester.

Mémé, siehe Guérini, Antoine und Barthélemy

Mietek, eigentlich Dawid Moryc Apfelbaum (1901–1943)

Leutnant der polnischen Armee im Jahre 1939, nach der Niederlage einer der Gründer der Jüdischen Militärunion (››ŻZW). Er führte die Kämpfer bei der Verteidigung des Muranowski-Platzes 1943 an und fiel in den ersten Tagen des Aufstandes.

Musikbox

Mit Musikbox ist hier der Sender gemeint. Der Pianist ist der Funker, der im Allgemeinen den Morsecode verwendet, um seine Nachrichten durchzugeben.

Nachalnik, Urke eigentlich Itzchak Baruch Farbarowicz (1897–1939)

Als Jude im Dorf Wizna in Polen geboren, machte er Karriere in Bandenwesen, Diebstahl und Prostitution. Nachdem er mehr als 15 Jahre seines Lebens im Gefängnis verbracht hatte, kehrte er seiner Verbrechervergangenheit den Rücken und begann zu schreiben. Seine Autobiografie machte ihn berühmt im

Vorkriegspolen. Wie Fayvel schon sagte, war er besser als Schriftsteller denn als »Nachalnik«, was »Kommandant« oder »Chef« auf Russisch heißt. Er weigerte sich, die Niederlage seines Landes gegen die Nazis zu akzeptieren, gründete eine kleine Widerstandsgruppe und starb im Jahr 1939 im Kampf gegen die Deutschen.

Naurois, René (1906-2006)
Als Priester und Widerstandskämpfer von Anfang an, trat er, angeregt von Henri Fresnay, 1941 der Vérités-Bewegung bei, die später in Combat umbenannt wurde. Er war auch Mitglied der Gruppe Témoignage Chrétien und organisierte von 1942 an die Rettung zahlreicher Juden. Später ging er nach England und nahm an der Invasion der Normandie am 6. Juni 1944 teil. Ausgezeichnet mit dem Befreiungsorden, erhielt er den Titel »Gerechter unter den Völkern« für seine Unterstützung der Juden. Er liegt in Ranville in der Normandie begraben, der ersten französischen Stadt, die befreit wurde.

Nowy Azazel
Das Nowy Azazel war eines von drei jiddischsprachigen Theatern im Ghetto, zusammen mit dem Eldorado und dem Melody Palace. Es gab auch zwei polnischsprachige Theater, das Femina und das Nowy Teatr Kameralny.

OKW
Abkürzung für Oberkommando der Wehrmacht.

Pervitin
Pervitin ist eine psychostimulierende synthetische Droge mit euphorisierender Wirkung, die aber auf lange Sicht sehr süchtig macht. Sie ist heute auch unter dem Namen Methamphetamin bekannt. Seit 1937 wurde sie von der pharmazeutischen Firma Temmler vermarktet, die während des Zweiten Weltkrieges Hundertmillionen von Tabletten hergestellt hat. Diese Droge war sehr beliebt bei Soldaten und Offizieren.

Pinkert
Motl Pinkert und sein Bruder leiteten ein Beerdigungsunternehmen im Warschauer Ghetto. Die Leute von Pinkert waren leider ein alltäglicher Anblick für die Bewohner. Der Historiker ››Ringelblum spricht von Motl Pinkert als dem »König der Leichen«.

Placówka
Polnisch für »Einrichtung«. Eine Placówka kann auch eine Zwangsarbeitsbrigade bezeichnen, nicht spezifisch für den Zweiten Weltkrieg.

PPR
Abkürzung für Polska Partia Robotnicza (Polnische Arbeiterpartei). Sie erkannte die Londoner Exilregierung nicht an und verband sich nicht mit der ››A. K., sondern gründete im Sommer 1942 eine eigene militärische Organisation, die Gwardia Ludowa (Volksgarde). Gegründet im Januar 1942 in Warschau von ehemaligen Aktivisten der Kommunistischen Partei Polens (››KKP) war sie Mitglied der Komintern und handelte mit Stalins Erlaubnis.

Punkti
Die Punkti waren Stellen im Ghetto, wo Essen verteilt wurde, eine Art Volksküche.

RAD
Abkürzung für Reichsarbeitsdienst.

Ringelblum, Emanuel (1900–1944)
Historiker, Politiker und politischer Aktivist. Er lebte mit seiner Familie im Warschauer Ghetto und beschloss, zusammen mit anderen Menschen im Geheimen möglichst viele Dokumente über die Situation im Ghetto und die Vernichtung der jüdischen Welt zu sammeln. Intime Tagebücher, offizielle Dokumente, Zeugenaussagen, Poster, insgesamt 25.000 Seiten an Dokumenten wurden so in einer Operation namens »Oyneg Schabbes« gesammelt. Kurz vor dem Aufstand im Warschauer Ghettos brachte der jüdische Widerstand Ringelblum und seine Familie hinaus, um sie auf der arischen Seite zu verstecken. Im März 1944 entdeckten die Deutschen sein Versteck. Er wurde mit seiner Familie und der polnischen Familie, die ihnen Unterschlupf gewährt hatte, erschossen.

Rodal, Leon (1913–1943)
Journalist und militanter Revisionist, einer der Mitbegründer der Jüdischen Militärunion (››ŻZW).

Sabiani, Simon (1888–1956)
Geboren auf Korsika, wurde er der erste stellvertretende Bürgermeister von Marseille (von 1929 bis 1935), bevor er der faschistischen Französischen Volkspartei (Parti Populaire Français, PPF) im Jahr 1936 beitrat. Verbunden mit dem Milieu in Marseille, schloss er sich den Kollaborateuren des Vichy-Regimes an. Er wurde in Abwesenheit zum Tode verurteilt, ging ins Exil, flüchtete nach Italien, Argentinien und schließlich nach Spanien, wo er sich unter dem Namen Pedro Multedo niederließ. Er starb 1956 in Barcelona.

Schellenberg, Walter (1910-1952)
Als Mitglied der SS war er Direktor des Reichssicherheitshauptamts (RSHA), dessen Gegenspionagedienst das Amt IV war. Ende 1942 wurde er der Leiter von Amt VI, dem Spionagedienst. In den Nürnberger Prozessen gegen Hauptkriegsverbrecher wurde er zu sechs Jahren Gefängnis verurteilt, aber aufgrund seiner schlechten Gesundheit vorzeitig entlassen. Im Alter von 42 Jahren starb er in Turin an Krebs.

SD
Abkürzung für Sicherheitsdienst, die Abteilung für Sicherheit und Aufklärung innerhalb der SS.

SOL
Abkürzung für Service d'Ordre Légionnaire. Der SOL war ein Ordnungskommando, gegründet im Januar 1942 und geleitet von Joseph Darnand. Er war eine recht brutale Gruppe, die in der Freizone kämpfte, um jegliche Agitation und regierungsfeindliche Aktivität zu unterdrücken. Kurz darauf übernahm die Miliz diese Aufgabe.

Soula, Camille (1888-1963)
Geboren in Foix, Arzt und Physiologe, okzitanischer Dichter, Künstler und Humanist. Er trat dem Widerstand bei und gründete die Gruppe Freiheit & Federer, bevor er von der Gestapo verhaftet und 1943 vier Monate lang gefangen gehalten wurde. Er beherbergte viele Juden und half denen, die auf dem Weg in die USA waren, nach Spanien und später nach Portugal zu gelangen. Ebenso versteckte er die Werke seiner Künstlerfreunde, um sie vor Beschlagnahmung und Vernichtung zu schützen, und beherbergte viele spanische Wissenschaftler, die im Exil lebten. Er starb in Paris.

Spirito, François (1900-1967)
Geboren in Marseille, machte er gemeinsame Sache mit Paul ››Carbone. Kurz vor der Befreiung floh er nach Spanien, dann nach Lateinamerika und die USA, wo er einen Heroinhandel organisierte. Als diese »French Connection« aufflog, verbüßte er eine Strafe von zwei Jahren Gefängnis. An Frankreich ausgeliefert, gelang es ihm, einem Prozess wegen Zugehörigkeit zu einer Mafiavereinigung und Kollaboration zu entgehen. Sein Prozess fand nie statt. Nachdem er seine Geschäfte geordnet hatte, starb er in Toulon, wo er Vorsitzender des Verbandes der Boulespieler war.

Szerynski, Józef Andrzej (1892-1943)
Mit richtigem Name Szenkman, Oberst und Polizeiinspekteur in Lublin, später Leiter der jüdischen Ghettopolizei. Von der Widerstandsbewegung im Ghetto

als Kollaborateur angesehen, wurde er bei einem gescheiterten Mordversuch verwundet. Im Januar 1943 beging er Selbstmord, indem er Zyankali nahm.

Triaden

Name einer im 18. Jahrhundert in China gegründeten Geheimgesellschaft, die angeblich die Mandschu-Dynastie stürzen wollte; von Chinesen außerhalb Chinas getragene, besonders im Rauschgifthandel tätige kriminelle Geheimorganisation.

Tu Große Ohren, eigentlich Tu Yueh Sheng oder Du Yuesheng (auf Pinyin) (1888–1951)

Einer der Führer der Grünen Bande, die zu den wichtigsten ››Triaden gehört. Als der Krieg ausbrach, floh er nach Hongkong, dann nach Chungking. Nach dem Krieg kehrte er nach Shanghai zurück, um jedoch unmittelbar vor der kommunistischen Machtübernahme wieder zu flüchten. In Hongkong starb er an einer Krankheit.

Volksdeutscher

Als Volksdeutsche wurden die deutschsprachigen ethnischen Minderheiten bezeichnet, die im Ausland lebten, wie z. B. in Polen, in Russland oder im Sudetenland.

Winkler, Max (1875–1961)

Leiter der Filmindustrie für das Dritte Reich.

ŻZW

Abkürzung für Żydowski Związek Wojskowy (Jüdische Militärunion). Unter anderem von Mitgliedern des ››Betar im Zweiten Weltkrieg gegründeter Verband mit Hauptquartier in der Muranowski-Straße im Warschauer Ghetto. Wurde von erfahrenen und gut ausgestatteten Widerstandskämpfern geführt und verübte Attentate auf SS-Männer und liquidierte die von ››Gancwajch geführte Organisation jüdischer Spitzel (››Gruppe 13).